苦心の学友
少年倶楽部名作選

sasaki kuni
佐々木邦

講談社文芸文庫

＊目次＊

挿絵　河目悌二

苦心の学友

おやしきからのお召し

夕刻のことだった。

「内藤さん、速達！」

と呼ぶ声が玄関からきこえた。郵便物と新聞は正三君がとりつぐ役だ。

「お父さん、速達ですよ」

「ふうむ。何ご用だろう？」

とお父さんはいずまいを直して、大きな状袋の封をていねいに鋏で切った。伯爵家からきたのである。

正三君のところはおじいさんの代まで花岡伯爵の家来だった。もっともそのころは伯爵でない。お大名だから、お殿様だった。いまでも伯爵のことをお殿様とよんでいる。正三君のおじいさんは大殿様から三百石いただいていた。いまなら年俸である。お金のかわりにお米を三百石もらう。一石三十円として九千円。いまの大臣以上の俸給だった。

「三百石といえば大したものだよ。陸軍大将になった本間さんなんか三人扶持《ぶち》の足軽だった。実業界ではばをきかしている綾部さんがせいぜい五十石さ。溝口の叔母さんのところが七十石。おまえのお母さんの里が百石」

と正三君は三百石のえらいことをお父さんからたびたびきかされていた。

「これ、お貞、お貞、お貞、お貞」

とお父さんはへんじのあるまでよびつづけるのが癖だ。

「はいはい、はいはい、はい」

とお母さんも返辞だけして、ナカナカ仕事の手をはなさない癖がある。

「お貞や、おやしきからのお手紙だ」

「まあ」

「お殿様がわしに相談があるそうだ」

「ご冗談でございましょう」

「いや、ほんとうだよ。ごらん」

とお父さんは得意だった。

粛啓
時下残暑凌ぎがたく候処《そうろうところ》益〻御清穆《ごせいぼく》の御事《おんこと》と存上候《ぞんじあげそうろう》　却説《さて》　伯爵様折入って直々
貴殿に御《ぎょ》意《い》得《え》度《たき》思召に被在候間《あらせられそうろうあいだ》　明朝九時御本邸へ御出仕可然《しかるべく》此段申進候《もうしすすめそうろう》　早々《そうそう》
頓首《とんしゅ》

八月十五日　　花岡伯爵家
富田弥兵衛

内藤常太郎殿

富田さんは家令《かれい》だ。もう年よりで目がわるいから一寸角ぐらいの字で書いてある。

「まあ、なんでございましょうね？」

とお母さんは合点がいかなかった。大将や重役になっているいる家来たちのところへは時おり特別にありがたいお沙汰があるそうだが、三百石の内藤常太郎さんはそれほどまで出世していない。正月の二日にごきげんをうかがって四月の観桜会へまねかれるだけだった。

「なんだろうなあ」

「ああ、わかりましたよ」

「なんだ？」

「あなたがあんまりご無沙汰をしていらっしゃるから、呼び出して切腹仰せつけるのかもしれませんよ」

「ばかをいうな。これはけっして悪いことじゃない」

「そうだとよろしゅうございますがね」

「そうでなくてどうする？　お殿様じきじき折り入ってお願いがあるというんだもの。おまえはわしにもっと敬意を表さなければいけないよ」

とお父さんはいばってみせた。

晩ごはんのときも伯爵家の話が出た。なんだかわからないが、番町のおやしきからのおさたはみんなの心持ちを陽気にした。

「お父さん、とにかくおでんと蜜豆がいただけますね」

と正三君がいった。

「おでんと蜜豆?」

「ばかだなあ。あれは観桜会のときだけだよ。おやしきにふだんおでんや蜜豆があるもんか」

と兄さんの祐助さんが笑った。この春二人で観桜会へお父さんのお供をしたのである。

正三君は兄さんが二人と姉さんが二人ある。一番上の兄さんはもう帝大を卒業して朝鮮総督府へつとめている。つぎの祐助君も来年出る。姉さんは一人女学校がすんで、もう一人在学中だ。正三君はこの四月から府立中学へはいった。五人が五人、みんなそろって成績がよい。お父さんは鼻が高い。

「うちの子供はみんなおれに似たんだよ」

とおっしゃる。

「いいえ、女の子は女親に似たんでございますよ」

とお母さんも権利を主張する。

内藤さんの子供がみんな優良なのはむろんお父さんお母さんの性質をうけている。なお教育方法があずかって力ある。両親は一生懸命だ。しかし家庭のいいこともわすれてはいけない。いいといっても金持ちではない。三百石のおじいさんは、その後がらにない山仕事をやって失敗してしまった。郷里の家やしきは人手にわたってあとに紡績工場がたっている。もしいまでもあんな大きな家に住んで昔のままにいばっているとすれば、五人のお孫さんがこんなに優良かどうかははなはだ疑問だ。

内藤さんは大蔵省へ勤めている。高等官だけれど、上の方でないからけっしてぜいたくはできない。そうかといって生活に不自由を感じるほどのびんぼうでもない。子供のためにはこれぐらいの家庭が一番よいのである。

「内藤君、きみのところのお子さんたちはみんな優等だそうだが、なにか秘伝があるのかね？」

と同僚が訊く。

「秘伝なんかないよ。しいていえば、ぼくが酒を飲まないからだろう」

と内藤さんはニコニコする。

「耳がいたいな」

「もう一つ、ぼくの家の金はぼくの汗の香《にお》いがする。それで子供たちもゆだんをしないんだろう」

「汗の香いならぼくだって負けない。なにかまだほかにあるだろう？」

と同僚はしきりに秘伝を知りたがる。

さて、内藤さんは翌朝八時半に番町のおやしきへ出頭した。家令の富田さんもちょうど出勤したところで、

「やあやあこれは早い。ご苦労ですな」

といって迎えてくれた。内藤さんは書面のお礼をのべてご無沙汰のおわびをしたのち、

「ときにお殿様のご用とおっしゃるのはなんでございましょうな?」

とうかがいを立てた。

「内藤君、きみはうらやましいですよ」

「どういうわけですか?」

「きみのところのお子さんたちの成績がお殿様のお耳にはいったのです」

「まさか。豚児《とんじ》ぞろいですもの」

「いいや。悪事千里を走る。善なんぞ門を出でざらんやです。そこで今回ご三男様のお相手にきみのところの末のお子さんをご所望なさるのです」

「ははあ。お相手と申しますと」

「お学友です。ご勉学は申すにおよばず、ご武術ご運動おなぐさみ、いちいちお相手をつとめます。大きな声では申されませんが、若様がたはみなさまどうもお姫様《ひいさま》がたほどご成績がよろしくない。お殿様も奥様もいろいろとお考えになって、こんどはご三男様をごく平民的にご教育なさるおぼしめしで、○○中学校へお入れになりました」

「なるほど」

「すでに一学期おやりになりましたが、やはりご成績がおもしろくありません。水は方円の器にしたがい人は善悪の友によると申しますから、これは成績のよいものをお相手につけるがよろしいということになりました。旧藩士の子弟の中に現在中学一年生で成績優等のものはないかとのおたずねでございます。わしは方々問いあわせましたが、きみのところがいちばんよく条件にかなっています。ご身分も三百石、申し分ない」

「いや、おそれいります。三百石はむかしの話で、いまは腰弁ですよ」

「いいや。とにかく、といっては失礼ですが、とにかく大蔵省の高等官です。お殿様はせめて高等官ぐらいの家庭でなければこまるとおっしゃいます」

「なにからなにまでと申しますと学友はむろん始終おやしきへあがっているんでございましょうな?」

「そうです。ご三男様と同じ学校へかよって、おやしきでは同じ家庭教師について勉強いたします。今回はぜんぜん平民的教育ですから、中学校ご卒業後すぐさまアメリカへおでかけになって、あちらの大学で仕上げるのだそうです。お学友もお供をしてまったく同様の教育をうけます。いかがですな?」

「愚息《ぐそく》でつとまることならまことに光栄に存じます」

「それじゃおうけをしてくれますな?」

「はあ」

「そうなくてはかなわん。むかしは若様のためにはせがれを身代わりに立てたものです。ましてご令息将来の立身出世の道がひらけることですからな」

と富田さんは大まんぞくでお殿様へとりついだ。

お殿様は朝寝坊だから、内藤さんは十時ごろまで待たされた。しかしそのあいだに富田さんから、なおいろいろとお学友の心得をうけたまわった。

「こちらへ」

との案内でようやく応接間へ通って、ここでまたしばらく待っていると伯爵があらわれて、

「やあ」

とおっしゃった。

「ご無沙汰申し上げました。いつもご健勝で祝着《しゅうじゃく》に存じあげます」

「ありがとう。さあ。かけたまえ」

「はあ、はあ、ははは」

と、内藤さんはおやしきへ上がるとすっかり侍になってしまう。

「役所の方はあいかわらずいそがしかろうね？」

「はあ」

「今日は休んで来たかね？」

「御前、今日は日曜でございます」

「なるほど、そうだったな」

とお殿様は七曜にごとんちゃくない。今日を日曜と知って大いに感心したのか、そのまままだまってしまった。そこでご家来の方から、

「このたびは……」

と切り出した。

「富田から聞いてくれたかな？」

「はあ」

「承知してくれるかな？」

「はあ、ただ愚息に勤まりましょうかどうかと案じております」

「それは大丈夫だ。きみのところはみんなそろって抜群の成績だそうだな」

「どういたしまして」

「参考のためうけたまわりたいが、いったいどうしてそう成績がいいのだろう？」

「さあ」

「なにか思いあたることはないかな？」

「しいて申せば、私が酒を一てきもいただかないからでしょうか」

と内藤さんは同僚にもお殿様にも同じように答える。

「ふうむ。わしは酒を飲む。これは耳が痛いぞ」

「恐れ入ります」

「なあにかまわん。それからどうだね？」

「もう一つは……」

「なんだな？」

「私の家《うち》の金には私の汗の香いがしみています。それで子供が油断をしないで勉強するのだろうと存じます」

「ふうむ。汗？」

「はあ」

「汗を金にしましておくか」

「いいえ、かせいだばかりの金でございますから」

「うむ。額の汗か。労働か。皮肉だな。ハッハハハハ」

とお殿様は快く笑った後、

「万事富田と相談して、来月早々よこしてもらいたい」

「はあ」

「奥もきみに会いたがっている。ちょっと顔を見せてやってくれたまえ」

「はあ」

「暑いところをご苦労だったね」

「はあ」

と内藤さんがおじぎをして頭を上げたら、伯爵はもう出ていってしまっていた。

奥様には日本館の方でごきげんをうかがった。内藤さんは今回の平民教育がお殿様よりも奥様のご発意によることを承知した。奥様はお姫様たちが女親に似てみんな才媛だのに、若様たちはどういうものか不成績で困ると訴えた後、

「内藤さん、どうか助けてください」

とおっしゃった。内藤さんは光栄身に余った。三代相恩の主君、その奥方が助けてくださいと仰せある。

と侍にならざるを得ない。

「私たちの心持ちを察してください」

「はあ、はははあ」

奥様のお話はナカナカ長かった。殿様とちがって女の愚痴がまじる。みんながよってたかっておだて上げるから、若様たちは本気になって勉強しないとおっしゃった。わがままものお相手はずいぶん骨の折れることだろうと、仕事の性質をよく理解していられた。

「内藤さん、あなただけで承知くだすっても、こういうことはお母様に得心していただかないと長続きがいたしませんから、私、そのうちに改めてお願いにあがりとうございます」

「どういたしまして。けっしてそのようなご心配にはおよびません」

「いいえ、むかしとは違います」

「いや、私どもはどこまでも旧臣の身分でございます」

「まだ十三やそこらのお子さんですもの。それを私たちの都合で両親の手から取ろうと申すのはあまり勝手でございます。私、お母様のお心持ちが察しられますから、そこのところを直々お目にかかって念の通じるように申し上げたいと存じます」

「それでは家内をあがらせましょう」

「いいえ、私の心まかせにしておくれ。それから内藤さん」

「はあ、ははは」

「これはお家へおみやげに」

「どういたしまして、この上そんなご配慮をわずらわせ申し上げてはますます恐縮でございます」

「いいえ、お忙しいところをお呼びたてして申しわけありません」

「奥様、今日は日曜でございます」

「あ、そうでしたかね」

と奥様も日曜をご存じない。

内藤さんは拝領品を平に辞退して、にげるように玄関へむかった。富田さんが待っていたので、また家令詰所というのへはいってしばらく打ちあわせをしているうちに、

「自動車のお支度ができました」

と女中が知らせにきた。

「それでは内藤氏」

「富田様」

とちょっと芝居のようなことをして、内藤氏は玄関へ出る。

「さあ、乗っていらっしゃい」

と富田さんは横づけになっているりっぱな自動車を指さした。

「いや、どういたしまして」

「いいや、お殿様の仰せつけです」

「恐れ入りましたな」

と内藤さんは一礼して乗りこんだ。すると奥様からの拝領品が中に積んであったのにまたまた恐れ入った。

下渋谷の内藤家では、

「プープープー」

と自動車が門前で止まったとき、

「家でしょうか?」

と次女の君子さんが玄関へ出てみた。お父さんはちょうどおりたところで、

「正三はいるか? 正三は?」

と呼んだ。運転手がみやげ物をかつぎこむ。

「お帰りなさいませ」

「正三はいるか? 正三は?」

「正ちゃんはおとなりへ遊びにまいりました」

「呼んできておくれ」

「まあ、あなた、おやしきのご用はなんでございましたの?」

とお母さんがきく。

「その正三の件さ」

とお父さんは長火鉢の前に羽織袴のまま坐りこんで、

「正三をおやしきのご三男様のお学友にほしいとお殿様も奥様もおっしゃる。ぜひともというご懇望《こんもう》だ。家の子供がこうまで評判がよいとは思わなかったよ。わしは面目をほどこしてきた。ごらん、この通り頂戴物をしてきた」

とすこし落ちついたようだった。

「それは結構でございました。そうしてあなたはお受けをなさいましたの？」

「受けるも受けないもない。こっちは家来、むこうはお殿様だ。それに近いうち奥様がおまえのところへじきじき頼みにおいでになる」

「まあ！ 私のところ？」

とお母さんは飛びあがらないばかりに驚いた。

そこへ正三君がおなかの時計でもうお昼時と承知してノコノコ帰ってきた。

「正三！」

「はい」

「そこへ坐れ」

「はい」

と正三君は坐ったが、しかられるのかと思ってビクビクしている。

「しかしその服装じゃ困るな。袴をはいてこい」

「はあ」

「袴だよ。お貞、袴を出してやれ」

とお父さんは自ら羽織袴でかしこまっている。夏休みに子供の袴はそう右から左へは見つからない。お母さんはあっちこっちさがした末、正三君に袴をつけさせて、

「これでよろしゅうございますか？」

と不平そうな顔をした。

「よし。そこへ坐れ。正三や、おまえのおかげでお父さんは鼻が高い」

とお父さんは鼻の上へこぶしを二つ継ぎ足して天狗の真似をした。正三君はなんのことだやらサッパリわからない。

「正三や、いまお父さんのいうことはお殿様の仰せつけだ。つつしんで承りなさい。正三や」

「ハッハハハハ」

とこのとき兄さんの祐助さんが笑いだした。

「なんだ？　失礼な」

「…………」

「でも正三や正三やって、まるで正三を売りにきたようじゃありませんか」

とお母さんもすこしおかしかった。

「正三や、今日おやしきへあがったら……」

とお父さんはようやく不断の調子にもどって、お学友の次第をくわしく話して聞かせた。

「お父さん、それでは正三がかわいそうじゃありませんか？」

と祐助さんはかならずしも喜んでいなかった。

「なぜ？」

「こんな小さなものがおやしきへあがって他人の間でもまれるんですもの。奉公人も同じことです。ぼくがお父さんならことわってしまう」

「それはおまえ、料簡違いだよ。お殿様の仰せつけじゃないか？」

と内藤さんは昔なら君公のご馬前で討死《うちじに》をする覚悟がある。

「お殿様は昔のことです。今日では知人にすぎません。まったく対等ですよ。特別の契約を結ばないかぎり、権利義務の関係はありません」

と祐助君は法科大学生だ。

「権利義務の関係がないからといっても、おじいさんの代まではいわゆる三代相恩の主君だったじゃないか？　我々が今日あるのもみな伯爵家のおかげだよ」

「いや、おことばを返してはすみませんが、これぐらいの今日は平民にもあります」

「どうもおまえは思想がよくないよ」

「まあまあ、祐助はおだまりなさい。けれどもあなた、これは正三の一生涯に関係することですから、一応正三の意向もたしかめ、私にも相談してくださるのがほんとうでございましょう？」

とお母さんも多少言い分があるようだった。

家からおやしきへ

内藤家では三男の正三君を花岡伯爵家へご三男様のお学友としてさしあげることについて相談が続いた。忠義一図のお父さんは一も二もなくお受けをしてきたが、二男の祐助君が異議を申し立てたのにおどろいた。お母さんも無条件の賛成でなかった。得心のような不得心のようなことばかりいう。お殿様や奥様のご懇望を考えるとうれしいが、正三君を手ばなすのだと思うと悲しくなる。姉さんたちも女心は同様だった。そこでお父さんは、

「他人の中といっても、よそと違っておやしきだよ。お殿様はごく平民的で物の道理のよくわかったお方だ。奥様も情け深い。奉公人がみなほめちぎっている。しかし正三は奉公人としてあがるんじゃない。ご三男様のお相手として万事ご三男様と同じ待遇を受けるんだ。それから卒業すればご一緒にアメリカへ留学させていただける。正三のためには出世の糸口が開けるわけじゃないか？」

という工合にいいことばかり並べ立てた。

「それはそうでございますよ。おやしきの信用を得ておけばどこへ出るにしても都合がよろしゅうございますわ。けれども、あなた、これまで大きくしたものを見す見すさしあげ

てしまうんですから、私の心持ちも少しはお察しくださいませ」

とお母さんは痛しかゆしだ。姉さんたちも、

「不断はずいぶん憎らしい子ですが、こうなるとかわいそうでございますわ」

「おやしきへあがればとてもこんなにわがままはできませんよ」

と一種の人身御供《ひとみごくう》のように考えている。

「どうもおまえたちはわからないね」

「いいえ、お父さん、正三が多少犠牲になることは事実ですよ」

と兄さんの祐助君がまた主張した。

「犠牲なものか、特典だよ、おまえたちは正三をおやしきへ奉公にでも出すようにいうが、けっしてそんなわけのものじゃない。お学友だよ」

「盆正月でなくても帰って来られますの?」

とお母さんがきいた。

「藪入りかい? ばかだなあ。奉公人じゃあるまいし。日曜や休暇には大手をふって帰ってくる。寄宿舎へはいっているのも同じことさ」

とお父さんは女連中を安心させることにつとめた。

「お父さん、ああいうおやしきでは家庭教師でも若様のご機嫌を取らないと勤まらないそうですよ」

と祐助君は反対論をつづけた。

「そんなこともあるまい」

「いいえ、僕の友だちがやはり旧藩主のところへ家庭教師にあがっていますが、ナカナカ辛いといっています。僕は正三が卑屈な人間にならなければいいと思って、それを案じるのです」

「そのへんは正三の心一つさ」

「正三、おまえは正々堂々とやれるかい？」

「いや、それはわしがきく」

とお父さんはあわてた。うっかり首を横にふられるとたいへんだから、充分利益を説きつくしてから正三君の意向をたずねようと思っていたのである。

「お父さんのおっしゃるとおり、これはある意味から考えると特典に相違ありません。それで僕は正三がどこまでも男子の意気を失わない決心なら賛成です。たとえばご三男様と相撲を取る場合、遠慮なく投《ほう》り出してやるようならよろしい。しかしもしご機嫌を取る料簡でいくようなら大反対です」

と祐助君は力強くいった。

「正三、どうだね？　さっきから色々と話したとおりだ。承知してくれるかね？」

とお父さんはとうとう直接本人に訊いて見なければならないことになった。

「承知しました。ご三男様をひどい目に会わせてやります」

「それじゃ困るよ」

「僕はせっかくはいった府立から私立へ移るのがいやですけれど、お殿様のおぼしめしなら仕方ありません。忠義をつくします」

と正三君は子供心にも伯爵の知遇に感じていた。

「そうでなくてはかなわん。さすがにおまえは侍の子だ」

とお父さんは大満足だった。

「正三、一生の方針に関係することだよ。もっとよく考えてみろ」

と祐助君は念を入れた。

「おまえはだまっていなさい。もう承知したんだ」

とお父さんは祐助君が打ちこわすのを恐れた。

「さっきから考えていたんです。お父さんがおやしきでお受けをしておいでになったんですから、僕がいやだというと困るでしょう。兄さん、僕は正々堂々とやりますよ」

「おまえがその決心なら僕もさんせいだ。お父さん、実は僕は最初からぜんぜん反対じゃなかったんです」

「それじゃ変なことばかりいわないがいい」

「正三は承知さえすれば、忠義にも孝行にもなると同時に、自分の身も立ちます。けれども親や兄貴の権力で圧迫したんじゃなんにもなりません。自発的のところに値打ちがあるんです」

「むろんそれはそうさ」

「それにこれから帝大を出るのとアメリカへいって勉強するのでは将来がだいぶ違ってきますから、本人の自由意思できめさせたいと思ったのです」

と兄さんは兄さんだけのことがあった。

「おまえも分からず屋のようでいてナカナカ考えているんだね」

とお父さんはこれも至極満足のようだった。

お母さんや姉さんたちも決心しなければならなかった。しかしいままで一緒にいたものが急によそへいってしまうのはやはり心もとない。

お母さんはその翌日、

「家のお父さんという人はなんでも私に相談しないできめる人だから困りますよ、おまえたちも気をつけていないとどんなところへお嫁にやられるかもしれませんよ」

といやみをいった。

「でも縁談はご相談なさいますわ」

と一番上の貴子さんは笑っていた。

「正三のことは私もうあきらめました。お受けしないで帰っても、やっぱりつまりはこうなるんですわ。お殿様と奥様お二人のおぼしめしですからね」

とお母さんは納得もしているようだった。なお、

「それに始終おやしきへお出入りするようになれば、おまえたちの縁談にはどんなに都合がいいかしれませんわ」

と欲張ってもいた。

「なぜでございますの」

「お父さんも私もやっぱりご家中の人でなければいけないと思っていますから、おやしきへあがってちょうどいいお婿さんをご詮議していただきますわ」

「まあ！　いやなお母さん」

「いいえ。うかうかしちゃいられませんよ。君子ももう十七ですからね」

「あら、私、そんなことどうでもいいんでございますよ」

と君子さんも縁談と聞くとすぐに赤くなる。

内藤さんの家庭は三百石を忘れないだけあってごく昔風だ。

四日目の午後内藤さんの門前に伯爵家の自動車が止まった。

「お母さんお母さん、おやしきの奥様でございますよ」

と君子さんが血相を変えて注進した。お風呂場で洗濯をしていたお母さんは、

「あらまあ、どうしましょうね？」

とシャボンだらけの手でてんてこを舞った。

「困るわねえ、平民的すぎて」

貴子さんも狼狽した。実は事によるとほんとうにおいでになるかもしれないと思って、三、四日用心していたのをあいにく今日から油断したのだった。

「御免。御免」

ともう運転手が玄関で呼んでいる。

「はい。はあい」

と君子さんははじめて気がついたように取次ぎに出る。その間に貴子さんが客間を検分する。お母さんは髪をなぜつけたり着物を着かえたり大騒ぎだ。いくらふいても汗が流れた。

これは内藤家代々を通じて最も光栄ある日の一つだった。祐助君は不在だったが、皆々おくつろぎになってから、ご機嫌うるわしくお引き取りになった。お母さんはもうすっかり、得心がいりがたいおことばをたまわったこと申すまでもない。お母さんはもうすっかり、得心がいった。後から奥様をほめるやほめないではない。

「ああいうおやさしいお方なら、私、もうなんにも申すことはありませんわ。『子持ちは相身たがい見です。このお子さんを手ばなすお心持ちは私もお察し申し上げておりますから、けっして悪いようには計らいません』と涙を浮かべておっしゃったとき、私もホロリとなって、これではどんな犠牲でも喜んでおひきうけしなければならないと存じましたよ」

とやはり侍の娘である。夕刻主人公が役所から帰るのを待ちわびて、

「あなた、どうぞこれからお礼を申し上げに伺ってくださいませ」

と意気ごんでいた。

「まあまあ、今夜すぐにもおよぶまい」

「でも、あなた」

「またおみやげを頂戴したんだね」

と内藤さんは恐縮だった。

「奥様は正三をごらんがてらおいでになったのかもしれませんわ。できそうな子ですってほめてくださいましたよ。それから『子持ちは相身たがい見です。このお子さんを手ばなすお心持ちはお察し申しあげておりますから』って涙をうかべておっしゃいましたの」

とお母さんはおみやげよりもこれが、なによりだった。姉さんたちは姉さんたちで、それから二、三日の間、

「弟が伯爵家へ若様のお学友にあがりますのよ、それで奥様がわざわざおいでくださいましたの。宅の母と五つしか違いませんのよ、お若いんでございますのよ」

と会う人ごとに吹聴した。

次の日曜に正三君はお父さんにつれられておやしきへ伺った。お殿様にもお目通りをゆるされて、イヨイヨお学友ときまった。

「照彦にはちょうどいい相手だ」

とお殿様がおっしゃった。

「お母様によろしく。お乳を充分いただいておいでなさいよ」

と奥様は特にうちとけたご挨拶だった。正三君は家へ帰って転学の手つづきをすませた。それから月末ご三男様がお兄様方と一緒に大磯の別荘からお帰りになるとすぐおやしきへひきとられた。その折り祐助君は、

「正々堂々とやれよ」

といった。

「大いにやります」

「日曜にはきっと帰れよ。お母さんがさびしがる」

「はい」

と正三君は頭を下げていた。それからお母さんや姉さんたちにお暇をして門を出たとき、団子が喉につかえたような心持ちになった。しかし運転手に笑われるといけないから、肩をいからして自動車へ乗りこんだ。

伯爵家にはお子様方の教育指導にあたる先生が数名勤めている。みんな旧藩関係だからご家来だ。ご家来でなければ先生になれない。その中安斉さんという老人が指導主事として采配をふるっている。この先生はご家中随一の漢学者で、評判のやかまし屋だ。家令の富田さんさえ時折りしかられる。あとはみんな家庭教師で、三人の若様と一人のお姫様《ひいさま》にそれぞれ一人ずつついている。上のお姫様お二人がおかたづきにならなかったころは六人だったから、六人の家庭教師がいた勘定になる。

安斉先生は旧藩時代の面影を顔のあばたに伝えている。まばらなひげが白い。その昔剣道できたえたと見えて、目がすこし藪の傾向をおびている。にらみがきく。ナカナカこわい。正三君はこの安斉先生に主事室へ呼びつけられてお学友の心得を申し渡された。それは生まれてはじめてよそに泊まって心細い一夜をすごした翌朝だった。漢文の口頭試験のようなものだったが、先生はメントル・テストだとおっしゃった。正三君はメンタルとおぼえていたけれど、漢学の方ではメントルかしらと考えた。

「内藤君、昨日《きのう》はおいでになったばかりでまだ落ちつかないようだったから控えていましたが、もういいでしょう。今日はメントル・テストの流儀にしたがってお学友の心得をお話しいたしましょう」

「はあ。どうぞよろしくご指導を願います」

と正三君はお父さんから教わったとおり切り口上でいった。

「きみもどうかしっかりやってください」

「できるだけ勉強いたします」

「ときに内藤君、きみは、四方に使いして君命をはずかしめずということばがおわかりですか？」

「さあ」

「考えてごらんなさい。メントル・テストです。使二于四方一《しほうにつかいして》、不レ辱二君命一《くんめいをはずかしめず》」

と安斉先生はそのとおり奉書紙《ほうしょがみ》に書いてみせた。

「これはお殿様の命令を充分にはたすことでございましょう」

「そうです。ナカナカ頭がいい。この心得がなければいけません。当節の家庭教師には論語読まずの論語知らずが多いから困る。つぎに、君君《きみ》たらずとも臣臣《しん》たらざるべからず」

「君君たらずとも……先生、僕はまだ漢文を習い始めたばかりです」

と正三君は弱音をふいた。これはこの上どんな問題が出るかもしれないと思ったのである。

「いや、漢学の試験ではありません。メントル・テストです。これが大切ですぞ、ことにお学友は」

　といって、先生はまた「君雖レ不レ君《きみきみたらずとも》、臣不レ可二以不一レ臣《しんしんたらざるべからず》」と書いてくれた。

「はじめの方は申し上げるのも恐れ多いことです」

「うむ、わかっていますね。えらいえらい」

「いや、これは僕にはすこしむずかしいです」

「殿様が殿様らしくなくても家来は家来らしくしなければいけない。そうでしょう？」

「はあ」

「ご三男照彦様はごむりをおっしゃるかもしれません。その折り、君君たらざれば臣臣たらずでは困ります」

「はあ。よくわかりました」

「士は己を知る者の為に死す。これはどうです？」

「己を知るもの。己を知るもの。自分の本分を知るもの……」

　と、これは正三君ぜんぜん落第だった。

「すこしむずかしいかな？　士は自分をみとめてくれる人のために死す。知遇に感じるということです。きみは品行方正学術優等、今回それをおみとめになってご三男照彦様のお学友にしてくださったお方はどなたですか？」

「お殿様です」

「そうです。あなたはそのお殿様のために死ぬ覚悟がなければなりません」

「はあ」

「君辱められれば臣死す。これはどうですか?」

と先生はまた死ぬことを持ち出した。

「大石良雄です」

「頭がいい。それでは実際問題として、照彦様が学校で他の生徒に辱められた場合、きみはどうしますか?」

「さあ」

「いま、大石良雄とおっしゃったでしょう?」

「はあ。わかりました」

「照彦様は町人の学校へおはいりになりました。私はご指導主事として反対の趣をお殿様へも申し上げたのですが、大勢はなんともいたし方ありません。私立中学はお兄様たちの学習院と違って、玉石混淆《こんこう》ですからな。それだけきみの責任が重いですよ。ずいぶんいかがわしい家庭の息子と机をならべるのですから、あるいはきみが君公ご馬前の臣節をつくすような機会が来ないともかぎりません」

「はあ」

と答えたものの、正三君はそのまま考えこんで涙をホロホロこぼした。学校で照彦様が喧嘩をしてなぐられるかもしれない。帰りに電車の中で車掌にけんつくを食わされるかもしれない。平民の自動車に泥をはねかけられるかもしれない。君辱めらるる場合はいくらでもあり得る。そのさい一々切腹していた日には命が続くまい。

「内藤君」

「はあ」

「まあ、だいたいこういう心得でご奉公をしてください。生は難く死は易し。むやみに命を捨てては困る。ただ精神を忘れなければよろしい。それからこの紙を持って行って座右の銘になさい」

と安斉先生は申し渡しを終わった。かならずしもその都度切腹という意見ではないようだった。

正三君が廊下へ出ると、照彦様が待っていてさしまねいた。

「内藤君、きみは安斉先生のメントル・テストを受けたね？」

「はあ。いろいろと教えていただきました」

「あれはやっぱりメントルだとさ。僕がメンタルだと教えて上げたら、先生怒って、ドクトルということはあるがドクタルということはありますまいがなとおっしゃった。お兄様たちも大笑いさ。しかし漢学の方は大先生だ。日本一だろう」

「そうのようでございますな」

「きみは家へ帰りたいか？」

「いいえ」

「でも目が赤い。帰りたがっちゃ困る。そのかわり僕と仲よしになろう」

「恐れ入ります」

「これから弓を引きにゆこう。来たまえ」

「はあ」と正三君は大弓場《だいきゅうば》へお供した。

「きみはなんでも優等だそうだから、弓も名人だろう?」

と照彦様は身仕度をしながらきいた。

「いいえ。やったことがありません」

と正三君は一向心得がない。

「うそだろう」

「ほんとうです」

「それじゃ僕が教えてやる」と照彦様は模範をしめした。ときどき的にあたる。正三君は
しばらく見学した後、

「私もやってみます」と興味を催した。

「僕といいたまえ。仲よしだ」

「はあ」

「はあもいけない。うんといいたまえ」

「うんは失礼です」

「なあに、かまわないよ」

といいながら、照彦様は初心の手頃の弓を択《え》って渡した。

「こうですか」

と正三君は力一ぱいに引いて放った。しかし矢は地面をはって垜《あずち》まで達しない。

「もっと高く。矢のゴロはだめだ」と照彦様が笑った。

「これぐらいですか？」

と正三君は少し高いつもりで放ったが、やはりいけない。矢は一度地面へ落ちてまた飛び上がった。

「きみの矢はバウンドする」と照彦様はまた笑って、

「このへんさ。うんと引く」

と手を取って教えてくれた。正三君がそのとおりにして放つと、今度は馬鹿に高い。矢は垜《あずち》屋《や》を越してどこかへ行ってしまった。

「矢のフライ。矢のフライ」

と照彦様は大喜びだった。

「とてもだめです」と正三君はあきらめた。

「なあに、少しやればすぐ僕ぐらいになる。ときどき先生が見えるから習いたまえ」

「矢を取ってきましょう」

「いや、後から拾わせる。それよりも君はボールをやるか？」

「やります」

「それじゃあっちへゆこう」

と照彦様の方からお相手を勧めてくれる。正三君は第一日ですっかり仲よしになった。

お薬のおこぶ

正三君は花岡伯爵家に住みこんでから四日になった。ご三男の照彦様はこの学友がお気に召してしばらくもはなさない。まだ学校が始まらないからいい遊び相手だ。あっちこっちへ引っぱり廻す。お陰で正三君は広いおやしきの勝手がほぼわかってきた。

「内藤君、お姉様のおへやへ遊びにいってみよう」

と照彦様がいいだした。

「さあ。おじゃまでしょう?」

と正三君は躊躇した。

「いや、昨日お姉様が遊びにおいでなさいとおっしゃった」

「それはそうですけれど」

「いこう。きみがこないと、僕はいけないんだ」

「なぜですか?」

「僕はおとといの晩、お姉様がこの間大姉様からいただいた大切のものをこわしたんだ。大理石の女さ。いじっていておとしたものだから、足が折れてしまった」

「それはそれは」

「その時からもうお部屋へはいっちゃいけないってことわられている。僕とはろくろく口もきかない」

「それじゃおわびのかなうまでいらっしゃらない方がいいでしょう」

「いや、きみがくれば大じょうぶだ。いこう。さあ、来たまえ」

と照彦様は正三君の手を引いて長廊下《ながろうか》を駈けだした。

お姉様はご長男の照正様とご次男の照常様のお次にあたる。妙子様といってお年はお十六、女子学習院へ通っていられる。上のお姉様方はお二人とももうかたづいていらっしゃるから、お姫様《ひいさま》はこのお一方だ。伯爵家ではお姫様方はみんなお成績がおよろしい、ことに妙子様は才媛で、お母様のご鍾愛《しょうあい》をほしいままにしている。お部屋もお母様のおとなりだった。

「お姉様」

「照彦さん？」

「はあ」

「何ご用？」

と妙子様はお部屋の内からきいた。入れない算段だった。

「だめだ。まだおこっている。妙子、妙な子、おこりっ子！」

とつぶやいて、照彦様は首をちぢめた。

「照彦さん！」

とそれが内まできこえたようだった。

「お姉様、内藤君がちょっとご機嫌を伺いにあがりました。僕はお供です」

と答えて、照彦様は舌を出した。ナカナカ平民的だ。

「それならおはいりなさい」

正三君はもう仕方なく、照彦様に押されて先にはいった。

「よく来てくださいましたのね。さあ、どうぞこちらへ」

と妙子様は刺繡台の前に坐ったままお愛想よく請《しょう》じた。

「きれいだなあ。お姉様はお上手だなあ」

と照彦様はさっそく刺繡台の方へはい進んだ。おとといの晩の不首尾があるから、特にご機嫌をとるつもりだった。

「さわっちゃいやよ」

「はいはい」

「照彦さんはなんでもすぐにこわすからこわいわ」

「もう大丈夫ですよ。内藤君、見たまえ。芙蓉《ふよう》だ。これは花壇のを写生したんだぜ」

「きれいでございますなあ」

と正三君は遠方から伸びあがって拝見していた。

「きみ、飛行機じゃないよ」

「なぜですか」

「でも、きみは口をあいて見ているんだもの」

と照彦様は人前で正三君を冷やかすほどしたしくなっていた。

「内藤さん、この通りですから、照彦さんのお相手はお骨折りでしょう？」

と妙子様が同情しておっしゃった。

「どういたしまして」

と正三君はたった二、三日の中にこんなおとなびた言葉づかいをおぼえた。たいていの場合これで間に合わせる。

「照彦さんは茶目さんですからね」

「どういたしまして」

「内藤さんはなんでもよくおできになるそうですね？」

「どういたしまして」

「それに照彦なぞとちがっておとなしいんですから、ほんとうに申し分ございませんわ」

「どういたしまして」

「先生になってあげてください」

「とてもそんなことはできません」

「ご謙遜ね。お年はおいくつ？」

「やはり十三です」

「同い年でもちがいますわね。からだまで大きいわ」

「いや、僕の方が大きいです」

と照彦様は自分がけなされて正三君ばかりほめられるのが癪にさわっていたから、やっきになって主張した。

「まさか」

「いいえ、ほんとうに照彦様の方が少しお高いです」

と正三君が花を持たせたにもかかわらず、照彦様は、

「内藤君、も一ぺん背くらべをしてみよう。さあ、立ちたまえ」

といきまいた。ご三男様は癇癖がお強い。正三君は君命もだしがたく立ち上がった。

「まあ、ちょうど同じようね。あら、照彦さん、背のびをしちゃずるいわ」

と妙子様はしばらく見くらべた末、

「やっぱり内藤さんの方が心持ち高いわ」

と判定をくだした。

「そんなはずはありませんよ。昨日正木が見ていて僕の方が高いといいました。お姉様は内藤君にひいきしている」

「いいえ、照彦さんは頭がのびているから、高く見えるんですわ」

「頭がのびている？　ハッハハハ」

「なにがおかしくて?」

「ワッハハハハ」

「変な人ね」

「髪がのびているんですよ。頭がのびていれば布袋だ」

と照彦様は腹いせにあっぱれ揚げ足を取ったつもりだったが、

「オホホホホ、それは福禄寿のことでしょう? 無学な人はやっぱりちがうわ。布袋は頭がはげているばかりよ」

と妙子様からみごと返り討ちを食った。

「とにかく、頭はのびません。毛がのびるんです」

「理屈っぽい人ね」

「内藤なんかなにをしたって僕にかなやしない」

と照彦様は八つあたりを始めた。おこると額に青筋が立つ。

「ほんとうに僕はおとといから照彦様に負け通しです」

と正三君は困り切って調子を合わせた。

「内藤はからだが大きくても弱虫だ。昨日厩《うまや》へいって僕が馬の腹をくぐって見せても、こわがって続いてこないんです」

「そんな危ないことをするものはばかですよ」

と妙子様はやはりほめてくれなかった。

「ランニングでも僕が勝ったんです」

「まだ遠慮していらっしゃるのよ。いまに本気になってごらんなさい。あなたなんかとてもかないませんわ」

「弓なんか本気でやったけれど、矢がバウンドをするんです」

「内藤さん、あなたは負けていちゃだめよ」

「弓はほんとうにかなわないんです」

　と正三君がいった時、照彦様はきっとなって、

「弓はって、きみ、ランニングも三回とも僕が勝っているじゃないか?」

　とにらみつけた。

「あれはお庭の路がよくわからなかったからです」

「後から苦情をつけるのはずるい。それじゃ、ここで相撲を取ろう」

「めいわくですよ」

　と妙子様はおどろいて制した。しかし照彦様はもうききわけがない。

「そら!」

　といって、坐っている正三君を仰向けさまにつっころばした。

「卑怯よ、照彦さん」

　と妙子様がたしなめた。

「内藤、立て!」

「だめですよ」

「さあ、かかってこい」

「かないませんよ」

と正三君は逃げ出そうとした。

「内藤さん、おやりなさいよ、負けていると癖になります」

と妙子様が見るに見かねておっしゃったせつな、照彦様はもう組みついてきた。正三君もいまは仕方がない。

照彦様は相撲なら十三から十五までの子にけっして負けないという確信があった。なんとなれば、伯爵邸の門内には家令の富田さんはじめ旧藩士が大ぜい住んでいて、その子供たちが時おりお相手をおおせつかる。この連中は親からいいふくめられているから、ご三男様を負かしたことがない。ずいぶんきわどいところまでやるが、最後にはヤッとさけんでひっくりかえる。それを照彦様は自分が強いのだと思っていた。さて、組みつかれた正三君も相撲は得意でない。小学時代に時たま冗談にとったぐらいのものだった。手といっては足がらみのほかなにも知らないから、いまやそれを応用してただグイグイ押した。負けると後々のためにならないと考えて、真剣だったからたまらない。照彦様はよろめき始めた。しかし押される方もはなさないし、押す方もいいかげんのところで振りはずす工夫をしないから、二人一緒に刺繍台の上に倒れてしまった。下になった照彦様は机のかどで頭を打って泣きだした。

「ごめんください。ごめんください」

と正三君はあやまりながら抱きおこした。照彦様は刺繍台をつぶしたことに気がつくと、正三君を突きのけて逃げていった。ご丹精の芙蓉が落花狼藉《らっかろうぜき》になっている。

「私、こまるわ。これ、暑中休暇のお宿題よ」

と妙子様は涙ぐんでためいきをついた。

「申しわけございません」

と正三君は平身低頭して罪を待つばかりだった。

「なんですの？　いまの音は」

とそこへ奥様があらわれた。正三君はシクシク泣きだした。

「お母様、内藤さんはすこしも悪いんじゃありませんのよ」

と妙子様はすぐにとりなして、一部始終を申し上げた。

「そうして照彦は逃げてしまいましたの？」

「ええ」

「内藤さんはなんにも泣くことはありませんよ。さあ、もうご機嫌をお直しなさい」

と奥様がいたわってくだすった。

「はあ」

「私から申し聞かせますから、照彦を連れて来てください」

「はあ」

と正三君は涙をふいて長廊下をたどった。

照彦様は照常様のお部屋の前にションボリと立っていた。正三君の姿を認めると、まず目をいからせてにらみつけた。それから拳骨をこしらえて息を吐きかけて見せて、

「いまにこれだぞ」

と歯をむいた。お兄様に加勢をたのんだという意味らしかった。

「照彦様、お母様がお呼びでございます」

と正三君は近づいた。しかし照彦様は赤んべいをして、学監室にはいってしまった。照彦様はお母様が一番こわいのである。悪いことをした後、お母様から呼ばれて応じるはずはない。正三君の無礼を学監の安斉先生に訴えるとすぐに姿をかくしてしまった。お母様は女中たちに命じてあっちこっちをさがさせた。その間に正三君は安斉先生から学監室へ呼びつけられた。

「内藤君、心配はいらんよ。しかしいったいどうしたのですか？」

と先生はごくおだやかな態度できいた。

「お姫様のお部屋へご機嫌伺いにあがりまして、お話をうけたまわっておりますと、照彦様がぜひ相撲をとるとおっしゃって……」

と正三君は少しも悪びれずにありのままを申したてた。

「よろしい、相撲は勇壮な競技で結構です。これからも度々《たびたび》お相手申しあげる機会がありましょう。しかし、内藤君」

「はあ」

「おけがをさせ申してはいけませんよ。以来気をつけることですな」

「おけがございましたか？」

「お頭《つむ》に大きなおこぶができました」

「申しわけありません」

「今後もあることですから、一つ考えて見るんですな。勝負は時の運で仕方がないが、同じお負かし申すのでも、君がいつも下になるようにすれば、若様におけがはけっしてありません」

「しかし下になれば僕が負けます」

「そこですよ」

「はあ」

「ご主君ですから、対等と思っては忠節がつくせません」

「それでは負けてさしあげるのですか？」

「いや、わざと負けるにはおよばん」

「はあ」

「勝つにもおよばん」

「はあ？」

「ご機嫌をとるために負けてさしあげるのは主君をあざむくへつらい武士です。風上におけん。しかし、内藤君、君心あれば臣心あり。すべて君臣主従《しゅうじゅう》貴賤《きせん》上下《しょうか》の別をわすれるものは乱臣賊子ですぞ。わかりましたかな?」

「いいえ、はあ、しかし……」

「頭脳明敏の優等生にこれぐらいのメントル・テストがわからないはずはありますまい。君心あれば臣心あり。ハッハハハハ」

と安斉先生は正三君の解釈にまかせた。

正三君は部屋へひきさがって、安斉先生のいわゆるメントル・テストを考えた。負けるにおよばん勝つにおよばんでは引き分けの外ない。しかし引き分けは五分五分だから対等だ。対等では忠節がつくしがたいとある。君臣上下の別を守っていつもこっちが下になる。それでは勝てっこないのだが、そこだという。どこだろう? やっぱり負けるのかな。と、それなら初めから気がついている。しかしそれではへつらい武士で風上にもおけない。君心あれば臣心あり、なるほど、このへんかな? ここは先生が二度おっしゃった。かならずしも負けるにおよばんが、むりに勝つにもおよばん。そこをしかるべくお相手する。

「ここ、ここ」

と正三君はさすがに頭脳明敏だった。

照彦様はまもなく台所で見つかって、お母様のお部屋へ引かれてゆく途中、小間使いの手の甲に歯あとの残るほどかみついて、また一つ罪がふえた。しかし正三君が呼ばれてまかり出た時にはもうすっかりお叱りずみになっていた。

「さあ、照彦や、内藤さんとお仲直りをなさい」

とお母様がおっしゃった。

「照彦様、失礼いたしました」

と正三君が進みよった。照彦様はまだ渋面作っていたが、

「照彦や、おまえがそんなにわがままをすると、内藤さんはお家へお帰りになってしまうよ」

と戒めたので、ようやくうなずいた。

お母様の前をひきさがってお部屋へもどる途中、照彦様は内藤君を肩で押してきた。内藤君は知らん顔をしていた。この上喧嘩を買いたくない。その中に照彦様は正三君の肩に手をかけて、

「内藤君、きみはおこっているね？」

ときいた。

「いいえ」

「きみは帰る気か？」

「帰れとおっしゃるなら帰ります」

と正三君は答えた。これでは実際勤まりかねると思っていたのだった。

「きみ、帰っちゃ困る。いつまでもいてくれたまえ。僕が悪かった」

「帰りません」

「仲よくしよう」

と照彦様は内藤君の手を取った。

正三君はお部屋までお供した。照彦様は勉強机《デスク》に坐ったまましばらく考えていたが、頭をおさえてシクシク泣きだした。

「若様、さっき打ったところがお痛いんじゃありませんか？」

と正三君は心配した。

「いや、頭はなんともないが、いやあな心持ちがして仕方がない」

「どこかお悪いんじゃないでしょうか？」

「いや、そうじゃない」

「若様、あの相撲は僕のケガ勝ちです」

「いや、相撲のことでもない」

と照彦様はまだ顔をおおっていた。

「…………」

「内藤君、きみは悪いことをしたことがあるかい？」

「はあ？」

「優等生だから、ないんだろう。なければわからない」

「…………」

「お姉様がきみをほめるのはあたりまえだ」

正三君はさっきにくらしかった照彦様がおかわいそうになった。こんなに後悔しているところを見るとふみ止まって忠義をつくさなければならない。

「そんなことはもういいじゃありませんか。お庭へ行って遊びましょう」

「うむ。きみはもうほんとうにおこっていないか？」

「おこってなんかいるもんですか」

「お姉様も勘忍してくれたからきみも勘忍して帰らないでくれ」

「帰りません」

「さっき内藤と言ったのも悪かった」

「内藤で結構です」

「僕はみんなに勘忍してもらわないと心持ちが悪い。それで、もう一つ困ることがある」

「なんですか？」

「あやまりにいけないところだ」

「どこでしょう？」

「さっき台所で菊やにつかまったとき、逃げようと思って手を食いついたんだ」

「はあ」

「やっぱりあやまる方がいいだろうな？」

「ひどくおかみになったんですか？」

「泣いたくらいだ」

「お心持ちがお悪いなら、おあやまりになった方がいいでしょう」

「けれども台所と女中部屋へははいれないことになっている」

「それじゃ僕がいってまいりましょうか？」

「うむ、たのむ」

「菊やですね？」

「うむ、菊やだ。一番大きい女だ。あれは力がある。僕はまだ腕が痛い」

と照彦様はようやく笑顔が出た。

正三君は早速使命を果たしたのち、お昼までお庭でお相手をした。帰られては困ると思ったのか、照彦様の方からしきりにごきげんをとる。臣たるもの心あらざるべからずと考えて、

「若様、この芝の上で相撲をとりましょう」

と君の心を伺ってみた。しかし照彦様は、

「いやだ、屋敷外の人は皆強いとお母様がおっしゃった」

といって応じなかった。

昼から若様方はご散髪をなされた。始終散髪屋へ頭を持っていく正三君はこういう工合に散髪屋をよびつけて刈らせる法のあることを初めて発見した。順番がまわってきた時、照彦様は、

「こらこら、ここに大切《だいじ》のこぶができているから、気をつけてくれ」

と注意した。

「はあ。大きなものでございますな。どうなさいました？」

と散髪屋がさわってみた。

「痛い痛い！」

「できたてでございますな」

「そうだ」

「とんだことでございました」

「いや、これはかえってお薬になるこぶだ、お母様がそうおっしゃった」

と照彦様はもうすっかりご機嫌が直っていた。

若様の頭

翌日から学校がはじまって、正三君はイヨイヨ本式に照彦様のお学友をつとめることになった。その朝、照彦様は制服を着ながら、

「きみ、校長はこわいぜ。担任もナカナカきびしい。けれども秋山って先生がいる。やっぱり家《うち》の家来だ」

といった。

「なんの先生ですか？」

「英語だよ。僕たちの級へ出る。こまることがあったら、秋山さんにいえばいい」

「おやしきへもいらっしゃいますか?」

「僕がはいってから時々来る。安斉さんから頼んであるんだもの」

「それじゃなまけるとすぐにしれてしまいますね」

「うむ。僕に六十点しかくれない。家来のくせにして失敬だよ」

「…………」

「お兄様がたの方の家来はみんな点が安い。頭の悪いものは家来の先生の多い学校へゆく方が得だよ」

「そんなこともないでしょう」

「きみ、その制服は似合うよ」

「そうですか」

と正三君も新調の制服に身をかためた。

学校まで電車で三十分ばかりかかる。正三君は初めての方角だから、いっさい照彦様の指導にまかせた。

「きたない学校だろう?」

と照彦様は門に着いた時、正三君をかえりみた。

「けっこうですよ」

「僕たちの教室は新しい」

「ナカナカ広いですね」

と正三君は運動場を見まわした。

教室には同級生が半数以上そろっていた。長い休暇の後ふたたび顔を合わせてみんなうれしそうだった。その中の五、六名が、

「やあ、花岡さん」

と呼びながら寄ってきた。照彦様は、

「お早う。これはね、今度はいった僕の友達だ。内藤正三といって秀才だよ」

と早速正三君を紹介した。正三君は赤くなって頭を下げた。

「きみのところの家来だろう?」

と一人がきいた。照彦様はそれに答えずに、

「府立からきたんでとても秀才だ。僕とは違う」

といって、正三君を教員室へつれていった。安斉さんから校長先生へ添書《てんしょ》を持ってきたのである。校長さんは家来でない。しかし家来のところへお嫁にきている人の伯母さんのご主人だから、つまり、家来の伯父さんだ。まったく関係のないこともない。正三君はこの校長さんと級担任の橋本先生にお目にかかった。

まもなく始業式が始まった。照彦様は正三君とならんで席について、

「きみ、きたない講堂だろう」

とささやいた。その実りっぱな講堂だった。照彦様はちかごろ謙遜ということを覚えた

のである。ただし自分に関係あるものを思いつき次第に悪くいうのが謙遜だと信じている。なんでも手近のものを材料に使う。つぎに校長さんの訓辞中、

「つまらないことばかりいうだろう?」

とおっしゃったのも謙遜の意味だった。このへんが華族様の若様の鷹揚なところだけれど、学校や校長先生こそいい面の皮だ。

式が終わるとすぐに、一同は級担任の橋本先生に引率されて教室へもどった。正三君の席は照彦様と同じ机にきまっていた。先生は、

「みんな黒くなったなあ」

と生徒たちの日にやけた顔を見わたして、出席簿を呼びはじめた。

「……花岡、内藤」

とちょうど中ごろで正三君を呼んだとき、

「ついでに紹介しますが、今度この内藤君が入学しました。花岡君の友人です。仲よくしてやってくれたまえ」

といって一同にひきあわせた。正三君は立っておじぎをした。しかし同級生には礼儀の正しいものばかりはいない。

「家来だ家来だ」

と後ろの方で笑った奴があった。

「時間割りは先学期のとおり。学課は皆前の続き。明日は日曜。今日は授業なし。ところ

で諸君は夏中なにをしていたね？」

と橋本先生はキビキビした人だった。富士へ登った話をした後、

「それでは、諸君、明後日《あさって》から」

といいすてて出ていった。

帰りみちに照彦様は、

「始まるとすぐに日曜はうれしいね。きみは家へ帰るかい？　今日昼から」

と急に思いついたようにきいた。

「いいえ」

「ありがたい。なにをして遊ぼう？」

「今日からご自習があるんでしょう？」

「いや、明日の晩さ。僕は頭が悪いから、あさってのことを今日からやっておくとわすれてしまう」

「若様、ご自分で頭が悪いと思っちゃだめですよ」

と正三君は胸にうかんだままを遠慮なくあらわした。今朝から学友の任務ということを考えていたのである。

「そうかね？」

「そうですとも」

「けれどもどうしても頭が悪いんだから仕方がない」

「悪いはずはありません」

「ありませんて、きみは僕の頭の中へはいってみたことがあるか？」

「それはありませんよ。けれども頭の病気をしなければ、悪くなるはずはないじゃありませんか？」

「きみは議論をふっかけるのか？」

「いいえ」

「それならよけいなことをいうな。学校の成績がなによりの証拠だ。僕の頭は悪いにきまっている」

と照彦様はつまらないことをやっきになって主張した。

正三君は勤め大事と考えているし、照彦様がはなすまいとするから、土曜日でも帰宅しないことにきめていた。

「どうですか？　一ぺんお母さんのお乳をあがっておいでになったらいいでしょう」

と奥様がおっしゃってくだすったが、

「このつぎにいたします。帰りたくないです」

と強いところを示した。照彦様は大喜びで、

「ボールをやろう」

と昼からさっそくお庭へさそいだした。正三君も遊びたいさかりだから、運動はけっしてお役目のご奉公でない。なんでも真剣にやる。しまいには二人ともくたびれて、芝生の

上に寝ころんだ。

「やあ、雲が動いている」

と正三君はあおむけになったままいった。

「海のようだね」

「鳥が飛んだ」

「また飛んだ」

「いまのは小さい。雀でしょう」

「きみ、きみ、雀を打ちにゆこう」

と照彦様が思いついた。

「パチンコですか？」

「空気銃だ。きみにはお兄様のを借りてやる。ゆこう」

「まいりましょう」

と正三君はすぐに応じた。空気銃は小学校時代の夢想だったが、お父さんが危ながって買ってくれなかった。いまそれが自由に使えるのである。学友でも子供だ。自分の楽しみが先に立つ。

伯爵家のおやしきには裏に広い畑があって、そのはてが雑木林になっている。付近に肥溜めなぞがあって、むろん若様がたの立ち入るところでない。しかし運動にあきた照彦様はまもなく正三君を従えて、この方面へ志した。

「昔はここに雉《きじ》がいたそうだ」

「いまでも鳩ぐらいいそうですね」

「鳩はどうだかわからないが、梟《ふくろう》はたしかにいる。夜鳴いていることがある」

「あいつなら昼間は目が見えないから、しめたものです」

と二人は期待が大きくなってきた。

鳩も梟も出なかったが、雀はたくさんいた。見あたり次第にポンポンやったけれど、距離が遠いからちっともあたらない。なお林の中をうろつきまわっている間に、照彦様は、

「きみ、きみ、すてきなものがある。見たまえ」

と呼んだ。それは重なり合った雑木の下闇《したやみ》にさがっている蜂の巣だった。

「大きなものですなあ。いるいる。ウジャウジャいる」

と正三君はのぞいてみて後じさりをした。

「とろう」

「いけませんよ。さされます」

「ここから打ちおとしてやろう」

と照彦様が二、三発はなった。正三君も一発打った。蜂はブンブン舞い立った。

「もうよしましょう。あんなにおこっています」

「きみは弱虫だね」

「でも、さされるとつまりません」

「なあに」

と照彦様は空気銃を逆に持って、

「二人でたたきおとそう」

と発起した。

「危ないです」

「きみは勇気がないな。それじゃ相撲に勝ってもだめだ」

「…………」

「さあ、胆だめしだ。一二三でたたいて逃げだそう」

「逃げる胆だめしなんかありません」

「こわいものだから理屈をいっている」

「それじゃさされても知りませんよ」

と正三君も今はよんどころなく鉄砲を逆にした。

実は二人ともこわいのだった。しかしこうなるとおたがいに意地で仕方がない。木の枝を分け蜘蛛の巣をはらっておく深く進んだ。実に大きな巣だ。一年や二年でできたものでない。電燈のかさぐらいある。ことわざにも蜂の巣をつついたようだという。すでに三発見まわれて、ブンブンうなっている。それを叩いたのだからたまらない。二人はほとんど同時に、

「アッ！」

と叫んで、その場にひれふした。顔と頭をやられたのである。今は見栄《みえ》も外聞もない。

主従先をあらそって逃げだした。

「痛い。頭中が熱い」

と照彦様は畑まできて立ちどまった時、涙を流していた。

「ひどい目にあいました。若様、ここでひやしましょう」

と正三君はかたわらの井戸を指さした。二人はそこで応急手あてにとりかかった。

「内藤君、きみは変な顔になったぞ」

「若様も右のお目がはれています」

「そうかい？　目も痛いが、頭がヒリヒリする。かりたてだからたまらない」

「お額のところもすこしはれてきました」

「これは早くなんかお薬をつけてもらった方がいい。ゆこう」

と照彦様がうながした。

二人がはれぼったい顔を現わして、一部始終を申し上げた時、奥様はアンモニアを取りよせて、お手ずからぬってくだすった。

「ひどくさされたものね。おいたをするから罰があたったのですよ」

とおっしゃっただけで、別にお小言もなかった。しかし女中がはたからクスクス笑ってばかりいたので、照彦様はおこって、

「失敬な奴だ」

ときめつけた。正三君もこれには同感だったが、奥様は、

「照彦も内藤さんもこの鏡をごらんなさい。藤やが笑うのも無理はありませんよ」

と注意してくだすった。二人は姿見の前に立った時、すっかり悲観してしまった。めいめい、自分だけはそんなでもなかろうと思っていたのである。

まもなく晩餐の席上、この二つの顔が問題になった。朝と昼は若様がただけのことが多いが、晩餐は洋間の食堂だから、お殿様もご一緒にめしあがる。家来で毎晩ここにいならぶのは正三君ただ一人、光栄とも恐縮とも考えているところである。お殿様はこの機会を利用してお子様がたと親しくお語らいになる。その晩、正三君は照彦様と申しあわせてなるべくうつむいていた。正三君が末席でそのすぐ上が照彦様だから、いいあんばいにお殿様から程遠い。お兄様がたもお姉様も二人が蜂にさされたことはすでにご承知である。お殿様のお目にさえとまらなければよろしい。

食事なかばに、

「照彦は今日から学校が始まったのかな？」

とお殿様がおたずねになった時、照彦様は、

「はあ」

と頭を下げたまま答えた。

「内藤はどうだな？　学校が気に入ったかな？」

「はあ」

と正三君も面を上げなかった。

「内藤、おまえは私の前でも遠慮をしちゃいかんよ」

「はあ」

「顔を上げてへんじをしてもよろしい」

　とお殿様は単に遠慮と思っていた。

「はあ」

　と正三君はよんどころない。腫れた方が見えないように頭のとんがりだけをお殿様の方へむけた。そのかっこうがいかにもおかしかったので、奥様がクスクス笑いだした。

「どうしたな?」

「オホホホホ」

「お父様、内藤君も照彦も今晩はごらんに入れる顔じゃありません」

　と一番上の照正様がすっぱぬいた。

「うむ?　なんの顔?」

「蜂にさされました」

「ふうむ。それはいけなかったな。照彦、こっちをむいてごらん」

「はあ」

　と照彦様はもう覚悟した。

「なるほど、えらい顔だ。内藤」

「はあ」

「おやおや、これもひどい。二人ともなにかお能の面に似ているよ」

とお殿様がいかにも感じたようにおっしゃったので、一同お笑いになった。

「裏の林へはいって巣を取ろうとしたのだそうでございます」

と奥様が説明してくだすった。

「とにかく、世の常の顔じゃない。それで明日学校へゆけるかい？」

「明日は日曜です」

「ああ、そうか」

とお殿様は例によって日曜をご存じない。

「明日中にせいぜい縮めるそうです」

と照常様までうち興じた。

「内藤さんは照彦のお相伴《しょうばん》でございますよ。おかわいそうに」

とお姉様が同情してくだすった。

「むろん発頭人は照彦さ。しかし痛かろう？」

「頭の方がまだチクチクします」

「頭もやられたのかい？　内藤はどうだな？」

「もうなんともありません」

「照彦は昨今よく頭へたたるな」

「もともと頭が悪い上にさんざんです」

と照彦様は頭をかいていた。

日曜の晩から自習が始まった。伯爵家には学校の教場ぐらいの学習室がある。若様がたは三人、ここで勉強をする。年配の家庭教師が三人、それぞれ大きな机に坐っている。英語の先生と数学の先生と国漢文の先生だ。そこへ若様がたがかわるがわるにいって、明日の予習とその日の復習をしていただく。学監の安斉先生は別の机に陣取って、若様がたの勉強ぶりを拝見しているが、実は先生の監督もかねている。家庭教師は元来やりにくいものである。教室で教える時のように、

「こら、なまけると落第させるぞ」

といった風なおどかしがきかない。まして伯爵家のはみんな家来だ。若殿様だと思えば、自然ご遠慮を申しあげる。少しおいやなお顔をなさると、

「それでは今晩はまずこのへんまでにいたしましょうかな」

とご機嫌を伺う。その折り、安斉さんは、

「えへん」

とせきばらいをするのが役目の一つだ。すると先生は、

「しかし堅忍《けんにん》不抜《ふばつ》の精神をお起こしにならないと学問は大成いたしません。やはり切りまでまいりましょう」

といってまた続ける。以前勤めていた英語の先生は雑談のついでに、

「学校は百貨店のようなものです。授業料は商品切手です。品物は学問、商品切手を出し

て手ぶらで帰ってくる人がありますか？　授業料を出す以上は学校から学問を充分買って来なければいけません」

とたとえをもって誘導を試みた。けっして悪意はない。ところがしきりにせきばらいをしていた安斉さんは、

「吉田さん、ちょっと来てください」

と血相を変えて、先生を学監室へひっぱっていった。

「なにご用でございますか？」

「貴公はふとどき千万だ。学校を百貨店とはなにごとか？　学問はそんなものじゃない」

「物のたとえです」

「たとえにもよりけりだ。孔孟の道を百貨店の仕入れ物と一緒にするばかがどこにある？　教師からしてそういう不料簡だから、世道日におとろえ人心月にすさむばかりだ。ちっと反省しなさい」

「いや、私には私の主張があります」

「それでは反省せんか？」

「しません。ご当家の家庭教師はただいまかぎりごめんこうむります」

と吉田先生も、いっこくものだったから、席をけって帰ってしまった。よほど癪にさわったと見えて、

「……貴公の如き前世紀の怪物が花岡伯爵家の子弟教育に従事するは身の程知らず、ふと

どき千万なり。時勢を見よ。時勢を見よ……」

という手紙を辞職届にそえてよこした。どっちもどっちだ。若い先生はたいてい若様がたと安斉先生の間に板ばさみになってとかく長続きがしない。安斉先生はその都度、

「このごろの人間は君公ご馬前の精神が足りない」

と慨歎して、現在のような中老の先生ばかり採用することにした。

さて、その晩、照彦様と正三君は国文と英語の予習をやった。先生は二人ともナカナカ念入りで、

「ここでは先生がこの熟語を本からはなしてきくかもしれません。その時はいま申しあげたとおりに答えるのです」

と一々教室のかけひきまで教えるから、二時間ばかりかかった。学校の授業と少しもことなるところがない。照彦様は中央の机へ戻ってから、あくびをしながら、

「どうも頭へはいらない。ふだんからいけないところへ蜂にさされてつっぱっている」

とぐちをこぼした。これは一つにはあまりできのよくないところを初めての正三君に見せたから、そのいいわけのつもりだった。

「そんなこともありますまい」

「いや、蜂の毒が頭の中へしみこんでいる」

「ところで今度は数学ですか?」

と正三君がきいた。

「明日は数学はないよ」

「なければやらなくてもいいんですか？」

「大きな声を出すなよ」

と照彦様は安斉先生の方をぬすみ見て、安心の胸をたたくまねをしながら、

「時間割りにないものをやっちゃ損をする」

と鼻を鳴らした。自習がいかにも負担のようだった。

学校とおやしき

月曜日に登校した時、照彦様と正三君の顔は同級生の注目をひくくらいまだはれぼったかった。

「花岡さん、どうしたんだい？」

と親しい連中がとりまいた。照彦様は蜂の巣の一件を話して、

「顔より頭の方がひどいんだよ。帽子をかぶると痛い。蜂の奴ら、やっぱりここをねらうにかぎると思ったんだろう」

とついでながら頭のよくないことを主張した。

「二人ともやられたのかい？　知恵がないなあ。きみたちの仇討ちに僕がたいじしてやろうか？」

と高谷《たかや》君がいった。

「とてもだめだ。大きな巣だぜ。何十ぴきってブンブンいいながら守っている」

「何十ぴき何百ぴきいたって同じことだよ。はだかでゆけばいい。蜂って奴は出ているところをねらってさす。しかしはだかでゆくとすっかり出ているから、どこをさそうかと思って迷ってしまう」

「まさか」

「ほんとうだよ」

「ほんとうとも。それから口笛を吹きながらゆく。蜂は口笛が大きらいだ」

と細井君が横から口を出した。

「口笛をふくと逃げるかい？」

「逃げないけれど、じっとして考えている。その間に巣をたたきおとすのさ。わけはない。お茶の子だ」

「それじゃきみたちは僕の家へ来てたいじしてくれるか？」

「いいとも」

「今日くるか？」

「ゆこう」

とすぐに約束が成立した。

華族様の若様はとにかく、民間に育ったいたずらっ子なら、中学校へはいるまでに蜂の巣の一つや二つはかならず取っている。高谷君も細井君もそれだった。蜂について特別の研究がつんでいるのではない。はだかと口笛のことは年よりからきいた理論の受け売りで、まだ実地に応用していない。ちょっと法螺《ほら》をふいたのだった。このゆえにその日放課後、番町の花岡家へたちよって林の中の蜂の巣に見参した時、

「これは大きい」

といって首をかしげた。何十ぴきとなく守っているばかりか、あっちこっちにブンブンと雄飛しているから、とてもはだかになる勇気は出ない。物おきの軒先なぞにぶらさがっているのとはけたが違う。

「僕と内藤君がここで口笛をふきながら、きみたちの制服を持っていてやる」

と照彦様はそんなことにとんちゃくなかった。

「花岡さん、ほんとうに取ってもしかられやしないのかい？」

と高谷君はいまさら念をおした。

「大丈夫だよ」

「しかし惜しいなあ、こんな大きいのはめずらしいぞ」

「これは取らないでおくと倍にも三倍にもなって今に博覧会へ出せる」

と細井君も保存説を主張した。

「はだかになってやればわけはないんだけれど、取ってしまえばもうおしまいだぜ。あんまり大きいから惜しいよ」

「こんなりっぱな家をこしらえているものを宿なしにしちゃかわいそうじゃないか?」

と巣をほめてばかりいる。ナカナカりこうな子供だ。細井君は一度口笛をふきながらやや近くまで忍びよったが、あわてて戻ってきて、

「見たまえ。みんなじっとして考えていたろう? 口笛がこわいんだ」

と説明した。どっちがこわいんだかわからない。つぎに高谷君は、

「広いなあ、花岡さんのところは。なんかして遊ぼう」

とまったく別のことを発起した。

夕刻、高谷君と細井君が帰ったあと、正三君は学監室へ呼びこまれた。

「内藤君、今日遊びにきた子供は同級生ですか?」

と安斉先生がきいた。

「はあ」

「成績のよい子供ですか?」

「さあ。よく存じません」

「むろん身許はわかりますまい?」

「はあ。僕ははいったばかりですから」

「お学友には特にあなたを選んであるのですから、たとい同級生でもうさんなものをおや

しきへ連れてきてはなりませんぞ」

「はあ。そうでした」

と正三君はおそまきながら気がついた。安斉さんのおっしゃることはむりでない。

「何様のご家来で何石のご子息とわかっていて、品行方正学術優等のものなら、また詮議のしようもあります。若様が連れておいでになったことは私にもわかっていますが、これからはあなたがお側にいておいさめ申す。おわかりかな？」

「はあ」

「学校でも若様のお遊び相手はあなたが吟味する。玉石混淆ですから、その中からしかるべき人を選んでください。おわかりかな？」

「はあ」

「あなたも遊びざかりをつらかろう。しかしご奉公です。むずかしいことばかり注文する老人だと思って、まあまあ、勘忍するさ」

とシンミリいって、安斉先生は正三君の頭をなぜてくれた。こわいようでもやはり情の人だ。正三君はたいそううれしかった。

それから二週間たった。照彦様はのんきだが、正三君は常に気を使っているから、学校の様子がほぼわかった。まず安心したのは照彦様が同級生からばかにされていないことだった。家来としては君辱められるのが一番おそろしい。同級生は何々君と君づけで呼びあうが照彦様だけは花岡さんで通っている。おのずから貴公子の威厳がそなわっているからだろう

と正三君は最初の中ごく単純に解釈していた。ことに高谷君と細井君は照彦様びいきで、

「僕たちはこの間花岡さんの家へいった。実に大きな蜂の巣があるぞ」

「僕は花岡さんの家で柔道を習った。花岡さんは柔道ができる」

としきりに花岡さんを持ち出す。しかしまもなく正三君はこの「花岡さん」が秋山先生の口ぐせからきていることを承知した。秋山さんは同じく花岡家の旧臣だ。

先生がたは出席簿を呼ぶ時、

「坂本。井上。上村」

と呼びずてにする。席順は成績順でもイロハ順でもなく、身長順だから、照彦様と正三君は中軸になる。ところで秋山先生の点呼は一種独得だ。

「坂本。井上。上村」

と規定どおり呼びずてで始めるが、照彦様から三人前へ来ると急に、

「細井君。島原君。庄司君」

と君づけにして、つぎに、

「花岡さん」

とやる。それから、

「内藤君、中川君、関根君」

とまた三人君づけで、以下呼びずてにもどる。若殿様が教室にいると、先生はやりにくい。

「あれは家来だから、ああするんだ」

「後先の三人はお相伴だ」

と同級生も察している。ただし秋山先生はいたって評判がいい。その先生が特別に敬意を表している若様だと思うから、みんな、花岡さんと呼ぶ。正三君はとにかくよい徴候だと考えた。

しかし同級には数名の無法ものがいた。照彦様も他の生徒同様時おりかれらの圧迫をまぬがれえなかった。なかんずく堀口という落第生は全級のもてあましものだった。不良分子は皆こいつの子分になっていた。級担任の橋本先生はつとに見るところあって、この生徒を教壇のすぐ前に坐らせておく。身長順では上の方だが、後ろにいるといたずらをして困る。前列にすえてたえずにらんでいなければならない。実にやっかいな代物だ。落第するくらいだから学問はできないが、腕力は強い。みんな恐れている。こいつがある日のこと、運動場で正三君とゆき違いざま、正三君の帽子を払いとばして知らん顔をしていた。これが堀口生《せい》の常套手段だ。出ようによっては喧嘩をしかける。

「なにをするんです？」

と正三君はムッとした。

「家来！　きさまは花岡の家来だろう？」

「家来でわるいですか？」

「わるいといつ言った？　さあ、いつの幾日《いっか》にいった？」

と堀口生はひじを張って押してきた。喧嘩は手も口も優秀だ。正三君はゆきづまって、なんとも答えることができなかった。

「おぼえていろ」

と無法ものはいいがかりもはなはだしい。

この光景を見ていた高谷君は後から、

「きみ、堀口と喧嘩しちゃいけない」

と注意してくれた。

「なぜ?」

「あいつは不良少年だ。みんな困っている」

「先生にいいつけてやる」

「先生もこまっている。先学期は退校になりそうだったが、お母さんが泣いてあやまりにきた。なにをするかしれない奴だから、相手にならない方がいい」

「だれにでもあんなことをするのかい?」

「皆にする。しかしだまっていれば、もうしない」

「いやな奴がいるんだなあ」

と正三君はその日一日心持ちがわるかった。

高谷君と細井君には二週間ですっかりなじみになった。おたがいにもうちっとも遠慮がない。正三君は二人がおやしきへ遊びにきたおかげで安斉先生から注意をうけたけれど、それをつぐなってあまるものがあった。高谷君は二番で細井君は三番だ。一番で級長の松村君もろとも、級のよい勢力を代表している。照彦様のためにも申し分ない朋輩《ほうばい》である。友だちは偶然の機会できまることが多い。主従蜂にさされて顔がはれたものだから、高谷君と細井君が巣を見にきた。その日夕方までうちくつろいだのが始まりで、以来学校では始終一緒だ。

「内藤君は府立からきた秀才だよ」

とほかの善良な生徒にもひきあわせてくれる。何様のご家来かわからないが、学術優等品行方正だけは安斉さんの注文にはまっている。しかしどこまでも厄介なのは堀口生だった。正三君はまもなくこの無法ものがだれにでも食ってかかることをみとめた。

ある雨の日の休憩時間に、両三名の生徒が、

「田代先生が休みだぞ」

という吉報を掲示場からもたらした。級生一同は、

「うまいうまい。ありがたいありがたい」

と手をうって喜んだ。小学校の一年生はむやみに学校へゆきたがるが、中学校の一年生はむやみに休みたがる。

「松村」

とこの時堀口生が大きな声で呼んだ。この悪太郎はだれでも呼びずてにする。

「なんだい？」

「くりあげにしてこい」

「よしよし」

と承知して、級長の松村君は教員室へむかったが、ほどなく戻ってきて、

「だめだよ。橋本先生が補欠にくる」

と報告した。

「なんだ？　おケツだ？」

と不良の堀口生は好んできたないことをいう。子分どもはおべっかを使って笑った。

「補欠だよ」

「ばか！」

「なにがばかだい？」

と級長も少し癪にさわった。

「おケツじゃもうからない。おまけに、やさしいものとむずかしいものを取りかえてくる奴があるか？」

「でも仕方がない」

「きさまが腕がないからよ。去年の一年級は先生が休めばいつでもくりあげになったぞ」

「去年は去年だ」

「なに！」

と堀口生はもう腕力を出して、松村君を突きとばした。

「堀口、らんぼうなことをするな」

と細井君が出てきた。

「なんだ！」

「なんだ！」

と双方いがみあったが、皆に止められてしまった。

級長でもこのとおりだ。堀口生はよわいと見こみをつけたらどこまでもいじめる。なんともされないのは細井君初めやや腕ぷしの強い数名にすぎない。正三君のような新入生にはことに興味をもってつっかかってくる。教室でも運動場でも因縁をつける機会を探している。しかし正三君が相手にならないものだから、業をにやして、ある時教室の黒板へ、
花岡の家来、内藤正三位《しょうさんみ》
と書いた。なおこうもり傘らしいものを書いて、その下に「若さま」「家来」とこぶのある顔を入れた。どっちも目から涙が流れている。蜂にさされたことを諷したのだった。

「傑作傑作」

と子分どもがほめた。餓鬼大将、とくいになって、

「消しちゃいけないぞ」

とこれを先生のごらんに入れるつもりだった。このへんはよほどばかだ。

つぎの時間は数学で、橋本先生がはいってきた。堀口生は、

「やあ、おもしろいなあ！」

と反りかえって、先生の注意を黒板へむけようとした。先生はなんともおっしゃらずに落書をふき消したが、その黒板ふきを持って進み出て、堀口生の頭をポカリとたたいた。

顔が粉屋のようにまっ白になった。

「先生、ひどいです」

「ひどいって、きみだろう」

「おやおや」

と堀口生は恐れ入った。級担任の橋本先生には頭があがらない。

わるい勢力はよい勢力よりもはびこりやすい。堀口生は先生から一本まいったが、黒板の広告は充分に効果を奏した。以来正三君に、

「おい、家来、しっかりしろ」

「やい、正三位」

なぞとからかうものがでてきた。正三位はまもなくすたって家来だけが正三君のあだ名として残った。もっとも善良組はけっしてそんなことをいわない。どっちつかずの連中の半数と不良組の全部がこれを用いる。

このとおり学校で気を使う上に、おやしきへ帰っても自分の家のようにくつろげないから、正三君の立場はナカナカつらい。晩の予習や復習は自分としてなんでもないが、照彦様は自ら頭がわるいと常々主張するくらいだから、できがよろしくない。足のよわいものと一緒に旅をするようなものだ。始終待っていてやらなければならない。正三君は学友として勤めはじめてからこの一月の中にいちじるしく力がついている。元来優秀なものが学校以外に老巧な家庭教師について予習と復習をうけるのだから、これは当然のことだった。

「僕はきみとは頭がちがうんだから、きみが進みたがると僕は困る」

　と照彦様は苦しがる。

「きみは勉強して僕をいじめるつもりか？」

「僕に忠義をつくす気なら、もっとなまけろ」

　なぞと無理なことばかりおっしゃる。

　照彦様は他のことではなにをしても負けない気だが、学問となると最初からあきらめている。ちっとも本気にならない。学習室で一緒の机にすわって先生の講義をきいている時、正三君は地震が始まったのかと思うことが度々ある。しかしそれは照彦様のびんぼうゆすりだ。頭をかいてみたり足をつかんでみたり、しばらくもじっとしていない。まったく上の空だ。

「散乱心《さんらんしん》をいましめて」

　と時おり学監の安斉先生が朗読口調でご注意申しあげる。すると照正様照常様までシャキッとする。安斉さんが一番こわい。

　このお兄様がたにしても照彦様と大同小異だ。ご自分で勉強しようという気がない、正三君は一度、照常様が書生の杉山に数学の宿題をたのんでいるところへゆきあたった。

「杉山、ここを五番から七番まで明日の朝までにやっておいてくれ。先生に習うと覚えなければならない」

　というりっぱなお心がけだった。こういう調子だから、時たま安斉先生がお顔を見せないとひどい。

「先生、もういいかげんにやめましょう」

なぞといいだす。

「まあまあ」

と先生がたはしばらくふみこたえるが、けっきょく譲歩する。照彦様にいたっては正三君の耳を引っぱって、

「少し休めよ」

と机の上に頬杖をつく。

「おつかれですかな。それではしばらく」

と先生がたはもとよりあきらめている。

正三君は安斉先生が追々こわくなくなってきた。それはこの老人の信任がダンダンましてきたからである。時々学監室へ呼びこまれるが、註文を承わった後で、いつもねぎらってもらえる。現にこの間は、

「内藤君、きみは照彦様をどう思いますか？　参考のため腹蔵《ふくぞう》なく話してください」

という懇談だった。

「若様は頭がわるいと思っていられます。これが一番いけません」

と正三君は日ごろ感じているままを述べた。

「そこだ。そこだ」

と安斉先生は二度うなずいた。

「頭がよいとお思いになれば、きっと成績が好くなります」

「そそこ」

「先生もそうおっしゃってください。僕もなるべく申しあげます」

と正三君はいっぱし定見を持っていた。安斉先生はほめてくれた。

土曜日は自習がないので照彦様の書き入れになっている。昼からお兄様がたのまねをして馬に乗ってみた。正三君は馬の背中にへたばりついて皆に笑われた。初心だからぜひもない。その折り、

「内藤君、僕は馬に乗れても悲しいことがある」

と照彦様が草原に坐ったまままいった。

「なんですか？」

「僕は叔父様のように陸軍将校になりたいんだけれどだめだ」

「なぜです？」

「軍人には試験がある。しかし僕は頭がわるい」

「若様、あなたは頭が悪いことはけっしてありません」

と正三君は力強く否定した。照彦様が目を見はって、

「きみはなぜそんなこわい顔をする？」

と驚いたくらいだった。

「あなたが頭がわるい頭がわるいとおっしゃるなら、僕はもうお暇いたします。それではお相手をしてもなんにもなりません」

「きみが帰れば僕はなおだめになる」

「若様、あなたはランニングでは僕に負けないでしょう」

「たいてい勝っている」

「相撲はどうです？」

「あれからやらないけれど、そうそう負けないぞ」

「弓は？」

「弓はきみのほうがへたじゃないか？」

「足も丈夫、腕も丈夫の人がなぜ頭だけわるいんですか？」

「………」

「同級生を見ても足の丈夫さはたいてい同じです、腕の力もあまり違いません。頭だって、病気をしなければ、みんな同じのはずです」

「理屈はそうさ」

「あなたは本気になって勉強しないからいけないんです」

「なんだ？　きみは学問ができると思って、先生になったつもりだな？」

「そうじゃありません」

「いや、僕を叱る気だ。失敬な！」

「若様、僕はもう家へ帰ります」

「帰れ、あんまりだ」

「帰ります」

と正三君はおどかしばかりでなかった。これでは実際仕方がないと思って立ちあがった。

「早く帰れ」

「それでは失礼いたします」

「きみ、内藤君」

「…………」

「きみ、きみ」

と照彦様は追ってきた。

「なんですか？」

「僕がわるい」

「若様がおわるいことはありません」

「僕はもう頭がわるいといわないからいてくれたまえ。きみと同じように勉強するからいてくれたまえ」

家来の一日

「おい、内藤正三位」

と級《クラス》のもてあましもの堀口生《せい》が正三君を呼んだ。運動場で二人出会いがしらだった。

「正三位！　家来！」

「…………」

「内藤！」

「なんです」

と正三君は初めて答えた。

「用があるからちょっとこい」

「僕はきみに用はありません」

「まあいいからこい、いい話があるんだ」

と堀口生は正三君の腕をつかまえて、小使い部屋の後ろへ引っぱっていった。

「どういう話ですか？」

「そうこわい顔をするな。きみと仲よしになってやる。上級生にいじめられたら、おれのところへいってこい」

「そんなことはどうでもいいです」

「きみはおれを信用しないのか？」

「…………」

「おれだってわるい人間じゃないぞ。お母さんも叔父さんもそういってらあ。先生がむやみに叱るものだから、わざとあばれてやるんだ。少しは同情してくれ」

「…………」

「おれは学問ができない。きみは府立からきた秀才だそうだ。それできみはおれをばかにしているのか？」

「そんなことはありません。僕はだれでも同じです」

「それはありがたい。ほんとうに同じか？」

「同じです」

「よし。同じなら相談があるんだ」

「なんですか？」

「きみは花岡の家来だ。この間高谷と細井を花岡のところへ遊びにつれていった。おれもつれていってくれ。頼む」

「あれは僕がつれていったんじゃありません」

「でも一緒に帰っていったじゃないか？　おれは見ていたぞ」

「あれは照彦様がおさそいになったんです。僕はそのため先生に叱られました」

「橋本先生か?」

「いいえ、おやしきの先生です」

「先生がいるのか?」

「四人います」

「すごいな」

「きびしいです」

「しかしわるいことをしなければ叱られやしない。僕も花岡に頼んで一ぺん遊びにゆく」

「それは困ります」

「なぜだ?」

「高谷君や細井君さえいけないんです」

「こんちきしょう!」

と堀口生はいきなり正三君の胸ぐらを取った。

「なんです?」

「高谷君や細井君さえとはなんだ? さえとはなんだよ? 成績がわるいと思って、おれをばかにするのか?」

「そういうわけじゃありません」

「じゃどういうわけだ?」

「高谷君と細井君はきみも知っているとおり照彦様の仲よしです。それでもいけないんです。先生がきびしいですから、学校の方が遊びにくると僕が叱られます」

「うそをつけ。高谷と細井はまた今度ゆくといっている」

「それは僕の知ったことじゃない。はなしたまえ」

と正三君は堀口生の手をつかまえてはずそうとした。頭の上で始業の鐘が鳴り始めたのである。

「よし。もし他の奴が花岡のところへ遊びにいったら、きさまをただおかないぞ」

「はなしたまえ。もう時間だ」

「はなさない。きさまを遅刻にしてやるんだ」

「きみだって遅刻になる」

「よけいなお世話だ。やい、家来！　正三位！」

といいざま、堀口生はグイッと引いて足をすくった。正三君はあやうく倒れるところをよろめいて、やもりのように小使い部屋の側面にへたばりついた。堀口生は投げそこねたとみると、こぶしを固めて突きにきた。活動で見おぼえた拳闘の応用だ。不良だからつまらないことばかり研究している。温厚な正三君もこうなると自衛上やむをえない。覚悟をきめて身がまえた。しかしその時、鐘を鳴らしおわった小使いの関が、

「こらこら！」

とどなった。この男は兵隊あがりで生徒監督をもって自ら任じている。堀口生はすぐに

逃げていってしまった。

正三君はだまっていたが、一日心持ちがわるかった。おやしきへ帰ってからもしきりに考えこんでいた。堀口は落第生だから、年が一つ多い。図体が大きいから、あるいは二つ多いのかもしれない。したがって腕力も強い。

「一番強い奴が一番わるい奴ときている。そいつと始終喧嘩をするんじゃたまらない」

と思った。文明人も小学校から中学校の二、三年へかけては犬や猫と同じことだ。権力が図体できまる。その図体は年できまる。一つの子と三つの子を一緒の床に入れておけば、後者は前者を恐らく殺してしまうだろう。七つの子は九つの子にかなわない。十三の子が十五の子に勝てるかしら?

「しかしなんという失敬な奴だろう? 僕ばかりじゃない。みな困っているんだ。負けていると増長する」

とついで正三君は義憤にもえた。理はむろんこっちにある。出るところへ出れば文句はいわせないのだが、先方には図体と腕力がある。いわゆる『いじめっ子』だ。蛙にのぞむ蛇のような優勢を持っている。

その夕刻、食堂から部屋へもどる廊下で、

「おい、内藤正三位」

と照彦様が呼びかけた。堀口生のことで煩悶していた矢先、正三君はひどく不ゆかいに感じて、へんじをしなかった。

「正三位、きみはうそをついたぞ」

「…………」

「内藤君」

「はあ」

「正三位」

「…………」

「わかった。正三位が気に入らないんだね？」

「あたりまえです。若様までそんなことをおっしゃると思うと、僕は悲しくなります」

「冗談にいったんだ」

「…………」

「もういわないからおこるなよ」

「おこりゃしません」

「正三位は僕がわるかったけれど、きみはうそをついているぞ」

「なぜですか？」

「きみは僕が予習を自分でやるようなら、僕のいうことをなんでもきくと約束したろう？」

「いたしました」

　と正三君は学習室の戸をあけた。照彦様は先に通って、

「僕は自分でやっている。昨日なんか算術が一題半できた。今日も国語を自分でやる。そ

れに頭がわるいなんてこともあれから一度もいいはしない」

「それにかぎります」

「ほめていいちゃいけないよ。ずるい奴だな」

「どうすればいいんですか?」

「まるで詐欺師だね、きみは。人をだます名人だ。もう勉強してやらないからいい」

「高谷君と細井君のことですか?」

「そうさ」

「いずれ安斉先生にお願いしてみましょう」

「これからすぐにお願いしてくれたまえ。いずれなんてことは手間がとれるからきらいだ」

「承知しました。しかし若様、僕は今日高谷君と細井君のことで堀口に喧嘩をふっかけられました」

「ふうむ」

「堀口も遊びにきたいんです」

「あんなものは困るよ」

「それで僕もそういったんです」

と正三君は一部始終を物語った。

「それじゃ高谷君や細井君がくると具合がわるいね」

「いいえ、かまいません。あいつは高谷君や細井君がこなくても、他のことで喧嘩をふっかけるにきまっています」

「強いぞ、堀口は」

「しかしかかってくれば仕方ありません」

「やるか？」

「やります」

「その時はみんなで手つだう。細井君はぜひ一ぺんやらなければだめだといっている」

と照彦様は力をつけた。

正三君はまもなく学監室へ出頭した。安斉先生は頑固のようだが、けっしてわからず屋でない。正三君の努力を理解して、顔に似合わぬやさしいことばをかけてくれる。

「気のついたことはなんでも話してください。みんな若様のおためです」

と、ことにこの間照彦様の頭の問題を申しあげてからは信用がましている。

「先生」

「さあ、こっちへ」

と安斉さんは椅子をすすめて、

「どうですかな？」

ときいた。むろん照彦様のことである。先ごろから頭をわるいと思わせない方針で師弟協力している。

「うまくいっています。もうおっしゃいません。ご予習も半分ぐらいご自分でなさいます」

「それは結構だ。ご自力はどんな具合ですか?」

「まだわかりません」

「長年の習慣ですから、そう右から左へはまいりますまい。ジリジリご誘導ください。ご本人にもおっしゃらせず、はたからも申しあげないようにして」

「ところがチョクチョク申しあげる方があるので困ります」

「だれだね? 不都合ものは。まさか先生がたじゃあるまい」

「いいえ、奥様でございます」

「なるほど。奥様はよくおっしゃるな。ご謙遜のつもりで、頭のわるい子ですからとおっしゃる」

「それからお殿様でございます」

「なるほど。殿様もたしかにおっしゃる。これはいかん。本元《ほんもと》をわすれていた。ハッハハハ」

「先生」

と正三君は安斉さんのご機嫌なのを見て相談を持ち出す算段だった。

「なんだな?」

「僕は照彦様に頼まれたことがあるんです。なんでも自力でご勉強になるかわりに、お兄様がたと同じにしていただきたいとおっしゃるんです」

「ははあ、条件をおつけになったな?」

「照正様や照常様のところへは学校のお友だちが始終お遊びにおいでになります。照彦様

はそれがおうらやましいのです」

「それでは同じように学校の朋輩をおやしきへ呼んで遊びたいとおっしゃるのですかな?」

「はあ」

「学習院と市井《しせい》の私立中学校とは同日に論じられません。照正様や照常様のところへおいでになるのは島津様でなければ毛利様、松平様に久松様、鍋島様に堀田様、どうまちがってもみんな天下の諸侯です」

「はあ」

「私立学校は民間ですからなにがくるかわかりません。矢場の息子、玉ころがしの息子、改良剣舞の息子……」

と安斉先生は三十年昔の下等なものを枚挙した。

「先生、そんなものはきていません」

「いや、新橋ステンショの下等待合室と思わなければなりません」

とどこまでも三十年前だ。その頃は汽車の等級が上等中等下等とわかれていたのである。

「しかし身分が相応で成績がよければ若様のおためになると存じます」

「それはどうせ教室で机をならべているんですから、詮議の余地のないことはありません。大ぜいですか?」

「いつか蜂の巣を見にきた高谷君と細井君とそれから級長の松村君です」

「何様のご家来ですか?」

「細井君のところは三井様のご家来らしいです」

　と正三君はほほえんだ。

「三井様という大名はない」

銀行へ出ているんです」

「それなら「浮浪人よりもよろしい。もう一人は何様のご家来ですか？」

「白木様のご家来です」

　とまたまた窮策《きゅうさく》だった。

「白木様？　これも聞いたことのない大名ですな」

「白木屋の店員です」

「内藤君はナカナカやるな」

　と安斉先生は笑いだした。

「先生、会社員や銀行員ではいけませんか？」

「せっかくですが、もう少し身分がはっきりしないと困りますな？」

「陸軍少将の息子ならどうでしょう？」

　と正三君は一生懸命だった。

「陸軍少将というと旅団長、昔なら侍大将です。結構でしょうな」

「級長の松村君は陸軍少将の息子です。この三人なら学問も品行も申し分ありません。照彦様はお仲よしですから、時々おやしきへお招きしたいとおっしゃるんです」

「とにかく、私が会ってみましょう。ご身分をうかがって、メントル・テストにかけます。その上のことにしてください」

と安斉先生はナカナカ用心深い。

殿様と奥様は月に一度ぐらい若様がたのご自習をごらんなさる。前ぶれなしにいきなりおこしになるから、若様がたはもとよりのこと、家庭教師が面くらう。正三君はその晩初めてこのご参観に廻りあわせた。照彦様が国語の読み方を有本先生に直してもらう間、自分も一心に黙読していたが、香水のかおりが鼻にせまってきたので、ふと顔を上げてみると、それは奥様だった。同時に後ろの方で照常様の英語訳解が読みのところを妙にせきこんだ。

「照常、速すぎるぞ」

という声がきこえた。お殿様だ。正三君はまっかになった。若様がたも一生懸命だった。息のつまるような数分間がつづいた。

照彦様が再三直されて国語の読み方をおわった時、

「有本さん、ご苦労でございます。頭のわるい子ですから、特別にお骨が折れましょう」

と奥様は先生をねぎらうつもりでおっしゃった。

「エヘン」

と安斉先生が咳ばらいをした。

「どういたしまして。内藤君、今のところを読んでごらんなさい」

と有本先生が命じた。正三君がスラスラと読みおわるのを待っていたように、奥様は、

「よくおできでございます。照彦とはまったく違います」

とほめた。

「どういたしまして」

「いいえ。照彦や、おまえは内藤さんの二倍も三倍もやらなければだめですよ。頭のわるい分を勉強で取りかえすのです」

「エヘン」

「ゆだんをしてはなりませんよ。人よりも頭のわるいことを始終わすれないようにしましてね」

「エヘンエヘンエヘン」

と安斉先生は続けさまだった。

一番上の照正様は黒須先生の前で数学の問題と組み討ちをしていた。

「もう一息のところですよ。よくお考えなさいませ」

と先生が力をつけている。英語の矢島先生は訳解をおわって、

「照常様、一つ書き取りをいたしましょう。ご用意」

と命じた。

「先生、明日は書き取りはございません」

と照常様は不承知のようだった。

「語学は書き取りにかぎる。書き取りをすると文章の構造をおぼえるから上達する」

と殿様がおっしゃった。伯爵はお若い時英国へ留学して英語がおとくいだ。矢島先生は殿様がお見えになると必ず書き取りをやってごらんに入れる。

「練習でございます。ただいまお読みになったところをいたしましょう」

と先生は口授《くじゅ》を始めたが、照常様は用意がなかったからさんざんの不成績だった。

「できないね」

「…………」

「相変わらず頭がよくないな」

「エヘンエヘン」

「ちょっと見せなさい。それぐらいの文章がわかっていなくちゃ困る」

と殿様は照常様の教科書を取ってはぐった。すると写真が三、四枚落ち散ったので、

「おやおや!」

と驚いたのも道理。それはみんな西洋の活動女優のだった。

「…………」

「こんなものを教科書の中へ入れておいちゃいけないね」

「はあ」

「もっと本気になって毎日書き取りをやってごらん。英語は漢文なぞとちがって大事だからね」

「エヘンエヘン」

「なんでございますの？　まあ、活動の女優でございますの！　照常や」

　と奥様もあきれた。

「…………」

「これは私、卒業までおあずかりいたしましょう」

「はあ」

　と照常様は頭をかいていた。

「照正は数学かな？」

　と殿様は照常様を奥様にまかせてつぎの机に移った。

「はあ」

「数学には同情する。高等科になってもまだあるのかね？」

「はあ、今年一年苦しみます」

　とご長男照正様は得たり賢しで、顔をしかめてみせた。

「親ゆずりなら、おまえに数学のできるはずはない」

「どうもいけません」

「家のものはみんな数学がいけない」

「エヘン」

「語学の方はどうにかこうにかやるが元来花岡家には数理の頭がないのらしい」

「エヘンエヘンエヘン」

「安斉はかぜを引いたかな？」

「いいえ、いっこう」

「さっきからしきりに咳が出る。大事にしたがいい」

「はあ、ありがとう存じます」

「それでは有本君、矢島君、黒須君、ご苦労でした」

と殿様は一々ご会釈をたまわって、奥様とご一緒に退出した。廊下までお送り申しあげた安斉先生は、

「照常様、ちょっと学監室へ」

と時をうつさず現われた。

「はあ」

と照常様は立っていった。むろん女優の写真を持っていた件で説諭を受けるのである。

「いい気味いい気味！」

と照彦様が正三君の注意を呼んだ。

「なんですか？」

「お兄様とご一緒に内証《ないしょ》で活動へゆかれた罰があたったんだ」

「こらこら、よけいなことをいわないで勉強しろ」

と照正様がたしなめた。二人は英語の予習を受ける番だったので、矢島先生の机へ進んだ。

小さな胸のなやみ

「照彦様、いかがでした?」

と正三君がきいた。

「知らん」

「照彦様」

「知らん。そんな失敬な奴は知らん」

とにらみつけて、照彦様は運動場をスタスタ歩きだした。

それは算術の平常試験がすんだ後だった。照彦様と正三君は机がならんでいる。最初の中、照彦様は首をのばして正三君の答案を見ようとした。ついで、

「おい、内藤、二番を教えてくれ。三番も四番もできない」

とささやいた。しかし内藤君はいかに君命でもこういう不正なことには応じなかったのである。

「内藤正三位!」

と帰りには照彦様の方から呼びかけた。

「…………」

「あんまりだぞ」

「よくも僕をだましたな。きみは僕の成績をわるくして自分ひとりほめられたいんだろう？」

「…………」

「照彦様、とんでもないことをおっしゃいますな」

と正三君はようやく口をきいた。

「いや、きみは僕にこの間から自力自力っていっていた。平常試験を自力で受けさせて落第にするつもりだったんだ。僕は一題しかできなかったぞ」

「もっと勉強なされればもう一題できています」

「できるもんか」

「おできにならなければおできにならなくてもいいです」

「いいことはない」

「ずるいことをするよりいいです」

「なんだ？　失敬な」

「照彦様」

「知らん。もう知らん」

と照彦様はそっぽをむいて歩いた。

おやしきへ着いてから正三君は自分の部屋にはいったまま出てこなかった。照彦様はも

う遊びたくなったが、呼ぶのは負けたようでいまいましいから、

「ヘエン」

　とふすまごしに咳ばらいをした。

「ヘエン、ヘエンヘエン！」

　と再三やったけれど音さたがない。それで、

「やあ！　虎がきた」

「やあ！　駱駝《らくだ》がきた」

「やあ！　熊がきた」

　と大きな声でさそいをかけていた。折りから廊下を通りかかった照常様が、

「なんだ？　熊だ？」

　とききとがめた。自分のことだと思ったのである。照彦様はよせばいいのに、

「ヘン」

「なに？」

「ヘン、卒業までおあずかり」

「こいつ！」

「ちょっと学監室へ。ヘン。九官鳥ですよ」

　とからかったものだから、照常様ははいってきて、

「失敬な！」

「ごめんごめん！」

「こら」

と腕をねじった。

「痛い！」

「さあ、どうだ？」

「もういわない。いいません。いいませんよ。内藤、内藤、助けてくれ」

「照常様、照常様」

と正三君はふすまを開けて、いきなり照常様の腕につかまった。

「なまいき！」

と照常様は正三君の頭を一つたたいて出ていった。

「ああ、痛い痛い」

と照彦様はねじられた腕をさすっていた。

「僕は頭をぶたれました」

「きみが？」

「ええ」

「まちがったんだろう」

「そうでしょうな」

といったが、正三君はたたかれる覚えがあるような気もした。

「遊ぼう」

「遊びましょう」

「ああ、痛い。きみがすぐ出てきてくれれば、こんなことにはならない。これからは『虎がきた』といったらとにかくすぐ出てきたまえ」

「お呼びになったらいいでしょう」

「僕だって呼びたくないことがあるよ」

と照彦様は笑っていた。

こんな具合で正三君と照彦様は行きちがうと思うとすぐまたうち解ける。一月ばかりの中に幾度喧嘩をしたかしれない。いつも照彦様が無理を通そうとして失敗する。それが一々教訓になるから、正三君もけっして無駄奉公をしているのでない。お殿様も奥様もそれをみとめていてくださる。ことに奥様は思いやりよく、土曜日が近づく毎に、

「内藤さん、けっしてご遠慮はいりませんのよ。今度こそ一晩ゆっくりお母さんのお乳を召しあがっていらっしゃい」

と冗談ながらおっしゃる。正三君はむろん家へ帰りたい。しかし同時に強い子だと思ってもらいたい。そこで、

「僕、まだいいです」

とその都度がまんした。なお照彦様がはなさない。土曜日は予習復習の責任がないから、二人で思い存分遊びたいのである。正三君においてもこれはけっして辛いお相手でな

い。秋晴れの土曜日曜の早くたってしまうこと！

正三君は家へ帰らないかわりに毎週おこたらず手紙を書いた。殿様や奥様のご親切なことや照彦様と仲のいいことを報告した。家からはお父さんが二、三度お役所の帰りによって様子を見ていった。しかし男親に男の子だ。

「どうだね？　なれたかね？」

「なれました」

「どうだね？　勤まるかね」

「勤まります」

とどっちも強がっていてあまり口をきかない。そこへ家令の富田さんが、

「もうすっかりおなじみになりましたから、すこしもご心配ありません。ちょうどいいお相手です」

と保証してくれるから、正三君もよんどころない。のっぴきならず強くなるような傾向があった。

試験のことで双方おかんむりをまげた日の夕刻、二人はもうすっかりごきげんが直って洋館の食堂へはいった。その卓上、奥様をお相手に話していられたお殿様が、

「内藤」

とお呼びになった。

「はあ」

と正三君はお殿様からお声のかかるのを光栄としている。

「内藤はえらいぞ。安斉先生が感心している」

「……………」

「しかし内藤、おまえのおかげで私も奥も安斉先生から叱られたよ。ハッハハハハ」

「オホホホホ」

と奥様も共鳴した。

「なんでございますか？」

とご長男の照正様がきいた。

「おまえたちのことさ。おまえたちは勉強の仕方がまちがっている。先生を頼って自分の頭を働かさないからいけない。と、内藤はこう見ている。もっともだ。私もそう思っている。安斉先生と相談して、これから勉強の方針を変えるから、そのつもりでいなさいよ」

「はあ」

「おまえたちは真剣になったことがないから、頭がいいのかわるいのかまだほんとうにわからないのだ。それをわるいときめてしまって、人をあてにしちゃいけない」

「はあ」

「照常、おまえは学校の宿題を杉山や吉村にやらせるそうだが、どうだな？」

「はあ。いいえ。そんなことは……」

と照常様は不意を打たれて面くらった。

「そうかな?」

「はあ」

「とにかく、これからはなるべく自力で勉強する。いいかな? 照正も照彦も」

「はあ」

「内藤はえらい。よく気がつく。皆自分の頭がわるいと思ってはいけない」

とお殿様は安斉先生から注意を受けたのだった。しかしこれでは内藤がいったとおっしゃらないばかりだ。正三君はまっかになっていた。

「内藤さん」

と奥様がそれと察してくつろがせるためお呼びになった。

「はあ」

「私、内藤さんにお願いがございますのよ」

「はあ」

「今度こそ私のいうことを聞いてぜひお乳を召しあがっていらっしゃい」

「…………」

「内藤は来てからもう幾日になるね?」

と殿様がおたずねになった。

「ちょうど一月でございますのよ」

「ははあ、そんなかね、もう。よく辛抱がつづいた」

「ほんとうにお強うございます」

「内藤も強いが、内藤のお母さんが強いのじゃ。おまえならとてもそうは待ちきれまい」

「きっと迎えにまいりますわ」

「それも毎週だろう。ハッハハハ」

「オホホホ」

「内藤、その中にぜひ顔を見せてきなさい。一月も帰さないでおいてはあまり手前勝手で申し訳がない」

「恐れ入ります」

「泊まりがけがいい。日曜から土曜へかけて」

「はあ」

「お父様、日曜から土曜へは少しご無理じゃございませんでしょうか?」

とお姫様がまじめできいた。

「そうか。これは一本まいった。ハッハハハハ」

「オホホホホ」

「ハッハハハ」

と若様がたも笑った。

食後学習室へもどるやいなや、

「内藤」

と照常様が呼んだ。

「はあ」

と正三君も今度は身に覚えがあった。

「きみはだれの学友だ」

「照彦様の学友です」

「それならよけいなことをしゃべるな」

といいながら、照常様はいきなり内藤君のえりをつかまえて首をしめた。

「こら、らんぼうをするな」

と一番上の照正様が止めた。

「でも失敬だ」

「腕力はよせ。口でいえばわかる」

「お兄様はお人がいい。お兄様のことも安斉先生は知っていられる」

と照常様はとにかくはなした。内藤君はシクシク泣きだした。

「お母様にいいつける」

と叫んで、照彦様は廊下を駈けだした。

「こら、待て！」

と照常様が追ってゆく。

「ばかで仕方がない。内藤君、泣くことはない。僕がついている。これからあんならんぼうはさせない。よくいいきかせる」

と照正様がなぐさめた。

「おまえまで言いつけ口をするのかい?」

とまもなく照常様は照彦様をつかまえてきた。

「でも、お兄様はらんぼうです。さっきも僕の腕をねじったじゃありませんか?」

「しかしおまえは僕のことを態といったぞ」

「あれはお兄様のことじゃありません」

「うそをつけ」

「照常、いいかげんにしなさい。安斉先生にきこえる」

と照正様がたしなめた。

「はなしてください」

と照彦様は身をもがいた。

「いいつけるから放さん」

「いいつけません」

「それならよろしい」

と照常様はようやく安心した。

正三君は初めて他人の中でもまれたような気がした。昼間頭を叩かれて夜首をしめられた。その前に照彦様とのいきさつがあったから、この日は妙に事件が輻輳《ふくそう》したのである。

家へ帰ったのはその次の土曜日だったから、ことに感慨が深かった。

「正三や、大きくなったよ、おまえは」

「正ちゃん、いつまでも帰らなかったのね。おやしきはどんな風？」

とお母さんや姉さん達がよろこび迎えたことはいうまでもない。皆でしばらくとりまいていた。その中にお父さんや兄さんがもどってきて、「どうだ？　正三、おやしきは？」

とまたきくので、正三君は同じことを幾度も答えなければならなかった。

「おやしきではお殿様や奥様とご一緒にいただくんですってね？」

とお母さんは夕ご飯の時もおやしきの話でもちきった。

「晩だけですよ」

「ご一緒の食卓に坐るんですってね？」

「ええ」

「いばったものね。ご家来ではおまえだけでしょう？」

「ええ」

と正三君はとくいだった。

「時たまお殿様からおことばのかかることがあって？」

「始終ですよ」

「まあ！　どんなことをおっしゃるの？」

「その時によります」

「それはそうだろうね、いくらお殿様でも毎日同じことはおっしゃるまいから。お食事の時、お殿様とはどれくらいはなれて坐るの？」

「一間ぐらいのものです」

「まあ、そんなにお近いの？　そうして奥様は？」

「奥様はちょうどお母さんのところです。けれどもお給仕なんかなさいません」

「それはあたりまえですわ。オホホホホ。お給仕はお小間使い？」

「ええ」

「むろん西洋料理でしょうが、どんなご馳走がありますの？」

「お母さん、そんなばかなことをきくものじゃありませんよ」

と兄さんの祐助君がむずかしい顔をした。

「でも、参考のためですよ」

「僕にはわからないご馳走ばかりです」

と正三君も食物に重きをおいていない。

「正ちゃん、お姫様からじきじきおことばのさがることがあって？」

と貴子姉さんが横取りをした。

「ええ、お部屋へ遊びにあがることもあります。そうそう。姉さんがたのことをおききになりましたよ」

「まあ！　恐れ入りますわね」

「園遊会の時にはぜひきていただくんですって。一ぺん申しあげたばかりだのに、貴子さんと君子さんでしたわねって、チャンと覚えていらっしゃいますよ」

「まあ！　うれしいこと」と君子姉さんも光栄身にあまった。

晩も正三君は伯爵家の楽しいことばかり話した。辛いからといって今さらお断わりもできない立場になっている。やり通す以上は家のものに無駄な心配をかけないほうがいいと思ったのである。それでおやしきにいる時と同じように虚勢をはって、

「僕はもう少しも遠慮しません。照彦様とすっかり仲よしになってしまって、家も同じことにしています」

と強いところを見せた。しかし一晩寝て起きると、またすっかり家の子にもどってしまって、翌朝兄さんの祐助君にいろいろと尋ねられた時、覚えず弱音をふいた。まだ十三、それも今まで甘やかされていた末っ子だから仕方がない。祐助さんは話の中に、

「照彦様はどうだね？　わがままをおっしゃるだろうね？」

ときいた。

「それは仕方ありません。けれども僕が帰るというとすぐに後悔します。僕にあやまることもあるくらいです」

「帰られちゃ遊び相手がなくなって困るだろうからね。帰るとはいいおどかし文句を考えだしたよ」

「けれどもほんとうに帰りたくなることがあるんです」

と正三君は周囲を見まわした。これはお父さんやお母さんの耳へ入れたくない。

「どうして？」

「照彦様は僕がいくら申しあげても勉強なさいません」

「頭がわるいのかい？　やっぱり」

「いいにもわるいにも、本気になって頭を使ったことなんかないんです。照彦様ばかりじゃありません。お兄様がたもずいぶんなまけます」

「でも、家庭教師がついているんだろう？」

「ええ、照常様なんかはその家庭教師の模擬試験にカンニングをするんです」

「ばかだなあ。家庭教師にカンニングなんかしたってしようがないじゃないか？」と祐助さんは笑った。

「その他いろいろずるいことをします。それを僕が安斉先生にいいつけたものだから……」

「ものだから、どうしたんだい？」

「……照常様はお殿様に叱られたくやしまぎれに、この間の晩……」

と正三君はまたいいよどんだ。

「いってごらん」

「僕の首を柔道の手でしめたんです」

「らんぼうだね、こんな小さなものを」

「けれども照正様がとめてくれたんです」

「しかし困るだろう？　そんな風じゃ。お父さんから富田さんへ注意してもらおうか？」

「いいえ、もういいんです。照正様が照常様を叱って、これからあんならんぼうはさせないとおっしゃってくださいました」

「そうか。照正様はわかっているね」

「それに照彦様がお母様にいいつけるとおっしゃって大騒ぎでした」

「頼もしいね」

と祐助君は弟思いだから目の色を変えていた。

「らんぼうなのは照常様だけですから、おやしきの方はかまいませんが……」

「かまいませんが、どうしたんだい？　かくさずにいってごらん」

「学校の方がやりにくいんです。僕は新入生だものですから、皆にばかにされるんです」

「ふうむ」

「内藤正三位っていうんです」

「なんだって？」

「正三位です。内藤正三位、花岡の家来……家来、家来……って……いうんです」と正三君はしゃくりあげた。

「いいよいいよ。泣かなくてもいいよ」

「………」

「皆でそんなことをいうのかい？」

「いいえ、五、六人わるい奴がいるんです」

「よし。それなら兄さんが学校へ行って先生に話してやる」

と祐助君は正三君がかわいそうで仕方がなかった。

「兄さん、正義のためなら喧嘩をしてもいいでしょうか?」

「それはいいさ。しかしそんなに大勢に勝てるかい?」

「こっちも大勢いるんです」と正三君は相手の堀口生に対してこっちに級長始め高谷君と細井君のついていることを話した。

「不良少年だね、その堀口って奴は」

「だれにでも喧嘩をふっかけるんです。僕は知らん顔をしていますが、今に照彦様にかかってくるようならだまっていられません」

「それはそうだろうね。その時はやるさ。仕方がない」

「やります」

「喧嘩は機先を制さなければだめだ。やる時はいきなりやれ」

と祐助さんはまた力こぶを入れた。

「どうだな?　おやしきの話かな?」

とそこへお父さんがはいってきた。正三君は今のことをいわないようにと兄さんに目くばせをして、

「ええ。それから学校の話です」

と答えた。小さな学友の胸にも人知れぬ苦労がある。

天空海濶《てんくうかいかつ》

「内藤君、きみは土曜にまた帰るか?」

と照彦様がきいた。

「いいえ、もう当分帰りません」

内藤君は家へいって、ここ一月分ばかりぜんまいを巻いてきたのだった。

「昨日はきみがいなくて淋しかった。そのかわり僕は富田さんにねだっていい約束をしたよ」

「なんですか?」

「今度の日曜に釣魚《つり》にゆくんだ」

「海ですか?」

「山へゆかないよ」

「川かとも思ったんです」

「品川沖だ。きみは釣魚にいったことがあるかい?」

「ありません」

「おやおや、話せないな」

「若様は始終お出かけですか？」

「こっちじゃめったにゆかないが、夏大磯でやる。僕は名人だぜ」

「僕に教えてください」

「いいとも」

「鯛《たい》が釣れますか？」

「品川で鯛が釣れてたまるものか？」

「それじゃなんです？」

「この頃は鰡《ぼら》と丸太が食うそうだ」

「なにを食うんですか？」

「きみはほんとうに素人だね」

「ええ。なにも知らないんです」

「食うってのは餌を食うことだよ」

「ああ、そうですか」

「餌を食ったところをグイッと上げるから釣り針が口へ引っかかる」

「わかりました」

「鰡と丸太と蒲鉾《かまぼこ》が釣れる」

「ばかになすってもだめですよ」

「ハッハハハ」

と照彦様は冗談がおすきだ。学問の方はあきらめていて口出しをしないかわりに、遊びごとになると調子に乗る。

「だれとだれがお供をしますか？」

「富田と黒須先生さ。きみもぜひきたまえ」

「はあ」

「杉山もつれてゆく」

「富田さんはおじょうずですか？」

「さあ。とにかく天狗だよ。黒須先生もよく講釈をする。しかし僕にはかなわない。僕がいつも一番槍だ」

「えらいですな」

「ヘエン」

「海は危ないことはありませんか？」

「大丈夫だ。お台場の少しむこうだもの」

「僕は舟には渡舟《わたし》にしか乗ったことがありません」

「それじゃ酔うぜ」

「困りましたな」

と正三君は考えこんだ。釣魚も初めて、海も初めてだ。危ない危ないといって親が心配しすぎるものだから、まだおよぎも知らない。

「安斉先生流じゃないかい？」

「先生がどうかなさいましたか？」

「この春、ひっぱっていったんだが、一ぺんでこりてしまったようだ」

「酔ったんですか？」

「ああいうやせがまんの強い人だから、酔ったとはけっしていわないが、青い顔をしてあぶら汗を流していた」

「そんなに苦しいものですかね？」

「生きた心持ちはしないそうだ」

「いやだなあ」

「安斉先生は昼ごろまで辛抱していたが、とうとう小用がしたいといいだした。富田さんが『かまいません。舟の中は無礼講ですから、船頭のようにこの舷《ふなべり》からなさい』と教えたけれど、首をふっている」

「ははあ」

「だめなんだ。先生は陸地でないと小用が出ない性分だそうだ。初めての人にはよくそういうことがある。きみも出ない方じゃないかい？」

「大丈夫ですよ」

「せっかく魚が食い始めたのに、やっかいだと思ったが、青い顔をしてふるえているから仕方がない。船頭に頼んで船宿へ漕ぎかえしてもらった。すると安斉先生は『陸地でも自分の家かおやしきでないと小用の出ない性分ですから、もう失敬します。さよなら』と、いって、後も見ないで帰っていってしまった」

「おやおや」

「強情な老人だって、富田さんも笑っていた。舟に酔ったというのがくやしいものだから、小用が出ないことにしたのさ」

「やっぱり知恵があります。またおさそいしてみましょうか?」

と正三君はなるべく舟によわい人が道づれにほしかった。

そこへ家令の富田老人が廊下を通りかかったので、

「富田さん」

と照彦様が呼びとめた。

「はあ」

「今度の日曜はほんとうでしょうね?」

「お天気さえよければ大丈夫です。安斉先生からお殿様へ申しあげて、もうおゆるしが出た時分です」

「お兄様がたは?」

「お馬だそうです」

「ありがたい。僕が大将でゆける」

「富田さん、安斉先生もおさそいいたしましょうか？」

と正三君がきいた。

「そうですね。ヘッヘヘヘ」

と富田さんは照彦様と顔を見あわせて意味ありげに笑った。例の陸地の件を思い出したのだろう。

まもなく照彦様は、

「内藤君、学監室へいってみよう」

と発起した。

「何ご用ですか？」

「お父様からお許しが出たかどうかうかがってみる。それに学監室へは時々話しにくるようにとおっしゃった」

「お供いたしましょう」

「きみきけ。きみの方が信用がある」

「そんなことはありません」

と謙遜したものの、正三君は大喜びで連れだった。

安斉先生はできることなら毎日のように若様がたに訓諭をしたいのである。ただし押売では効能がうすらぐと思って、相手のくるのを待っている。

「内藤君、今度は照彦様をおさそい申しておいでなさい。三国志の面白いところをお話ししてあげます」

と内々宣伝をたのむくらいだ。映画でも西洋物が喜ばれる今日、三国志や水滸伝とは思いきっている。それもお談義入りだから、正三君も自然逃げ足になる。若様がたにいたってはしゃにむにだ。

「どうですか？　おひまなら論語の講義でもいたしましょうか？」

と先生がおっしゃっても、

「いや、今日は英語の宿題があります」

とおことわりする。ふしぎとなにか宿題がある。このゆえに照彦様が今、

「先生」

といって、正三君もろとも学監室へ出頭した時、安斉さんは、

「やあ、これはこれは、さあどうぞ」

と思いもかけぬご入来にホクホクもので椅子をすすめた。

「先生、僕たちは今度の日曜に釣魚につれていっていただきます」

「お楽しみですな。さっき富田さんから承りましたよ」

「富田さんと黒須先生とそれからおよぎの名人の杉山が一緒ですから、ちっとも心配はありません」

「釣魚はけっこうですよ。しかし海の上のことですから、念のため後刻お殿様へ申しあげましょう」

「お父様も釣魚はおすきの方です」

「私も大すきです。『釣りすれど網《あみ》せず』若様おわかりですか？」

「さあ」

「内藤君、どうだね？　釣りすれども網せず」

「さあ」

と正三君も首をかしげた。こうだしぬけにメントル・テストをやるものだから、安斉さんはいやがられる。

「釣りすれども網せず。論語のことばですよ」

「どういう意味でございますか？」

「同じ殺生をするにしても、釣りなら一ぴき一ぴきですが、網を打つと、いわゆる一網打尽で、一ぺんに何十ぴきもとってしまいます。殺さなくてもいいものまで殺す。それで釣りすれども網せず。仁者の心得をのべたものです」

「ははあ」

「舟遊びは浩然の気を養うからよろしい」

「先生、浩然の気ってなんでございますか？」

と照彦様がいつになく質問をした。

「敢問《あえてとう》何謂《なにをかいう》浩然《こうぜん》之《の》氣《きと》。曰《いわく》難言也《いいがたし》」

「…………」

「自反而縮《みずからかえりみてなおくんば》。雖千万人吾往矣《せんまんにんといえどもわれゆかん》」

「…………」

「先生、むずかしいです」

「ハッハハハ」

　と安斉さんはひとりで喜んでいる。

「先生も釣魚にいらっしゃいませんか？」

　と正三君がさそった。

「けっこうですな」

「ぜひおいでください」

　と照彦様はからかうつもりだった。

「天空海濶」

「はあ？」

「天のむなしきがごとく海のひろきがごとき心持ちは舟遊びをすると初めて味わわれます」

　と安斉先生は大きなことをいいだした。しかし酔って青くなったのを知っている照彦様は片腹痛く思って、

「けれども先生は舟におよわいことはございませんか？」

　とやった。

「強いですとも」

「お酔いになったことはございませんか?」

「酒にですか?」

「いいえ、舟にです」

「ハッハハハ」

「おありでしょう?」

「舟を飲んだことはありませんよ。ハッハハハ。いったい舟に酔うということばが不可解ですな。日本は海国、おたがいは海国男子、海を恐れてはいけません」

と先生はアベコベにお説法を始めた。正三君は照彦様からきいたことを思い出すとおかしくなって、

「先生、それでは今度の日曜にぜひお供を申しあげましょう」

と追究した。

「いや、私はごめんこうむる」

「おさしつかえでございますか?」

「別に用事もないが、みなさんのおじゃまをしたくない」

「ははあ?」

「しかし私は海が大すきだ。舟にも強い。誤解しちゃ困る」

「それじゃなぜおいでになりませんか?」

「酔うことなぞはけっしてないが、たった一つ悪いくせがある」

「ははあ」

「びろうな話だけれど、陸地でないと小用が出ない」

「ハッハハハ」

「若様、この春はとんだごめいわくをおかけ申しあげました。ハッハハハハ」

「私はお酔いになったのかと思いました」

「いや、子供の時からああいうくせがあるのです。ハッハハハハ」

と老安斉先生はナカナカずるい。ただ笑ってごまかしてしまう。

正三君は釣魚にゆくのが楽しみで日曜が待ちもどかしかった。土曜日の午後、学校から帰って、お庭を遊びまわっている中に、

「若様、明日の朝は品川まで歩くんですか?」

ときいた。

「いや、自動車だよ」

「それじゃ釣り竿はどうします?」

「そんなものはいらない」

「ははあ?」

「舟から釣る時はたいてい手釣りだよ」

「そうですか。なるほど」

「使う時には釣り竿を持ってゆく」

「ははあ」

「きみはなんにも知らないんだね」

と照彦様はあなどり始めた。

「ええ。存じません」

「きみはほんとうに海へいったことがないのかい？」

「ええ。汐干《しおひ》に一ぺんいったばかりです」

「ちっともおよげない？」

「ええ」

「それじゃ落ちるとかなづちだね」

「杉山さんに頼んでおきました」

「杉山なんかとてもあてにならない。なにしろ品川湾は日本三大急流の一つだからね」

「うそばかり」

「沖へ出ると酔うぜ。きっと」

「大丈夫でしょう」

「ゆれるからね。陸地でないと小用が出ないなんていうなよ」

「それは大丈夫です。この間ブランコに乗って稽古しました」

「おいおい、きたないことをしちゃ困るよ」

「ハッハハハハ」

と正三君も土曜の午後はかき入れだ。

「きみは釣り方を知っているかい？」

「存じません」

「一つ実物教授をしてやろうか？」

「どうするんです？」

「お池の鯉を釣るんだ」

「叱られましょう」

「なあに、見つからなければかまわない」

と照彦様はさっそく釣り竿をしのばせてきた。なるほど、つぎ竿だから目だたない。お学友はみみずをほって池のそばに待っていた。若様はそれを千切って釣り針につけた。

「きたないですな」

と正三君は感心しながら見学した。

「こういうものがチョコレートよりうまいんだから、魚なんてへんな奴さ」

「それをガブリと食うんですな？」

「そうさ。首尾よくいったらおなぐさみ」

と照彦様は糸を池の中へ投げた。

「まだですか？」

「いくら名人でもそうすぐには釣れない」

「大きいのがきましたよ」

「おっと、どっこい！」

「どっこいどっこい！」

「大きい大きい」

「ああ、釣れた」

と正三君が飛びたった時、魚が水面へ現われた、照彦様は糸をまきちぢめて、

「万歳！」

と叫びながら築山《つきやま》のふもとに竿をおっ立てた。鯉が一ぴき、五月幟《さつきのぼり》のようにへんぽんとしている。

「万歳！　万歳！」

「これを取るには竿に梯子をかける」

「うそですよ」

と正三君は竿をおしたおした。

日曜の朝、品川の船宿からこぎだした時、

「今日は僕が大将だ」

といって、照彦様は大とくいだった。お兄様がたが来ると頭が上がらないから、単独行動を喜ぶ風がある。正三君は舟に酔うかと内心案じていたが、いっこうそんなこともなく、

「海はいいですなあ！」

といわゆる天空海濶の心持ちを味わった。

「内藤君、なんともないかい？」

「大丈夫です」

「それはしあわせだ。一々陸地へつけるんじゃたまらないよ」

と照彦様はいかにも大将らしい。

「若様、このみみずは少し違いますね」

と正三君はまもなく餌箱の中をのぞいて疑問をおこした。

「それはみみずじゃないよ。ごかいだよ」

「ははあ」

「みみずににているけれども、ゴカイしちゃいけない」

「ハッハハハハ」

と書生の杉山が手をうって喝采した。この男はおせじ使いだから、若様がたがしゃれをいうと笑いころげる。

お台場の沖へ出るとみんなソロソロ仕度にかかった。秋の好晴だから、ほかにも釣り舟がたくさん出ている。

「今日は僕がまた一番槍だぜ」

と照彦様がいった。

「若様にはとてもかないません」

と杉山が調子をあわせる。

「数ではまけませんが、口明けだけはいつも若様に持ってゆかれてしまいます」

と富田老人もあきらめている。

「なあに、今日は私がやります」

と黒須さんは確信があるようだった。

しかし一番槍は照彦様でも黒須先生でもなく、正三君だった。ごかいをつけて糸を下ろすか下ろさないに、

「釣れた釣れた！」

といいながら、大きなぼらを引き上げて、

「なんでしょう？　これは」

ときいた。

「とにかく魚ですな」

と杉山は問題にしなかった。

「バカだよ、それは。内藤なんかに釣られる魚はりこうでないにきまっている」

と照彦様がくやしがった。富田さんと黒須先生は糸を下ろして顔を見合わせた。

「また釣れた！」

と正三君はふたたび成功した。

「なんでしょう？　今度のは小さい」

「やっぱりバカです」

と杉山は見もしないで判定した。

「富田さん、僕はもうかえります」

と照彦様は二、三度餌をとられた後じれ始めた。

「どうかなさいましたか？」

「つまらない。今日はバカばかりです」

「まあまあ、そうおっしゃらずに。今にほんとうの魚が食います」

と富田さんがなぐさめた。正三君は自分の一番槍が若様のお癪にさわったと合点した。

「しめた！」

と折りから照彦様が勇み立った。大きなぼらを釣ったのだった。

「おてがら、おてがら」

「これは大物です」

「なんですか？」

と正三君がきいた。

「ぼらですよ」

と富田さんが小声で教えてくれた。

「それじゃ僕のもぼらです」

「きみのはバカだよ」

「でも同じです」

「いや、僕の方が大きい」

と照彦様は主張した。

「大きなぼらだ」

「大きなぼらだ」

と杉山と黒須先生が異口同音にほめた。照彦様はまもなくご機嫌が直った。富田さんも黒須先生も安心して釣り始めた。

「昼からの一番槍こそ僕がやってやる」

と照彦様はおべんとうを食べながらいばった。

「内藤さん」

と富田さんが正三君の耳元でささやいた。

「なんですか?」

「昼から一番槍をしちゃいけません」

「はあ。わかりました」

「しかし競争はしなければいけません」

「はあ?」

「釣るまねだけはするんです」

「しかし魚が食いますから釣れると困ります」

「いや、若様がお釣り上げになるまで餌をつけないで釣るんです」

「ははあ、なるほど。ははあ、なるほど」

と正三君は感心してしまった。

不良と善良

「ふうむ。なるほど。ふうむ」

と安斉先生は感歎これを久しゅうして、

「考えたものだな。ハッハハハハ」

と呵々《かか》大笑した。

「それで昼からは若様が一番槍でございました」

と正三君は餌なしの秘法を説明したのだった。別段いいつけ口をするのではないが、安斉さんは若様がたご指導上の参考としていろいろとたずねる。

「ごきげんでしたろうな」

「はあ」

「それからきみが釣ったかね」

「いいえ、昼からはちっとも釣れません」

「そんなにいつまでも餌をつけなかったのですか?」

「いいえ、本気になったんですが、だめでした。私は初めてですから、それがあたりまえです。朝のは魚の方でまちがえたんだって杉山さんがおっしゃいました」

「あれはへつらい武士で困る」

「しかし若様はほんとうにおじょうずです。富田さんを二枚もお釣りになりました」

「なに? 富田さんを?」

「はあ。それも三歳ばかりです」

「これはますますわからんね。富田さんなんていう魚はこの年になるまで見たことも聞いたこともない」

「先生、カレイです」

「鰈? なるほど。ハッハハハハ」

「顔が少し似ています」

「わるいことをいうな。けだし国音家令は鰈に通ずればなりか。瓶子《へいし》は平氏《へいし》に通じ、醋甕《すがめ》は眇《すがめ》に通ず。おもしろい。ハッハハハハ」

「先生、なんでございますか?」

「きみは日本外史を読んだことがあるか?」

「いいえ、ありません」

「困るな。このごろの子供は読むべきものを読んでいないから話が通じない。ところで家令はなにを釣りましたか？」

「富田さんは名人です。ご自分でご自分を五、六枚お釣りになりました」

「黒須先生は？」

「黒須先生は富田さんを三枚。杉山さんは一枚でしたが、三歳です。大きかったです」

「三歳というのは三歳児の三歳かな？」

「いいえ、鰈の三歳はおとなです。これくらいあります」

と正三君は両手をひろげて寸法を示した。

安斉先生はしばらく考えていた後、

「わしは知っている。富田さんも黒須先生も杉山もみんなへつらい武士だ。そこでこの前心持ちをわるくした」

とふんがいした。舟に酔ったのをひとのせいにしている。

「…………」

「風上にもおけん」

「しかしごきげんがおわるいとはたのものが困ります」

「なあに、忠諫《ちゅうかん》の精神が足らんのさ。申しあげればかならずおわかりになる。まかりまちがえば切腹するまでのことじゃないか？」

「はあ」

「きみは杉山あたりのまねをしちゃなりませんぞ。上《かみ》にまじわりてへつらわず下《しも》にまじわりておごらず、男らしくやってもらいたい」

「はあ」

「へつらい武士にとりまかれている若様がたはおかわいそうです。やしき内でおえらいのは世間へ通用いたしません」

「それですから、照彦様は学校へおいでになってもつまらないらしいです」

「巧言令色《こうげんれいしょく》をお喜びになる傾向がある。困ったものです」

「先生」

「なにかな?」

「やっぱり学校のお友だちとご交際なさる方がよろしいと存じます」

と正三君は照彦様から頼まれていたところを献策した。もっともこれは自分も同感ですでに先頃持ち出したのだった。

「なるほど」

「同級生はけっしておベッカを使いません。わるいことはわるい、いいことはいいとハッキリいいます」

「それはそうだろうが、いつぞやも申したとおり、私立中学校は玉石混淆です。無礼を働くものがあると追従以上にめいわくいたします」

「むろん優良生だけです。不良生は問題になりません」

「この間のお話の三人はやはり遊びにくる気ですか?」

「はあ」

「一つわしがメントル・テストをしてみよう」

と安斉先生は例によってメントルだ。思いこんだことはけっして改めない。

「先生」

「なにかな?」

「僕は安斉先生から口頭試問があるかもしれないといったんです。すると……」

「するとなにかな?」

「どんな先生かときくんです。こんな先生だと答えたんです」

「こんなとは?」

「少しこわい先生」

「こわいことはないよ」

「とにかく、口頭試問は入学試験でこりているからいやだというんです」

「それではお目にだけかかりましょう、どんな人物か、会ってみればたいていわかります」

「みな学術優等品行方正です」

「照彦様のご都合のよろしい時にさそってきてごらんなさい」

「はあ。ありがとうございました」

と正三君は自分の主張が通って満足だった。

翌日、照彦様は登校して高谷君を見かけるやいなや、

「高谷君、遊びにきたまえ。安斉先生からお許しが出た」

と話しかけた。

「そうかい。しかし漢文の口頭試問があるんだろう?」

と高谷君はそれを恐れていた。

「いや、きみは無試験だそうだよ」

「なぜ?」

「優等生だもの。きみと細井君と松村君ならいつでもいいことに内藤君が願ってくれた。ねえ、内藤君」

「はあ。どうぞおいでください」

と正三君はおやしきにいる時のくせで同級生にもことばがていねいだ。

「いつ?」

「今日」

と照彦様は短兵急だった。

「今日はいけない」

「なぜ?」

「ふだんじゃすぐ日が暮れてしまう。土曜日にしよう」

「よし。それじゃ約束したよ」

「いいとも」

と高谷君は喜んで応じた。松村君も細井君も同じようにさそわれて、今度の土曜日ということにきまった。細井君が調子づいて、

「蜂退治、蜂退治」

といった時、堀口生の子分の尾沢生が聞きつけて、

「高谷、きさまはまた花岡のところへ遊びにゆくのか?」

ときいた。

「きさまとはなんだ?」

と高谷君は相手の態度が癪にさわったものだからきめつけた。

「なんだ?　なまいきな」

「どっちがなまいきだ」

と二人はいきまいたが、

「よしたまえ。おだやかにいえばわかる」

と級長の松村君が制した。

「細井君、きみたちは花岡君のところへ遊びにゆくんだろう?」

と尾沢生は改めて細井君にきいた。

「いいや」

「うそをいってもだめだよ。いま蜂退治のはなしをしていたじゃないか?」

「それがどうしたんだい？」

と細井君も鼻息があらかった。

「堀口君にいいつけてやるぞ」

「堀口がなんだ？　あんな低能が」

「覚えていろ！」

と尾沢生は一同をにらんでいってしまった。

「しようがない奴だ」

と高谷君がつぶやいた。

「きみたちのくることはみんなに内証にしておこうよ。堀口君がうるさい」

と正三君は少々不安を感じた。

「いいとも」

と三人は承知だった。堀口生とその一味は級《クラス》の鼻つまみになっている。

土曜日の放課後、照彦様と正三君は同級生三名を案内して帰ってきた。門を通った時、

「きみ、叱られやしないかい？」

と高谷君がきいた。

「大丈夫だよ」

と照彦様が保証した。

「漢文のメンタル・テストがあるようなら僕はすぐ帰るよ」

と細井君がいった。

「遊ぶんだもの。そんなものはないよ」

と正三君が安心させた。

「広いなあ」

と初めての松村君は感心していた。

内玄関から上がって学習室へおさまるとまもなく、

「どうぞお食事を」

と女中が案内に現われた。安斉先生のさしずでお昼の支度がしてあったのである。

「さあ、みんな、食堂へきてくれたまえ」

と照彦様が主人ぶりに努めた。

「僕はいやだ」

「僕もいやだ。べんとうを持っている」

「僕も持ってきた」

と三人は動かない。同級生もお客となると四角張る。

「いいじゃないか？　さあ、ゆこう」

と正三君もすすめたが、

「いやだよ」

「ごちそうなんかするなら帰るよ」

とみんな立ち上がる。

「困ったなあ」

「それじゃここで弁当をたべたまえ。お茶を持ってきてもらうから」

と正三君が気をきかした。

「そうしよう。僕たちもここでいただく。それならいいだろう？」

と照彦様は帰られるのが一番つらい。

近朱者赤《しゅにちかづけばあかし》

近墨者黒《すみにちかづけばくろし》

水随方円器《みずはほうえんのうつわにしたがい》

人依善悪友《ひとはぜんあくのともによる》

と対句が二つ学習室の黒板に書いてあった。真正面だから目につく。ソロソロ弁当をたべおわった細井君は、

「オイオイ、メンタル・テストがでているよ」とささやいた。

「いやだぜいやだぜ。僕はもう帰る」

と高谷君はからだをゆすぶってみせた。

「これかい？　これはなんでもないんだよ」

と照彦様は初めて気がついた。

「先生が出てくるようなら僕はほんとうに帰る」

と松村君も噂をきいて恐れている。

「読んでみようか」

と正三君は度々のことだから驚かない。

「僕読む」

と照彦様は進み出て、

「近来者赤し。春になって花が咲いたという意味さ」

とでたらめをいった。

「ちがうちがう」

「来じゃない」

「近朱者赤《しゅにちかづけばあかし》。近墨者黒《すみにちかづけばくろし》」

と松村君が読んだ。

「そうだそうだ」

「こっちはなんだろう?」

「こっちはむずかしいぞ」

「水は方円の器に随い、人は善悪の友による」

と今度は正三君が読んだ。

「そのとおりそのとおり」

「これならメンタル・テストも及第だぜ」

「堀口とまじわるべからず」

「尾沢とまじわるべからず」

「堀口尾沢の不良分子とまじわるべからず」

「賛成賛成」

「ハッハハハ」

と一同うち興じている折りから、

「エヘン」

という咳ばらいがきこえて、安斉先生がはいってきた。

「安斉先生です」

と正三君が紹介する。

「皆さん、今日はよくおいでくださいました」

と先生は満面にえみをたたえて一礼した。なるべく怖がらせない算段である。

「は！」

と松村君も高谷君も細井君もまっかになってしまった。

「さあ、どうぞおかけください」

と先生は自ら椅子によって相手をくつろがせようとする。

「さあ、かけたまえ」と照彦様もとりもつ。

「照彦様と内藤君が始終おせわになりましてありがとうございます」

「どういたしまして」と級長の松村君が一同を代表した。

「お三人とも優等生だそうで、結構ですな」

と先生は黒板を見かえった。ソロソロ得意のメントル・テストにかかるのである。松村、高谷、細井の三名が土曜日の午後を二回つづけて花岡家へ遊びによった時、堀口生はそれをかぎつけて業をにやし始めた。しかし喧嘩をしてしまっては仲間にはいれないと思って、最初はいろいろと計略をめぐらした。

「花岡さん、花岡の若殿様」

とある朝運動場で照彦様を呼びとめたのはその一つだった。

「なんですか?」

「エヘヘヘヘ」とこれはお愛想のつもりで、

「花岡さん、僕は蜂退治の秘伝を知っているから、今度の土曜にきみのところへゆくよ」

「蜂退治なんかしちゃいません」

「うそをつきたまえ、へへへへ」

「笑ってばかりいるんですね」

「おかしければ僕だって笑うよ。へへへへ」

「知りませんよ」

「蜂退治をしているじゃないか? きみの顔にチャンと書いてある」

「きみたちは万物の霊長が五人がかりであんな虫ケラをどうすることもできない。かわいそうに。僕が手つだってやらあ」

「かわいそうでもかまいません」

と照彦様はゆこうとしたが、堀口生ははなさない。

「見たまえ、僕はこのとおり蜂退治の妙薬を持っている」

とポケットから紙包みを出した。

「なんですか？　それは」

「硫黄のかたまりだよ。これを蜂の巣の下でいぶすんだ。きみたちみたいにただでむかっていっても仕方がない。僕は知恵があるだろう？」

「ほんとうにききますか？」

「きくとも。僕がやってやる。今日ゆこう。いいだろう？」

「いけません。安斉先生に叱られます」

「きみのところは広いそうだから、一人ぐらい内証ではいったってわからないよ」

「いいえ、やしきではやしきの友だちと遊ぶことになっているんです」

「しかし松村や細井や高谷は始終ゆくじゃないか？」

「あの三人きりです」

「三人でもゆくじゃないか？」

「………」

「あれは特別です」

「なぜ特別だ？」

「優等生です」

「それじゃ手前はなんだ？　ビリから五番だぞ。おれより四番上なばかりだ」

と堀口生は不良少年の本性を現わした。

「僕は頭がわるいんです」

「それみろ」

「わるいからお薬になるようにいい人と交際するんです」

「利己主義だな、きさまは」

「なんでもかまいません」と照彦様は逃げだした。

堀口生はつぎに内藤君を手なずけようと努めた。

「内藤君」

「なんですか？」

「今度の一番はきみだよ」

「そんなことはありません」

「いや、ほんとうだよ。きみは級長になる。僕なんか落第坊主だからよろしく頼むぜ」

「冗談ばかり」と内藤君はめいわくした。

「ところできみに注意しておきたいことがある」

「もういいです」

「ききもしないでもういいですなんて失敬じゃないか?」と堀口生はおいおいにけわしくなってくる。

「………」

「きみは僕を敵と思っちゃいけない。味方と思いたまえ」

「同級ですもの、皆味方です。敵なんかありません」

「いや、大ありだよ。尾張名古屋の金のしゃちほこだよ。きみは敵が多いから気をつけたまえというんだ」

「………」

「きみは松村や細井や高谷と仲よしのつもりだろうが、あの連中はかげへまわるときみのことをわるくいっているんだぞ」

「そんなことはありませんよ」

「いや、きみは正直だからそう思うんだ。しかしきみが一番になれば今の一番の松村は二番になる。細井も高谷も一番ずつ下がる。皆それがくやしいんだ。三人できみをひどいめにあわせる相談をしているぞ」

「そうですか。それじゃ気をつけましょう」

と正三君はあらそわないことにした。

「あんな奴らと遊ぶな」

「しかし急に絶交するわけにもゆきません」

「おれと遊べ。おれと仲よしになればあんな奴らは逃げてゆく」

「…………」

「なにを考えているんだい？」

「…………」

「おい、子分になるか？」と堀口生がつめよったところへ、

「おいおい、なにをしている？」と細井君が現われた。

「うるさい。あっちへいっていろ！」

と堀口生は頭からきめつけた。

「おれの勝手だ」

と細井君は負けていない。

「細井！」

「なんだ？」

「きさまはうそをついたな」

「どうして？」

「花岡のところへ遊びにゆかないといっておいてゆきやがったじゃないか？　ここにいる尾沢が証拠人だぞ」

「…………」

「名前は細井だが、ふとい野郎だ」

「大でき大でき！」と今しそこへよってきた子分の尾沢生が手をたたいた。


やるとも！

正三君をいじめていた堀口生は、

「やい、きさまはおれのことを低能といったな」

と今度は細井君に喧嘩をふっかけた。

「…………」

「おい、なにを考えている？　またうそをつくつもりか？」

「…………」

「ここにいる尾沢が証拠人だぞ。さあ、どうだ？」

と両手の拳をさかだてて動かしながらつめよってくる。拳闘のまねだ。活動で見おぼえて始終稽古しているから、堀口は強いということになっている。

「低能よ、きさまは。それがどうしたんだ？」

と細井君も今さら後へひけない。イヨイヨ決心がついた。

「こうするんだ」

と堀口生はいきなり突いてかかった。細井君はうまくはずした。堀口生はよろめいたが、すぐにもとの姿勢にもどって狙いはじめた。

「しっかりやれ！」

と尾沢生が声援した。細井君はたちまちあごを突かれたが、同時に堀口生の横ビンタを力一ぱいになぐった。

「よしたまえ」

正三君は止めるつもりで堀口生をおした。堀口生はたたかれてめんくらっていたところだったからもろくも尻餅をついた。

「なにをしやがる？」

と起きあがりさま、正三君にかかってきた。しかしその時通りかかった上級生が堀口生を抱きとめて、

「よせよせ。こら！」

とたしなめた。

「はなしたまえ」

「いけない」

「はなせ。きみの知ったことじゃない」

と堀口生はふりもぎろうとしてもがいた。

「なんだ？　なまいきな」

と上級生はムッとした。四年の襟章をつけていた。堀口生はそれに気がつくと急におだやかになって、

「もうしませんからはなしてください」

と頼んだ。喧嘩はそれで中止になった。細井君の方がすこし勝っている。

堀口生は以来これを根に持って、正三君と細井君を目の敵にした。教室や廊下ですれちがう時、わざとよってきて突きあたる。

「なんでい？」

「なんだ？」

というのが毎日のあいさつになってしまった。松村君にも高谷君にもくってかかる。子分を使っていたずらをさせる。天気のいい日は運動場へ出てまぎれているが、雨の日はせまい教室の中で始終顔を合わせているから始末がわるい。

正三君のすぐうしろに坐っている横田という生徒は堀口生の子分だ。なまけもので成績がよくない。こいつが授業時間中に正三君のところへ通信をよこす。これは電信といってむろん先生には内証だ。そっと背中をつねるのをあいずに、机の下から紙きれをわたす。取らないとつねってばかりいるから仕方がない。

——内藤正三位。早く堀口君にあやまってしまえ。いつでも上級生が止めてくれると思っていると大間違いだぞ。

——おぼえていろ、と堀口君がいっている。右お知らせ申し上げ候。

——やい、なまいきなことをぬかすと、ドテッ腹へ風穴をあけて、かつぶしを入れて、ブル・ドックをけしかけるぞ！

——このあいだ英語の書きとりの時、きさまは花岡に教えたな。カンニングは両方とも退校だぞ。神さまがうしろから見ているから気をつけろ。

横田生の電信はいつもこういうおどし文句だ。内藤君は背中をつねられるたびに、またかと思ってクサクサする。なお授業中気が散ってこまる。先生に見つかる心配もある。

「内藤君、きみは僕が電信をかけてもいっこう返事をよこさないね？」

と横田生はこんなにめいわくをかけていながらいい気なものだ。

「電信なんかもうよしてくれたまえ」

と正三君はこれを機会にことわるつもりだった。

「なぜ？」

「学科のじゃまになります」

「きみは勉強家だよ」

「でも授業中じゃありませんか？」

「きみは道徳家だよう」

「用があるならこうやって遊んでいる時に話してくれたまえ」

「きみは聖人君子だよう」

「なんでもいいです。今度授業中にじゃまをすれば先生にいいますよ」

「えらいもんだよう。花岡の家来だよう」

と横田生は理屈でかなわないものだから、おひゃらかすばかりだった。

その翌日のことである。数学の時間に受け持ちの橋本先生が一通り説明をおわってから教室を見わたした。そういう折りから下調べをおこたってきた生徒たちは小さくなっている。

「横田君」と先生が呼んだ。

「ここへ出てつぎの例題をやってみたまえ」

「できません」

「いいからできるところまでやってみたまえ」

「何番ですか？」

「ボンヤリしていちゃいけないね。きみはなにをしていた？　今の説明をきいていなかったね？」

「はあ」と横田生は恐れ入っておじぎをした。

「おじぎをすると一回で一点ずつ平常点がへるよ」

と橋本先生はナカナカきびしい。しかしそれだけでもうとがめもせず、つぎへ廻した。

「内藤君」

「はい」

「ここへきて例題をやる」

「はあ」

と正三君は元来優秀な上に家庭教師に見てもらっているから安心なものだ。すぐに教壇へ進みよって黒板へむかった。しかしその時、みんなクスクス笑いだした。えり首のところから短冊ほどの紙きれが背中へつるさがっていて、墨痕《ぼっこん》あざやかに『花岡の家来』と書いてある。

「なんだ？　これは」と先生が引っぱり取った時、

「さあ」

と正三君は初めて気がついて頭をかいた。みんなドッと笑う。

「横田」

「はい」

「お前だろう？　このいたずらは」

「はあ」

と横田生は机の上に平身低頭した。正直だからでない。橋本先生のこわいことを知っているのだ。かくしてお手数をかけると罪が重くなる。

「きみは数学をやらずに、こんなことをしているのか？」

「申しわけありません」

「これは今そこで書いたのか？　家から書いてきたのか？」

「家から書いてまいりました」

「大分念が入っているな」

「…………」

「これから気をつけなさい。勉強しないと苦しくなるばかりだぜ」

「はあ」

「内藤君、もうよろしい。席へ帰って」

と先生はこのさい級担任として一同に注意をあたえる必要をみとめた。

「諸君。『花岡の家来』うんぬんといって新入生の内藤君にからかうものが諸君の中に大勢あるようです。花岡家の家来というのがどうしておかしいのですか？　内藤君にかぎらず、いやしくも士族ならだれでも旧藩主すなわち先祖代々の殿様があるにきまっている。現に私は毛利様の家来です。教頭の市木先生は島津さんの家来です。私たちは家来たることは恥と思いません。諸君の中にはそれぞれ何様かの家来が大勢いるに相違ない。家来でないものは平民だけです。平民は家来以下です。昔は物の数にもはいらなかった。しかるにこの頃はどうも平民がのさばっていけない。王政維新はだれがやったと思いますか？　おもに毛利様や島津様の家来たちが骨を折っている。平民はいっこうあずかっていません。ただ恩典を受けているだけです。してみれば家来は家来でないものの恩人にあたる。家来だからといってばかにする理由はちっともない。うんぬん」

と橋本先生は正三君の立場に同情するあまり少々いいすぎた。家来でないものが百姓をしたり商売をしたりしなかったら、家来はみんな乾干《ひぼ》しになっている。王政維新どころで

ない。訓諭がおわった時、

「先生」と堀口生が手をあげた。

「なんですか？」

「僕は反対です」

「これはおどろいた」

「先生、士族の方が平民よりえらいんですか？」

「いや、そんなことはない」

「それでも先生は今そうおっしゃいました」

「それは昔の話です。今日は士族も平民もない。みんな同じ待遇を受けている」

「いいえ、花岡君は華族だからだいじにされています。僕なんかと違って、少しもしかられません」

「きみはらんぼうするからさ」

「先生、華族と士族と平民では、いったいどれが一番えらいんですか？」

「皆同じことだ。ただ個人としてえらい人がえらいんだ。そんなくだらない理屈をいわないで、そのひまに数学を勉強する！」

「先生、それじゃ数学のできる人がえらいんですか？」

「むろんそうさ」

と先生は自分の鼻を指さして、一同をドッと笑わせながら、

「家来でも平民でもかまわない。私の目から見ると数学のできるものが一番えらいんだ」

「まいったなあ」

　と堀口生は両手で頭をかかえて歎息した。ナカナカ愛嬌がある。皆はまた笑った。

「いいかね？　わかったかね？　この級には華族も士族も平民もいる。しかし一切平等だ。だれがえらいということはない。地理の先生から見れば地理のできるものが一番えらい、英語の先生から見れば英語のできるものが一番えらい。しかしおたがいにもっと眼界を広くして、もっと大きいところから見なければいけない。日本ぜんたいから見ると国家の役に立つ人間が一番えらい。世界ぜんたいから見ると人類同胞に貢献するものが一番えらい。いいかね？　わかったかね？」

「わかりました」

「諸君は一つ奮発して人類同胞につくすようなえらい人間になる気はないか？　どうだ？　横田君」

「あります」

「堀口君はどうだ」

「尾張名古屋です」

「なんだ？　それは」

「大ありです」

「大ありならつまらないことをいって新入生をいじめちゃいけない。人間は皆同胞だ。ことに同級生は兄弟だ。仲よくしたまえ。ところでこの級のクラス会はいつやる?」

と先生は生徒を自在に操縦する。

「級長」

「はい」と松村君が立った。

「日をきめて近々やりたまえ」

「はあ」

「それではこれでおしまい。そら、鐘が鳴った。えらいものだろう?」

と橋本先生は時間きっかりに授業をおわった。さすがは数学の専門家だ。

「おもしろい先生だなあ」

「あんなのを瓢簞鯰《ひょうたんなまず》っていうんだよ」

「鯰に似ていらあ、ひげが」

「なんでも数学へ持っていってしまう」

「とてもかなわないなあ」

と生徒たちは不平もなかった。折りから雨降りだったので運動場へ出られない。教室の中にブンブンブンブン蜂の鳴くような声がみなぎった。

級長の松村君は細井君や高谷君と相談して、昼休みの時間に、

「今週土曜日放課後ただちにクラス会を開きますから、奮ってご出席ください。会費十五銭」

と黒板に発表した。それを見ていた堀口生は、

「おい、松村、チョークを貸せ」といって、

「諸君、奪ってご欠席ください」

と大きく書き足した。

「奪ってご欠席ってのはいったいどんなことをするんだろう？」

と伊東君が笑った。

「なんでい？　なにがおかしいんだ？」

「まちがっているからさ。奮ってだろう？　奮ってご欠席だろう？」

「奮ってよ」

と堀口生は両方見比べて気がついた。しかし負け惜しみが強いから、

「おい、伊東、まちがっていたら親切に教えてくれるのがあたりまえだろう？　ばかにする奴があるか？　同級生は皆兄弟だ。仲よくしろってさっき先生に叱られたばかりじゃないか？」

ともうからんできた。伊東君も理屈をいわれればそれに相違ないから、

「失敬失敬、そんなにおこるなよ」

と気軽くあやまった。

「おこりやしないよ。しかしおれは奮って欠席だ」

と堀口生は奪ってを奮ってに書き直した。

「きみ、そんなことをいわないで出席してくれたまえ」と松村君が頼んだ。

「いやだよ、おれは」

「きみはなんでも細井と高谷に相談してきめてしまう。この級《クラス》はきみと細井と高谷の級か？」

「そんなことはないよ」

「いくら成績がよくて先生に信用があるったって、それじゃちっと手前勝手だろうぜ。出るもんか」

「なぜ？」

「それじゃ相談するが、きみはいつなら都合がいいんだい？」

「それじゃとはなんだ？　みろ。今までおれを仲間っぱずれにしていた証拠だ」

「そんなことはけっしてない。しかしこんなに大勢いるんだもの、一人一人皆にきいても歩けないじゃないか？」

「それだからきみと細井と高谷の級だというんだ」

と堀口生はナカナカ承知しない。尾沢生と横田生は、

「松村君、僕らもいっこう知らなかったよ、いったい何年級のクラス会があるんだい？」

と空とぼけて、堀口生の味方をした。松村君が仕方がないから粗忽をわびて、

「堀口君、きみたちの都合のいい日をいってくれたまえ」

と下から出た。

「そうさな、今週は困る。先週の土曜日にしてくれ」

「きみ、冗談じゃないよ」

「それじゃ考えてみて来週の日曜日に返事をしてやらあ」

諸君
奪ッテ
御欽席
下サイ

と堀口生はなおしばらくだだをこねてから、

「しかし級長は級の小使いだ。この上めんどうをかけるのも気のどくだから、奮って出席してやるよ」

とようやく機嫌をなおして、

「級長は級の小便なり」

と書いた。むろん小使の間違いだが、いえばまたおこる。しかも、

「どうだい？」

といばっている。松井君はじめ手近にいた数名はもうこらえきれず、廊下へ逃げだして思いさま笑った。

こんな具合で堀口生は始末にいけない。なにか口実を見つけていいがかりをする。表だったことのない場合はそれ相応の工夫をして手ぎわよく苦しめる。高谷君はクラス会のおり、偶然堀口生のとなりへ坐りあわせてすくなからず迷惑した。

「高谷君」

「なんだい？」

「きみのその冬服は新しいのかい？」

と堀口生がきいた。

「新しい。僕は入学した時いきなり夏服を作ったからね」

と高谷君が答えるやいなや、堀口生は、

「お初！」

といって、力いっぱいに背中をたたいた。高谷君はまったくの不意打ちで息がとまるくらいだった。

「痛いね」

「なあに、お初を祝ったのさ」

「もうたくさんだよ」

とことわって、高谷君は祝いかえす法を考えたが、相手は落第生だから去年のを着ている。

「僕のは古くて物がわるい。セルだ。きみのは上等だね。メルトンかい？　ラシャかい？」

「さあ。どっちだろうかね」

「ラシャかしら」

と堀口生は服地をつまむまねをしてひどくつねった。

「痛い」

「メルトンかしら」

「痛いよ。きみ」

「ラシャらしい」

「痛いってば」

「きみも神経があるんだね？」

「冗談じゃないぜ」

と高谷君は腕をさすりながらつねり返す口実を考えたが、相手はセルだと前もって明言しているから仕方がない。

「メルトンかな？」

「よせよ。痛い」

「ラシャかな？」

と堀口生は時々思い出してつねった。

照彦様と正三君はもとよりのこと、この主従と特に親しい三名は代わり代わりに難くせをつけられる。

「僕はもういやになってしまう。級長をよそうかと思っている」

とある日温厚な松村君が歎息した。れいのとおり揃って花岡家へ遊びにきていた時だった。それがきっかけになって堀口生の話が始まった。

「おれはどうしてもやるぞ」

と細井君はこぶしをかためてみせた。

「えいッ！」

と折りから正三君が飛び立って、榎《えのき》の大木の幹をたたいた。

「どうしたんだい？」

と高谷君がきいた。

「堀口をなぐる稽古だ。僕は毎日やっている。見たまえ。手がこのとおりだ」

と正三君はかたくなっている掌を示した。

「きみもやる気だったのかい？」

「やるとも」

「僕もやる。僕はそのつもりで相撲ばかりとっているんだ」と高谷君も同感だった。

「堀口は強かない。口ばかりだ」

と細井君は確信的にいった。

「いつかの喧嘩はきみの方が勝っている。それから僕が押したら尻餅をついたろう？　起きてかかってきた時、僕はやる決心だった」

と正三君は目をかがやかした。

「それじゃきみたちは皆やるつもりだね？」

と松村君がニコニコした。

「やるとも！」と三人は異口同音だった。

「やれやれ！」

と照彦様は芝生の上で踊りだした。

「ゆくぞ」

と高谷君が組みついた。相撲だ。

大和魂の問題

花岡伯爵家へ出はいりする人はたいてい家来だ。家庭教師も家来、医者も家来、建築技師も家来、みんな家来で間にあわせる。この間きた相撲の錦山《にしきやま》も家来だった。そのおり照彦様と正三君は手を二つ三つ教えてもらって、

「今度高谷君たちがきたら負かしてやろう」

と勇みたった。しかしつぎの土曜日に照彦様は虫歯がいたんで学校を休んだ。さっそく柳田という歯科医をよんで手あてをした。これは家来ではないが、おくさんが家来の娘だから、まず家来みたいなものだ。照彦様はわがままがきく。

「いまのは痛かったから、もう口をあいてやらない」

「今度は加減いたしますから、どうぞごかんべんください」

と先生、ナカナカ骨が折れる。

「おれはおやしきはいやだ」

と後からぐちをこぼすけれど仕方がない。それから照彦様は三日四日学校の帰りを柳田さんに寄った。正三君はむろんお供をしてそばについている。柳田夫人もかならずその場

にひかえて、

「あなた、ちっともお痛くないようにお気をつけくださいよ」

　とむりな注文をする。

　三日めに照彦様は学校からの途すがら、

「僕はもう今日はいやだ。こう毎日ガリガリやられると頭がわるくなる」

　といいだした。

「しかし後一日二日のごしんぼうでしょう?」

　と正三君は同情しながらはげました。

「今日は神経をぬくんだからね」

「神経をぬいてしまえばもういいんです」

「きみは僕の神経だと思ってそんな平気なことをいうんだよ」

「そんなに痛いものでしょうか?」

「痛いとも。頭を持っていかれてしまいそうだ。きみは歯医者にかかったことはないのかい?」

「ありません。歯は丈夫です」

「犬のようだね」

「おやおや」

「うらやましいんだよ、家のものはみんな歯がわるい。お母様なんか入れ歯だぜ」

「そうですか?」

「けれどもこれは内証だよ。柳田だってわきへしゃべられないようにいいつけられている」

「おやしきの歯医者は柳田さんだけですか?」

「もう一人あるけれど、柳田の方が近いからね。それにもう一人の歯医者は、痛いのがあたりまえだなんていったものだから、お母様の信用がなくなってしまった」

「それじゃ柳田さんの方が痛くないんじゃありませんか?」

「痛いよ、やっぱり。柳田はやしきへきた時だけ痛くないようなことをいうんだ。家ではちっとも遠慮しない。こういう時だと思ってわざと痛いことをする」

「まさか」

「いや、たしかにそのつもりだよ。僕をサンザ痛い目にあわせておいて、痛いですかなんて笑っているんだもの」

「ハッハハハ」

「きみも笑うね?」

「失敬しました」

「今日は僕の方から柳田先生を痛い目にあわせてやる」

「どうなさるんですか?」

「見ていたまえ」

「らんぼうなすっちゃ困りますよ」

「なあに、口でやる。ハッハハハハ」

と照彦様も笑いだした。

柳田歯科医院に着いたら、患者が数名控え室に待っていた。しかし照彦様は特別だから、おくさんの案内で客間から治療室へ通って、すぐに椅子にかけた。

「若様、今日は神経をとりますから、すこしお痛いですよ」

と柳田さんがあらかじめことわった。

「いやだな」

「しかしちょっとです。のみに食われたぐらいのものです」

「のみは痛いですか？」

「オホホホ。若様はのみなんかご存じありませんわ」

とおくさんがはたから説明した。

「これは大しくじりです。蚊に刺されたぐらいのものでしょう」

「嘘です。蚊はかゆいばかりです」

「それでは蜂にさされたぐらい」

「これはたまらない」

と照彦様は立ち上がった。蜂ではこりている。

「冗談ですよ。ほんとうは種痘ぐらいのものです」

「それならがまんしましょう」

「おえろうございますわね」

とおくさんが力をつけた。

「むかしの武士《さむらい》は痛くてもけっして痛いと申しません。そこが大和魂です。若様は大和魂がおありでしょう?」

と柳田さんは一生懸命だ。歯科は上手だが、ごきげんとりは得意でない。

「あります」

「ほんのちょっとのごしんぼうです。日本人は大和魂がありますから、みんな平気です」

「僕もありますよ。種痘を痛いなんていったことはありません」

「実は種痘よりもすこし痛いかもしれません」

「いやだ。ずるいんですもの」

と照彦様はまた立ちそうになった。

「若様の大和魂はすこしおよわいようですから、ご遠慮申しあげたんです」

「ばかにしちゃいけませんよ。痛くはないけれど、ガリガリいうのが頭にひびくんです」

「今日はもうガリガリはほとんどありますまい。神経を取る時ちょっと痛いんです。くらげにさされたぐらいのものです」

「うそばかり」

「蟹にはさまれたぐらいです」

「オホホホホ。動物づくしね。大丈夫でございますわ。武士《さむらい》どころか若殿様ですもの、痛いなんておっしゃるものですか」

とおくさんは口車に乗せようとつとめた。

「いいません。僕も男です」

「それじゃお願いいたしましょう。どうぞお口をおあきください」

と柳田さんは治療にとりかかった。

照彦様は約束の手前、かなりしんぼうがよかった。またガリガリがあったけれど、苦情をいわなかった。まもなく柳田さんは歯のうつろの中を探りでかき廻しはじめた。たちまち照彦様は、

「ああ……」

と叫んで、ピクリとからだを動かした。大和魂があるから、痛いとはいわない。

「えらいですな。もうすぐですよ」

「ああ……」

「これです」

と柳田さんは探りの先についてきた糸のようなものを示した。

「もういいんですか？」

と照彦様は伸びあがった。

「もう一つです。神経は三本にわかれていますからね。もう一ぺん大和魂ですよ」

「ああ……」

「痛い痛い。痛い！」

と悲鳴を揚げたのは照彦様でなくて柳田さんだった。

「大和魂、大和魂」

と照彦様は柳田さんの指をかんだままいった。

「若様、痛いです。痛い痛い」

「若様、もうかんにんしてあげてください」

とおくさんがあやまった。照彦様ははなして、

「とれましたか？」

ときいた。よほどがまんしたと見えて、目に涙がたまっていた。

「これです。お痛かったでしょう？」

と柳田さんはまた探りの先の神経を示して、

「大和魂では私が負けましたよ、ハッハハハ」

と左の人さし指をあらためたら、歯跡が残っていた。

「よろしゅうございましたわね」

と忠義一途のおくさんはご主人がかまれても満足のようだった。正三君は笑いくずれて、かたわらの椅子につかまっていた。あまりにぎやかだったので、控え室から患者がのぞきにきた。柳田さんは手早く治療をおわって、

「また明日おいでください。もう痛いことは絶対にありません」

といった。

「さよなら」

と照彦様はおじぎをしたばかりだった。正三君はきのどくになって、

「失礼申しあげました」

とかわっておわびをした。

外へ出てから照彦様は、

「どうだ？　内藤」

といばった。

「驚きました」

と答えて、正三君はまた笑いだした。照彦様のわがままはいま始まったことでないが、これほどまでとは思わなかったのである。

「僕と柳田さんとどっちが大和魂がある？」

「さあ」

「僕は痛くても痛いとはいわなかった。柳田さんは大騒ぎをしたぜ」

「しかし……」

「しかしなんだい？」

「しかしあれは不意打ちを食ったからでしょう？　患者にかまれるとは思わなかったんです」

「患者だって痛ければかむさ」

「しかしかしって、きみは柳田びいきか?」

と照彦様はこわい顔をした。

「そうじゃありませんが、しかし……」

「また!」

「………」

「きみは僕に大和魂がないというつもりだな?」

「すこしあります」

「よし。それじゃきみはどれぐらいある?」

「若様ぐらいあります」

「なまいきなことをいうな。歯の丈夫なものにわかるものか」

「とにかく若様はごしんぼうがたりません」

と正三君は思うとおりを正直にいった。

「知らん」

「しかし明日一日ですからもういいです」

「きみのお世話にはならないよ」

「若様、電車がまいりました」

「知らん」

「しかし……」

と照彦様は急に不機嫌になってしまった。

その晩のことである。食事の折り、奥様が、

「照彦はすこし顔色がわるいようですね」

とおっしゃって、じっと見つめていられた。

「そんなことはないです」

と照彦様が答えた。

「なんともありませんの？」

「ええ。歯医者でガリガリやられて痛かったからでしょう」

「今日で四日ですね。よくしんぼうがつづきます」

「はあ」

「それにしてもすこし青いようですわね」

「おかぜじゃありませんの？」

とお姉様の妙子様もうちまもった。

「若様はけさ学校でおのどがお痛いとおっしゃいました」

と正三君が思いだして申しあげた。

「よけいなことをいうな」

と照彦様は正三君をにらみつけた。お殿様がご不在だと若様がたも多少荒い。

「すずしくなりましたから、またソロソロ寝びえでございましょう。わるいようなら早く

お医者様に見ていただかなければいけません」

と奥様がおだやかにおさとしになった。

「ほんとうになんともないんです」

「おせきは出ませんの？」

「ええ」

「おのどは？」

「痛くありません」

と照彦様は否定した。

「照彦は扁桃腺を切るのがいやだものだから、嘘をいうのだろう」

と一番上の照正様が笑った。

「そうですよ。だいじのだいじの扁桃腺ですからね」

とそのつぎの照常様もひやかした。照彦様はだまっていた。お兄様がたにはかなわない。

「とにかく、後からお熱を計ってみましょう」

とお母様がおっしゃった。

照彦様は食後お母様のお部屋へよってしばらく手間を取った。

「若様、いかがでございましたか？」

と内藤君は廊下で待ちうけてたずねた。

「熱はない」

「それはよろしゅうございました」

「内藤、きみはおしゃべりをしていけないね」

「失敬しました」

「お母様に早く扁桃腺を切れっていわれたぜ。春切るつもりだったのを痛いと思ってのばしておいたんだ。これはきみにも話してあるじゃないか？」

「はあ」

「それだのにお母様の前でのどが痛いなんていうんだもの。せっかくいいあんばいに忘れているのを思い出すじゃないか？」

「すみません」

「きみはお母様にほめられるものだから、僕のことをなんでもしゃべるんだろう？　お兄様がたも内藤はゆだんがならないっておこっているぞ」

「気をつけます」

「柳田さんに食いついたことがわかればきみのせいだぜ」

「それはごむりです」

「いや、おしゃべりはきみばかりだ」

と照彦様はお兄様がたにからかわれたくやしまぎれにさんざんじれたあげく、正三君を廊下のかべへ押しつけた。抵抗しないのを承知で圧迫をくわえる。

正三君は照彦様のごきげんがいいとなにもかも忘れているが、こんな風におつむじがまがってきた場合はとかく家のことを考えだす。そこはまだ子供だ。安斉先生の注文のように君君たらずといえどもという心持ちになれない。かなうことなら押しかえしてやりたい。忠義をつくしてもはりあいがないと思いこむ。

「若様、僕は今度の土曜日に家へ帰らせていただきます」

と正三君が学習室へもどってからまもなくいいだした。

「今度の土曜日には高谷君たちがくるぜ」

と照彦様はむろん帰したがらない。

「夕方からでもいいです」

「きみはおこったな？」

「…………」

「なにが気にいらないんだ？　いってみたまえ」

「申しあげればおおこりになります」

「おこらん」

「それじゃ申しあげましょうか？」

「いいたまえ」

「若様は扁桃腺をお切りになったらいかがですか？」

「なに？　喧嘩か？　きみは」

「ほんとうに大和魂がおありなら、一思いにお切りになる方がいいです」

と正三君はいつになく強硬に出た。

「きみは一思いでも僕はいやだよ。痛いからね」

「しかし扁桃腺がはれているからかぜをひくとおっしゃったでしょう?」

「きみがひくんじゃないぜ。よけいなお世話だよ」

「しかしかぜをひけば学校をお休みになりますから……」

「きみのしかしは聞きたくない」

「若様はごしんぼうが足りないからなんでもだめです」

「きみこそしんぼうがたりないぞ」

「なぜですか?」

「僕がすこしおこるとすぐに帰りたがる」

「…………」

「それみたまえ」

「それじゃ僕もしんぼうしましょう。若様もお痛いのをがまんするのが大和魂です」

「きみは僕を痛い目にあわせたいのか?」

「そうじゃありません。若様がご丈夫になるようにと思うんです」

「よし。それじゃ切ろう。僕も男だ。明日切る」

「明日は柳田さんです」

「それじゃ明後日《あさって》切る。そのかわりきみも帰りたいなんていうな。うんといじめてやるからしんぼうしろ」

と照彦様は額に青すじを立てていた。

二人は自習にとりかかった。正三君もつい本気になっていいあったので教科書はうわの空だった。そこへ小間使いのお菊が現われて、

「照彦様、藤岡さんがお見えになりましたから、応接間へおいでくださるようにと奥様からでございます」

と注進した。

「ふうむ」

と照彦様は驚いた。藤岡さんというのは耳鼻咽喉科の先生でやはり家来だ。

「照彦、お前はずるくて逃げまわるから、お母様がいきなり先生をお呼びになったんだよ」

と一番上の照正様が申し聞かせた。照彦様はお菊について出ていった。

「照正様、照彦様は扁桃腺をおきりになるんでしょうか?」

と正三君がきいた。

「今夜じゃないです」

「いつでございましょう?」

「さあ。あれは一週間ぐらい入院しなければなりませんからね」

「痛いですか?」

「切った時よりも後の方が痛い。僕も四、五年前にやりました」

と照正様は話し相手になってくれた。

しばらくするとお菊がまたやってきて、

「内藤さん、奥様がお呼びでございます」

「はあ」

と正三君は立っていった。応接間では照彦様の診察がおわったところだった。

「内藤さん、おついでですから、あなたも見ておいただきなさい」

と奥様がおっしゃった。正三君はいやもおうもない。二つ三つおじぎをして、藤岡さんの前の椅子にかけた。先生は額に反射鏡をつけて、

「ああん」

といった。

「ああん」

「これはかなり大きいですな」

ともう診察がすんでしまった。

「はあ」

「りっぱな手術ものです」

「ははあ」

と正三君は驚いた。

「しめしめ」

と照彦様が手をたたいた。

「それでは二人ご一緒にお願い申しあげましょう」

と奥様がおっしゃった。

「切るんですか？　僕も」

と内藤君はいまさらあわてはじめた。

「とってしまう方がいいですよ。そんなものをだいじにしておいても仕方ないでしょう」

と藤岡さんは平気なものだった。

「内藤さん、いずれお家へご相談申しあげます。先生はお上手ですから、痛くもなんともありませんのよ。照彦と内藤さんとはどちらが強いでしょうね？」

と奥様は二人の気をはげました。

学習室へもどる途中、

「照彦様」

と正三君がよりそった。

「なんだい？」

「痛いんでしょうね？　切るのは」

「痛いとも。血が出る」

「いやだなあ」

「でもきみは先刻《さっき》すすめたじゃないか？」

「あれは若様ばかりだと思ったからです」

「それだからきみはずるいよ」

「ハッハハハ」

「ハッハハハ」

と二人は利害が一致したので、先刻《さっき》の廊下を仲よしになって通った。

若様のご手術

「自習時間中に何ご用でしたか?」

と安斉先生が正三君にきいた。先生は学習室の全権をにぎっているから、ナカナカやかましい。

「お医者さんがおいでになったついでに僕も見ていただきました」

「ははあ。きみもやはり喉や鼻がおわるいのですか?」

「はあ。若様と同じように扁桃腺がはれているそうです」

「それはそれは」

「なんともないつもりでしたが……」

と正三君は手術のことを思い出した。

「この頃の人は武術で身体をねらないからいけません。それに洋食ばかりしますから、とかく故障が多くなりますよ」

「そうでございますかな」

「粗食がいいです。私なぞはぜいたくをしませんから、この年になってもこのとおり頑健です」

「先生、僕は肉をたくさんたべなければいけないんですって」

と照彦様がいった。

「西洋医は日本人のからだがわかりませんから、皆そう申します」

「いけないんですか？」

「菜根《さいこん》を咬《か》みて百事作《ひゃくじな》すべし」

「はあ？」

「菜っ葉でたくさんです。困苦欠乏にたえる精神がなによりも大切です。それはそうとして、ご自習をお始めください」

と安斉先生は席へもどった。

折りから照常様が照正様にむかって、

「お兄様、お兄様の方の英語の先生は文法でも平常点を取りますか？」

ときいた。

「取るとも」

「からいですか？」

「からいとも」

「それじゃどこも同じことですかな。僕の方は難物に舞いこまれて皆キュウキュウいっています」

「だれだい？」

「森川さんです。関さんが洋行したものですから、九月からかわったんです」

「その森川さんだよ。僕の方の文法は」

「そうですか。きびしいでしょう？」

「グイグイやる。とても評判がわるい」

「僕の方は文法訳解と両方ともあの人ですから苦しいです」

「しかしよくできるね、あの先生は」

「それだけ荒っぽいです。えんりょってことがありません。いったいあれはだれの家来ですか？」

「島津君の家来だよ」

「関さんも島津さんの家来でしたね」

「そうさ」

「島津君は得ですな」

「しかし森川さんはそんな容赦をしない。この間島津君は叱られたぜ。それも頭ごなしだからね、きのどくだったよ」

と照正様はいつまでも雑談の相手をしている。学監の安斉先生はこういう不規律を好まない。幾度も顔をしかめた後、

「エヘン」

と咳ばらいをした。それでもコソコソ話すものだから、まもなく、

「散乱心《さんらんしん》を戒めてえ!」

と詩吟のような調子でおっしゃった。この注意が響きわたると、若様がたばかりか、家庭教師の先生がたまでシャキッとなる。皆いずまいを直して自習に身を入れた。

そこへ、

「内藤さん」

とまたまたお菊があらわれた。

「なんです?」

と安斉先生がにらんだ。

「内藤さんに奥様がご用でいらっしゃいます」

「先生、ちょっと失礼させていただきます」

と正三君は恐る恐る安斉先生におことわりを申しあげた。

「よろしい」

「はあ」

奥様はもうお部屋へもどっていられた。正三君の姿を見ると、

「内藤さん、さあ、こちらへ」

とお招きになって、

「お菊はもういいのよ」

と小間使いを退げた。正三君は敷居ぎわに坐っておじぎをした。

「さあ、こちらへ」

「はあ」

「度々《たびたび》ご苦労ですね」

「どういたしまして。先ほどはありがとうございました」

と正三君は診察のお礼を申しあげた。

「オホホホホ」

「…………」

「内藤さん、あれは狂言でございますのよ」

と奥様はまたお笑いになった。

「はあ？」

「お芝居でございますの」

「ははあ」

「ほんとうを申しあげると、あなたの扁桃腺はなんともございませんのよ」

「でも先生がりっぱな手術ものだとおっしゃいました」

「それがお芝居でございます」

「ははあ」

と正三君は狐につままれたようだった。

「照彦は弱虫ですから、切るのをいやがって一人ではとても承知しそうもありません。それであなたに加勢をしていただきます。おわかりになりまして?」

「さあ」

「あなたはこれから手術の日まで照彦にお力をおつけください。それから一緒に藤岡先生の病院へあがって、あなたから先に切っていただきます」

「ははあ? 私から?」

「手術を受けるまねをなさるのです。そうして思ったほど痛くないとおっしゃっていただきます。すれば照彦も安心して切らせましょう」

「わかりました。それならお安いご用です」

「だれにもおっしゃってはなりません」

「はあ」

「片方に三日かかるそうですから、一週間入院しなければなりません」

「私もでございますか?」

「ご苦労ですが、そう願います。このお芝居はよほどうまくやりませんとけどられてしまって、後がききません。右左両方でございますからね」

「先生はむろんご承知でございましょう?」

「うちあわせがしてあります」

「けれどもうそを申しあげてはすまないと思って、僕のもほんとうにお切りになりはしないでしょうか?」

「まあ! 内藤さんも弱虫ね」

「いいえ、それならそれで覚悟があります」

「でもはれていないものは切りようがございませんわ」

「そうでございますか。安心しました」

「頭のいいことを吹きこんでくださるように手術の痛くないことを吹きこんでください。けれどもあなたも少しこわがる方がよろしゅうございますよ」

「はあ」

「あまり平気でいらっしゃると感づかれます」

「こわがりながら強がりましょう。すると若様も負けない気になってがまんをなさいます」

「そう願いましょう。手術はこの土曜日にきめてあります。私もまいりますから、その時またうちあわせをいたします。それまでのところをどうぞよろしく」

と奥様はなおクレグレも頼みいった。

正三君が学習室へもどるとまもなく、照彦様は、

「きみ、なんの用だったい？」

とささやいた。

「後から申しあげます」

「柳田さんにかみついたことがわかったんじゃないかい？」

「いいえ」

「なんだい？」

「僕の扁桃腺です」

「きみの扁桃腺？」

「若様のより大きいですから、さっそく切るんですって。ついては家へ相談にいってくるようにとおっしゃいました」

「帰るのかい？」

「ええ」

「困る」

「手紙でまにあわせましょうか？」

「そうしてくれたまえ」

「はあ」

「いつ切るんだい？」

「若様とご一緒にこの土曜日らしいです」

と正三君もつい長くなる。

「散乱心を戒めてえ。臍下丹田《せいかたんでん》に力を入れてえ」

と安斉先生が吟じた。むずかしいじいさんだ。

翌日学校から歯科医へまわって帰途に、正三君はソロソロ芝居を始めてもいい頃だと思って、

「若様、お歯がこれですんで今度はイヨイヨ扁桃腺ですね」

と切りだした。

「僕も今ちょうどそれを考えていたところだよ。いやだなあ」

「いやですねえ」

「ははあ。きみも見かけによらない弱虫だね」

「なぜですか？」

「ゆうべ初めの中いばっておきながら、藤岡さんに見てもらってからのあわてざまってなかったよ。やあいやあい！」

「僕だって、切るのはいたいですからね」

「それでも僕にすすめたじゃないか？　しんぼうが足りないとかなんとかいって」

「あれは若様だけだと思ったからです」

「ずるい奴だよ。そんな大和魂があるものか」

「降参しました。しかし負けません」

「なんだい？　それは。あわてちゃいけないよ」

「あれは僕がわるかったですけれど、イヨイヨ切るとなれば若様の大和魂に負けません」

「なまいきをいっている。きみの大和魂はセルロイド製だ」

「若様、それじゃ藤岡さんの病院で大和魂のくらべっこをいたしましょう」

　と正三君はおいおいと手術の方へこぎつける。

「いいとも」

「しかし痛いでしょうな」

「それ見たまえ。セルロイドだからペコペコしていらあ」

「僕は様子がわからないから心配なんです。こわいんじゃありません」

「うまく言っている。こわいから心配になるんだ。痛いぞ、じっさい」

　と照彦様はおどかした。

「いいえ、あれはお薬をつけて切るんですから痛くても知れたものですって奥様がおっしゃいました」

「お母様はご自分がお痛くないから知れたものさ。昨日のきみと同じことだ」

「照正様は切った時よりも後の方が痛いとおっしゃいました」

　と正三君は研究している。

「ジョオッと音がして血がドクドク出たそうだ。ああ、考えてもいやだ」

「それごらんなさい。若様の大和魂こそセルロイドです」

「失敬なことをいうな」

「それじゃお切りになりますか？」

「切るとも」

「僕はごめんこうむります」

「なに？」

「僕はほんとうは切りたくないんです」

「そんなずるいことをいってもいまさらだめだよ」

「家へ逃げていってしまいます」

「よし。僕は今からお母様にいいつけておく」

と照彦様は本気になった。

「いやだなあ！　僕は痛いことは大きらいです」

「だれだってそうだよ。しかし身体を丈夫にするためなら仕方がない」

「切らなくても丈夫になればいいでしょう？」

「切らなければ丈夫にならない」

「それじゃ若様はイヨイヨほんとうにお切りになりますか？」

「切るとも。きみが切れば切る」

「僕も若様がお切りになれば切ります」

「それじゃ約束しておこう」

「ゲンマンですよ」

「なんだい？　ゲンマンてのは」

「約束を破れば拳固で一万たたくんです」

「それじゃ僕もゲンマンだ」

「ゲンマン！」

と正三君はほぼ目的を達した。これぐらい念をいれておけば、照彦様もまさかに後へはひけない。

「しかし土曜日というと明後日だね」

「そうです」

「来週の土曜日にしてもらいたいな」

「早い方がいいですよ」

「なぜ？」

「のばすと若様はまたおいやになります」

「なんだ。自分だっていやがっているくせに」

と照彦様は計られたとはご存じない。

翌日、学校で高谷君が、

「花岡君、明日はまただめだってね」

と残念がったとき、照彦様は、

「そうそう」

と思い出した。扁桃腺のことばかり考えていて、皆の遊びにくるのをわすれていたのだった。れいの仲よし五人、なお話しあっているうちに、

「僕も扁桃腺を切ってもらった」と松村君がいいだした。

「いつ？」

「子供のときに」

「今でも子供じゃないか？」

と正三君があげ足をとった。

「ハッハハハハ」

「痛かったかい？」

と照彦様がきいた。

「なあに」

「血が出たろう？」

「ちょっとだよ」

と松村君はごく手軽のようにいった。

「僕と照彦様と大和魂の競争をするんだよ」

と正三君は役目を思いだした。

「負けるものか」と照彦様はりきんだ。

土曜日の午後、照彦様と正三君は奥様につれられて藤岡耳鼻咽喉病院へ乗りつけた。先生からあらかじめ注意があったので昼食はとらない。これは手術の時はくといけないから、その用心だった。正三君はたべないお相伴をさせられた。忠義のためには腹のへるぐらい仕方がない。一同は客間へ通された。先生夫婦が下へもおかないようにもてなす。手術を受けにきたよりもお客にきたようだった。

「若様の方は時おりお手あてを申しあげておりましたから、かなり小さくなっています。内藤君の方は難物ですよ。奥へひろがってくるみぐらいの大きさになっています」

と藤岡さんが用談にとりかかるまでにだいぶ時間がかかった。正三君は奥様からの目くばせをあいずに、

「先生」と芝居をやり始めた。

「なんですか？」

「大きいと痛いんですか？」

「なあに、ちょっとですよ」

「先生、僕、あとからにしていただきます」

「僕が後からです」

と照彦様がおっしゃった。

「骨の折れる方から先にやります」

と先生は笑っていた。

「僕からですか？」

「そうです」

「おやおや」

と正三君は頭をかいた。

ほかにも手術の約束があったが、こういう時にめぐりあわせたものはおきのどくだ。さっきから控え室で待たされている。藤岡先生も多少気になると見えて、まもなく、

「それではあちらへまいりましょうか」

と診察室へ案内した。照彦様と正三君は防水布の手術着をまとった。なんとなくものものしい。そこへ安斉先生が駈けつけた。奥様に一礼の後、

「やあ、藤岡さん」と進みよった。

「これはこれは」

「どうも安心ができませんから立ち会いにあがりましたよ」

「先生には漢籍を習った時代から信用がございませんでしたからな」

と藤岡さんが笑った。旧藩士で中年以上の人はたいてい安斉先生のお弟子さんだ。

「いや、そういうわけではありません。若様に一言申しあげるのをわすれましたので、大きらいな自動車に乗って飛んでまいりました」

「ははあ、それはそれは」

「若様、イヨイヨご手術の折りは臍下丹田にお力をお入れください」

「はあ」

「無念無想にしていられればすこしもお痛いことはございません」

「はあ」

「内藤君もその心得で」

と安斉先生はこれだけのことを注意しにきたのだった。

正三君がまず手術室へ進んだ。助手と二名の看護婦がかいがいしく従った。藤岡さんは正三君とさしむかいに席をしめて腕時計を見ながら、

「今日はご苦労ですな」

と笑った。

「どういたしまして」

「ご忠義はそうありたいものです」

「いいえ、いっこう」

「私、あなたのお父さんとはご懇意に願っています」

「ははあ、そうでございますか」

「よろしくおっしゃってください」

「はあ?」

「それでは手術にかかりましょうか。ジョキンジョキンジョキン。もうよろしい」

「はあ?」

「もういいんです。うがいをして」

「はあ?」

と正三君は診察室の方を見かえったが、くもりガラスだから大丈夫だった。

「すこし痛い顔をして」

「これぐらいですか?」

「そうそう、こちらへいらっしゃい」

と藤岡さんは診察室へ案内して、

「もうすみました」と皆に一礼した。

「まあ、お早いですこと。お強いお強い」と奥様がいたわった。

「痛かったかい?」と照彦様は真剣な顔をして寄りそった。

「いいえ」

「すこしも?」

「ええ。痛いなんて思う間はありません。すぐです」

「あまりお口をおききになっちゃいけませんよ。血が出ます。病室へ行ってお休みなさい」

と藤岡さんは正三君を看護婦の手にまかせた。

つぎに照彦様が手術室へはいった。奥様と安斉先生が立ち会った。今度はほんとうの手術だから支度に手間がかかる。

「若様、臍下丹田にお力をお入れあそばして」

と安斉先生がはたからはげます。看護婦がお頭をおさえている。藤岡さんは照彦様の口へ機械を入れてのぞきはじめた。

「じっとなすって。まだですよ。じっとなすって。まだですよ」

「ああ！」と照彦様が首をまげた。

「もうすみました。これです」

と藤岡さんは早業をやった。くるみ大のものを切り取ったのである。むろん血がでた。

「ああ！」と照彦様は切ったあとへ薬をぬられた時またうめいた。

「おうがいをなすって」

「まだでます」

「すぐ止まります。お心持ちをお静かになすって」

「臍下丹田ですぞ」と安斉さんは青くなっていた。

「ありがとうございました。大きなものでございますね」

と奥様は血にそまった肉片を見つめた。

「少し大きい方です。ごしんぼうでした。若様、お痛いですか？」

「いいえ」と照彦様は思ったほどでなかった。

「お強いですな。内藤君はもう少しで泣くところでした」

と藤岡さんは如才ない。

忠義のための嘘と真

照彦様は手術がすむとすぐに看護婦にたすけられて病室へはいった。お母様と安斉先生があとに従った。

「若様、いかがでございました？」

と正三君はわれを忘れて元気よく起きあがった。

「内藤さん、あなたもお静かにしていらっしゃらなければいけませんのよ」

と奥様が目くばせをしながら制した。

「では失礼いたします」

と正三君は横になった。照彦様もベッドに寝ころんだ。切ったあとがチクリチクリ痛む。しかしここが大和魂の見せどころだと思ってがまんしている。

しばらくすると藤岡先生がはいってきて、

「なるべくお休みになる方がよろしゅうございますから、もうおひきとりを願いましょうか？　看護婦と家内をつけておきますし、私が時々見まわります。けっしてご心配はございません」

といった。

「それでは照彦や、私たちはもう帰りますよ」

「………」

「内藤さん、よろしく頼みます」

「はあ」

「あら、お起きにならなくてもいいのよ、あなたも病人です」

と奥様はまた目まぜをした。

「それでは若様、臍下丹田のご工夫をおわすれにならないように。内藤君、きみもシッカリ」

とこれは安斉先生だった。

皆が行ってしまったあとで、照彦様は頭をもたげた。

「内藤君」

「はあ」

「後から痛いといったが、そんなでもないね」

「そうですか？」

「きみはどうだ？」

「僕は何ともありません」

と正三君は切らないのだからじっさいなんともあるはずがない。

「大きなことを言うな。僕は知っているぞ」

「なんですか？」

「切った時に泣きそうになったくせに」

「そんなことはありません」

「いや、先生がおっしゃった。もうすこしで泣くところだったとおっしゃった。うそをついてもだめだよ」

と照彦様はすっかり本気にしていた。

正三君はあまり強がると芝居を感づかれると思ったから、時々、

「ああああ」

とためいきをついた。それに応じて照彦様も、

「あああああ」

とやる。ただしそれはほんとうの嘆息だ。

「あああああ」

「ああああ。痛い！　つばをのむと痛い」

「僕もすこし痛いです」

と正三君は起きなおった。

「それみろ」

「うがいをしましょう」

「うむ、わすれていた」

と照彦様もうがいをする。

「若様、すこしお休みしましょう。寝てしまえば痛いのをわすれます」

「よわい奴だ」

「僕は口をきくと痛いんです。もう寝ます」

と正三君はそのまま目をとじている中に夢心地になった。照彦様も夕方まで眠った。晩は牛乳と重湯《おもゆ》だけだった。傷にさわるといけないから形のあるものはたべられない。正三君はまたありがたくないお相伴をした。やりきれないと思ったが、そこを辛抱するのが忠義というものだ。照彦様はもう痛みがとれたので上元気になっていた。

「内藤君、僕はもうなんともない」

「僕は唾をのむとまだすこし痛いんです」

「それは僕もそうだよ。あんな大きなものを切ったんだから傷ができているのさ」

「血が出ましたか？」

「出たとも」

「たくさん？」

「ダラダラ流れた。きみだって出たろう？」

「僕はなにがなんだかわからなかったんです」

「ジョキッといったろう？」

「ジョキンジョキンジョキンでした。あとは夢中です」

「きみは口ばかりだね。なっていない。藤岡先生は僕の方が強いといっていた」

と照彦様はいばりはじめた。

「それはおせじですよ。おやしきの人は僕と若様が同じならきっと若様をほめるんです」

「しかし僕は泣きそうになんかならなかったからね」

「人が見ていなければどんなほらでもふけます」

「ほらだ？」

「ええ」

と正三君は平気で答えた。

「内藤！」

「なんですか？」

「失敬だぞ」

と照彦様はれいの青すじを立てた。

「あとから切っておいばりになってもだめです」

「よし」

「今度僕は若様のお切りになるとき見ていてやります」

「見ていたまえ。泣きそうになったら、この首をやるよ」

「しかし僕は先に切ると、痛い最中ですから、若様のを見ていられません」

「弱虫！」

「今度は若様とご一緒に切りましょう」

「一緒には切れないよ。そんなむりをいってもだめだ」

「僕は先生に切ってもらいます。若様は助手に切っていただけばいいです」と正三君は目的があるからむやみにさからう。

「内藤正三位《しょうさんみ》！」

「………」

「ばか！」

「………」

「助手に切ってもらえなんて、失敬じゃないか？　きみこそ助手に切ってもらえ」

「僕はいやです」

「僕もいやだよ」

「なぜですか？」

「助手は先生よりもへただから痛いにきまっている」

「それごらんなさい」

「なんだい？」

「痛がるのは大和魂のない証拠です」

「あるとも。見せてやる」

「見せていただきましょう」

「よし、今度は僕が先に切る」

「先に切れるもんですか」

「切るとも」

と照彦様はまた計略にかかった。内藤正三位、ナカナカずるい。

こうすぐに喧嘩をする殿様と家来はめずらしい。しかしこの二人ぐらいすぐまた仲よしになる主従もすくない。翌朝、

「若様、いかがでございますか？」

と正三君がきいた時、照彦様は、

「もうなんともない。うまいぞ。学校へゆかずに遊べるんだ」

と答えて、すっかりごきげんがなおっていた。

「僕はまだ少し痛いです」

「痛いと思うから痛いんだよ」

「若様は思いの外お強いですな」

「きみは口でおせじを使っても、はらの中じゃ僕をよわいと思っているんだ。今度は僕が先に切ってみせるよ」

と照彦様はゆきがかり上、決心しているようだった。その日、奥様と安斉先生が見まいに来た。翌日は照正様と照常様が学校の帰りによった。

「内藤君、ご苦労様。ハッハハハ」

と笑ったところを見ると、照正様はしかけをご承知だった。照常様も、

「手術のお相伴じゃ退屈するだろうね」

といつになく同情してくれた。そのつぎの日には富田さんと家庭教師三名がうちそろって伺候した。小さな扁桃腺一つに大きな騒ぎをする。

五日めはもう一方の手術だった。奥様と安斉先生が立ち会った。照彦様は競争心がおこっているから、第一回の時のようにおじけなかった。

「先生、僕は先にやっていただきます」

と申し出た。

「これはおえらいですな」

と藤岡さんはほんとうに感心した。

「内藤君、見ていてくれたまえ」

「拝見いたします」

と内藤君も手術室へはいった。藤岡先生は、

「いいですか？　じっとなすって」

というと同時に例の早業をやった。照彦様は、

「ああ！」

と首をかしげたが、顔色が青くなっただけで、けっしてめめしい様子を見せなかった。弱虫の若様をこれまでに激励したのはたしかに正三君のおてがらだった。藤岡先生は照彦

様を病室へ見おくってから、

「内藤さん、今日はもうジョキンジョキンにおよびませんよ」といって笑った。

二人は土曜日に退院した。ちょうど一週間休んだ勘定になる。月曜日に学校へいったとき、

「やあ、どうだったい？」

と仲よし連中がとりかこんだ。

「花岡君、病気だったの？」と堀口生もよってきた。

「扁桃腺を切ったのさ」

と照彦様はのどのところへ手をあてた。

「もういいのかい？」

「ええ」

「正三位、そういえばお前もこの間から見えなかったな」

「…………」

「内藤君も切ったんだよ」

と高谷君がかわって答えた。

「ふうむ、なるほど。殿様が腹を切ると家来も切るんだな」

と堀口生はれいによって口がわるい。正三君はしゃくにさわったけれどだまっていた。

休憩時間には運動場へ出ることになっている。しかし生徒はいろいろの都合からとかく教室に残りたがる。二時間めの授業がおわったとき、先生がチョークを忘れていったもの

だから、二、三名のものが黒板へ楽書を始めた。その中に一人が、

「低脳児」と書いた。

「違う」といって、もう一人が、

「低能児」となおした。正三君はそこへ通りかかって、

「丁の字」

と大きく書いた。しゃれのつもりだった。

「やい」と堀口生がいきなり後ろから突いた。

「なんだい？」

「人の悪口を書くな」

「きみのことじゃないよ」

「いや、おれの成績表は丁の字ぞろいだ。おれのことにきまっている」

「そんなこと僕が知るものか」

「おぼえていろ」

「知らない」

と否定して、正三君は外へ出てしまった。

級《クラス》のもてあましもの堀口生は先ごろ細井君といがみあった折り、正三君に突きたおされたのを深く根に持っている。喧嘩を売るつもりで、口実をさがしているのだ。正三君も場合によっては買う気がある。細井高谷の両名もいつか一度はやらなければならないと思っ

ている。したがって花岡家へ遊びにゆくと芝生の上の相撲に身を入れる。また土曜日の交際がつづいた。

ある日のこと、堀口生が、

「花岡君」と運動場のかたすみで照彦様を呼びとめた。

「なんですか？」

「きみたちはこの間から相撲のけいこをしているそうだね？」

「さあ」

と照彦様は考えこんだ。

「かくしてもだめだよ。僕の子分はみんな探偵だからね」

と堀口生は執念深いから、ナカナカあきらめない。どうかして花岡家へ遊びにゆきたいのだ。もしこれがかなうなら、正三君初め優良連中と和解してもいいぐらいに思っている。

「…………」

「だれが一番強い？」

「高谷君です」

「きみは高谷君に負けるのかい？」

「勝ったり負けたりです」

「よわい同志で取っても強くはならない。今度の土曜に僕がいって教えてやろう。僕は手をたくさん知っているぜ」

「ほかの人がくると僕が安斉先生に叱られます」

「なんでも安斉先生だね。しかし先生だって皆きみのところの家来じゃないか？　きみがいいっていえばいいんだ」

「いいえ、僕、お母様に叱られるんです」

と照彦様はもてあまして歩きだした。

「花岡君、待ちたまえ」

「なんですか？」

「きみにききたいことがあるんだ。花岡君、僕はきみになにをわるいことをしたい？」

「…………」

「ほかの奴と喧嘩をしても、きみだけは別にしているじゃないか？」

「…………」

「先生に信用がないからって、そんなに僕をきらわなくてもいいじゃないか？」

「きらいやしません」

「落第生だって、そんなにばかにしなくてもいいじゃないか？」

「ばかにしやしません」

「僕は先生が信用してくれないから、勉強する気にならないんだよ。これでも尋常一年の時は優等だったぜ。うそだと思うなら免状を見せてやる」

「…………」

「尋常六年の時には川へおちた女の子を助けて校長さんにほめられたことがある。うそだと思うなら尾沢にきいてみたまえ」

「それはこの間級会《クラスかい》のときにききました」

「この学校へはいってからいけないんだ。先生ににらまれてしまっちゃ仕方がない。お前は不良だというから不良になってやるんだ。すこし同情してくれ」

「同情します」

「それじゃ僕もきみの家へいっていいかい？」

「僕はかまわないんですが……」

「かまわないんですが、なんだい？　なんだよ？　その後は」

と堀口生は照彦様の手をとらえた。

「………」

「内藤がいけないっていうんだろう？」

「………」

「そうだろう？」

と引っぱる。

「そうです」

と照彦様はついいってしまった。

「よし、おれは内藤をなぐってやる」

「そんなことをしちゃ困ります」

「それじゃきみの家へいってもいいか？」

「…………」

「おい」

「…………」

「勝手にしやがれ」

と堀口生は照彦様をつきはなした。照彦様はよろけながら逃げだした。

そのつぎの休憩時間に堀口生は正三君とすれちがいさま、帽子を払いおとした。喧嘩はいつもこの手でしかける。

「なにをする」

「家来、正三位、くやしければかかってこい」

「僕は喧嘩はきらいだよ」

と正三君は相手にならない。帽子を拾ってほこりをたたきながら笑っていた。

「なんとかいっていやがる」

「なんでもいいよ」

「喧嘩がこわいなら相撲でこい」

「相撲もきらいだ」

「やい、家来、正三位。おれはきさまに恨みがある。いつかのことを忘れたか？」

「いつかおれを突っころばしたじゃないか？　やる気なら正々堂々とかかってこい」

と堀口生はつめよってきた。正三君は高谷君や細井君の周囲をめぐってたくみによけた。二人とも気をきかして、それとなく道をふさぐ。しかし堀口生は高谷君と細井君の相応手ごわいことを知っているから、正三君ばかりつけ廻す。その中に正三君は照彦様の後ろへかくれた。堀口生は業をにやして、いきなり照彦様の帽子を払い落した。

「なにをする？」

と照彦様がおこった。

「こうするのよ」

と堀口生は足元の帽子をふんで、

「やい。家来、内藤正三位、きさまは殿様の頭をふまれても、かかってこないのか？　いくじなし！」

と正三君をののしった。正三君がかがんで拾おうとすると、堀口生は、

「どっこい」

といって、帽子をけとばした。

「いいかげんにしろ！」

と正三君はわれを忘れて堀口生を下から突きあげた。堀口生は足が浮いていたところへ不意を食ったからひとたまりもない。みごとに投げ倒された。正三君は乗りかかって二つ

三つなぐった。

「卑怯だぞ」

と尾沢生が後ろから正三君に組みついて引きはずした。堀口生は起きあがったが、高谷君に抱きとめられた。

「はなせ」

「はなさない」

と高谷君は一生懸命だ。

「はなせ」

「はなさない」

と尾沢生も力いっぱいに正三君を抱きしめた。もっともこれは止めるふりをして堀口生に打たせるつもりだった。

「おい、はなせったらはなせ」

「はなしたまえ」

と堀口内藤、双方こわい顔をして身をもがいている中に授業の鐘が鳴ってしまった。

喧嘩口論すべからず。よくないことの結果はどうせよろしくない。負ければむろんのこと、勝っても野球の仕合なぞとは違う。正三君はその時間中英語の訳解が身につかなかった。つまらないことをしたという感じに責められて、頭をかかえていた。しかしやむにやまれなかったのである。考えて見て自分がわるかったとは思えない。当然のなりゆきだ。

照彦様があんな目にあわされるのを学友としてだまって見ていられるものでない。君辱めらるれば臣死す。安斉先生のお教えになったところはここだ。仕方がない。と結論したが、どうも心持ちがわるい。

おりから後ろの机の横田生が先生の目をぬすみながら、チクリチクリと正三君の背中をつねりはじめた。うるさくてしようがない。

「よしたまえ」と正三君はかたをふった。

「電信だよ」

「そんなものはいらない」

「堀口君からまわってきたんだよ。さっきのお礼だそうだよ」

とささやきながら、横田生は机の下から紙きれを押しつけた。こう聞くと正三君も気になる。そっと受け取ってみたら、

内藤正三位、昼の時間に小使い部屋の裏で待っている。一人と一人で男らしくやろう。

堀　口　H

という喧嘩やり直しの申しこみだった。

「おい、返事を書け」

「…………」

「書かなければいいえ」

「ゆくよ」

「なに？」

「ゆくとも！」と正三君の声は少し高かった。

「内藤君と横田君、話をしちゃいけませんよ」

と秋山先生が注意した。

「…………」

「内藤君、きみはたいへん顔色がわるいね。どうかしましたか？」

「いいえ」と内藤君はうつむいた。

「ゆかいゆかい」と堀口生が先生のすぐ下で喜んだ。

「なんです？　きみは」

と先生がたしなめた。一年坊主は世話がやける。

やむにやまれぬ

お弁当がすんで級担任の橋本先生がいつものとおり、

「それでは諸君、運動場へ出て元気に駈けまわる」

といった時、皆立ちあがった。

「内藤君、待ちたまえ」

と高谷君はもう正三君のそばへきていて、

「さっきの無線電信はなんだい？」

ときいた。

「喧嘩さ」

「そうだろうと思っていた。やろうっていうのかい？」

「うむ」

と正三君は小使い部屋の裏へでかける決心を話した。

「やるのか？」

「やる」

「やれ。手つだう」

「僕も手つだう」

と細井君も寄りそっていた。

「よしたまえ。喧嘩はよしたまえ」

と級長の松村君が止めた。

「なんだい？　今さら」

「級《クラス》ぜんたいのためだ」

と高谷君と細井君がふんがいした。

「僕は級長として一ぺんは止めるよ」

「松村君、きみに迷惑はかけない。きみが止めたけれどもやったって僕は後からいうよ」

と正三君は級長としての松村君の立場に同情した。

「なあに、一ぺん止めればいいのさ」

「しかしやるよ」

「ぜひやりたまえ。僕も手つだう」

と松村君も大いに話せる。

「照彦様、僕イヨイヨやります」

と正三君は許可を求めた。

「僕もやる」

「若様はいけません」

「いや、僕が元だ。やるとも」

と照彦様は仲間があると強くなる。

堀口生は子分をしたがえて、廊下に待っていた。しかし正三君の方は高谷、細井、松村、花岡の外になお数名がついているので、少し躊躇したようだった。

「さあ、小使い部屋の裏へゆこう」

と高谷君が通りすぎさま申しいれた。

「きさまに関係はない」

と堀口生はにらんだ。内藤君は運動場へ出て待っていた。堀口生も出てきたが、仲間との相談に余念ない。

まもなく尾沢生が、命《めい》をおびてやってきた。

「内藤君」

「なんだ?」

「堀口君は一人と一人でやろうというんだ」

「それはわかっている」

「それから上級生が止めるといけないから、帰りにしようというんだ」

「いいとも」

「それじゃ今度の時間がすんでからきみ一人で小使い部屋の裏へきてくれたまえ」

「よし」

と正三君は承知した。

その休憩時間中に内藤堀口の喧嘩が同級生ぜんたいに伝わった。いつのまにか正三君のまわりに十数名集まっていた。これは皆同情のあまり自然に寄ってきたので、イザとなれば助太刀をする気だった。

「内藤君、やりたまえ」

と激励しては堀口生の方をにくらしそうに見すえている。しかるに堀口生は人気がない。四人の子分とヒソヒソ話すだけだった。奴、具合がわるいものだから、尾沢生を相手にれいの拳闘のまねを始めた。

「どうだい？　今のは」

「その調子、その調子」

なぞと尾沢生がごきげんをとっている。

昼からは習字だった。正三君は手がふるえて困った。こんなことでは喧嘩に勝てないと思って、じっと気をおちつけているところへ、前の席の生徒が、

「内藤君。おい、おい。内藤君」

と頭でささやいた。時間中後ろと話すときにはこの方法を用いる。

「なんだい？」

「僕のお清書だよ。下、下」

と机の下からなにか渡した。正三君は先生の様子をうかがいながら受けとってひろげて見た。

「一人と一人じゃない。堀口は尾沢に君をつかまえさせておいて、みけんをつく計略だ。用心したまえ」

と半紙いっぱいにお清書のように書いてある。これは青木という子で仲よしだからわざわざ知らせてくれたのだった。

「ありがとう。青木君」

と正三君はお礼をいった。

「さっき運動場できいていたんだよ」

「ふうん？」

「それだから尾沢がそばへきたとき用心したまえ。わかったかい？」

「わかった」

「二人でかかってくるんだから、一人じゃだめだよ」

「よしよし」

「それからね……」

「そこの二人、青木君と内藤君ですか？　前と後ろで話をしちゃいけませんね」

と先生が注意した。正三君は赤面した。朝からこれで二度めになる。秀才もほかに屈託があるとこのとおりだ。

放課後、正三君と堀口生は小使い部屋の裏で相会した。ここはゆきどまりでだれもこないから、喧嘩には屈竟《くっきょう》のところだ。堀口生には尾沢横田篠崎小川の四名がついていた。正三君の左右には高谷細井松村花岡の外に十五、六名ひかえていた。堀口生はやや案外のようだった。尾沢生がまず進みよって、

「内藤君、そんなに弥次馬をつれてきてもだめだ。一人と一人でやるんだ。きみ一人こっちへ出たまえ」

といった。

「出るとも」

と正三君が応じたとき、高谷君も進み出た。

「高谷君、一人と一人だよ」

「しかし堀口にはきみがついているじゃないか？」

と高谷君がなじった。

「僕は介添えだよ」

「なに？」

「介添えよ。世話役だ」

「それじゃ僕も内藤君の世話役だ。介添えだ」

「そうか。待て」

と尾沢生は自分ひとりで計らうことができない。親分のところへもどってしばらく耳打ちをした後、

「それじゃ内藤の介添えになれ、二人で出てこい。しかし手出しをすると承知しないぞ」

ときめつけた。

「それはおたがいだ」

と高谷君はかばんを松村君にわたして、正三君もろとも進み出た。

堀口生はその間に上着をぬいで待っていた。

「おい、内藤。男らしくやろうぜ」

と進みよった態度はいかにもおちついていた。子分の横田篠崎小川の三名も、かばんを

はずして支度をした。

「内藤、きさまは男らしくないな」

と尾沢生がとがめた。

「なんだ？」

と正三君の顔は青かった。

「そこじゃ堀口君の方が日を受けるからまぶしい。不公平のないように、もっとこっちへ寄りたまえ」

と尾沢生は正三君の手を取った。

「それじゃおれはどっちへ廻ればいいんだい？　こうっと、お天道様があそこにいるんだから」

と堀口生は空を見上げた。正三君と高谷君がうっかりつりこまれて太陽の方へ目をむけたせつなに、尾沢生は正三君の腕をねじって、グイッと引いた。これは予定の行動だった。堀口生は猛然として突きかかった。正三君は口ばたをやられて、二、三歩よろめいた。しかしつぎの瞬間に高谷君は堀口生に後ろから組みついていた。

「卑怯だぞ！」

と叫んで高谷君の足を取ろうとした横田生は細井君になぐりたおされた上に、弥次馬の足げに会って、いち早く逃げだした。篠崎生と小川生はこれに気をのまれて手出しがならない。

「堀口君、しっかり！」

「尾沢君しっかり！」

と声援するだけだった。

正三君と尾沢生はすぐになぐりあいを始めた。正三君は唇から血がしたたってものすごかった。尾沢生はたちまち鼻血を流した。一上一下《いちじょういちげ》虚々実々《きょきょじつじつ》とまではいかないが、一《ひと》しきりは実に猛烈だった。

「内藤！　内藤！」

と照彦様は気違いのようになって騒ぎたてる。しかし心配は無用だった。正三君の横なぐりはあたると実にきく。榎の幹をたたいてきたえただけのことがあった。尾沢生は口先ばかりだ。ただ堀口生にけしかけられて気が強くなっているのだから、一騎討ちでは元来正三君の敵でない。まもなくなぐりたおされて、

「まいった。まいったよ」

と弱音をふいた。もう立って戦う勇気がなかったのである。

高谷君はすでに一勝負すませて二度めだった。

しかし今度は同体に倒れてちょっともみあった末、どうやら下になりかけている。いくらひいき目に見ても形勢がわるい。

「高谷君、しっかりしっかり！」

と細井君は気が気でない。場合によっては手つだうつもりだった。

「大丈夫だ！」

と高谷君は敵の手を固くにぎって下からひっくり返そうとしている。そこへ正三君が駈けよって、

「えいッ！」

と叫びざま堀口生に横なぐりを食わせた。倒れる。高谷君が上になる。

「どうだ？」

「…………」

「これでもか？」

と高谷君は勝ちに乗じた。

「堀口！」と正三君が呼んだ。

「さあ、きみやれ！」

と高谷君は初めて気がついて正三君にまかせた。しかし堀口生は倒れたまま立てない。うつぶしになって頭をかかえた。正三君はもう手を出さなかった。

「堀口君、堀口君」

と鼻血だらけの尾沢生がやってきてたすけおこした。篠崎生と小川生も寄りそった。弥次連中はヤイヤイとはやしたてた。

「堀口君、これにこりてこれからは気をつけたまえ」と松村君がさとした。

「…………」

「皆おこってきみをなぐるといっている」

「なぐれ！　存分なぐってくれ」

と堀口生は腕をくんだ。

「しかし僕は止めているんだ」

「止めないでもいい。どうでもしてくれ」

「よし。きみはこれまで皆をいじめている。これは級《クラス》ぜんたいからのその返礼だ。つつしんで受けたまえ」

といって、松村君はコツンと一つ拳骨で頭をぶった。堀口生は目をつぶっていたが、がらになく涙をポロポロこぼした。それから、

「尾沢」と呼んだ。

「なんだい？」

「その上着のポケットからナイフを出してくれ」

「どうするんだ？」

と尾沢生は顔色を変えた。同時に皆もドキッとした。

「なんでもいい」

「いやだよ、らんぼうするから」

「らんぼうはしない。腹を切って死ぬんだ」

「ばかをいえ」

「おれはばかだよう」

と堀口生はワイワイ泣きだした。一同顔を見あわせた。喧嘩相手の高谷君と正三君はなんとなくきのどくな心持ちがした。

「だれだ？　泣いているのは」

と、そこへ小使いがあらわれた。教室の掃除からもどってきたと見えて、ほおかぶりをして箒を持っていた。

「…………」

「また喧嘩だね。こんなに大勢よってたかってこの子をなぐったんだな」

「そうじゃない」と堀口生が否定した。

「関さん、きておくれえ。子供が喧嘩をしているう」

とこの小使いは新米だから事情がわからない。

「どうしたんだ？」

と小使い長の関さんが出てきて、

「また堀口さんだね」とあきれたようだった。

「…………」

「きみはいつもここへよわいものをつれてきていじめるが、今日はアベコベだったのかい？」

「…………」

「大きな図体をしてみっともない。いつまでも泣いていなさんな。さあさあ、皆も早く帰ったり！」

「グズグズしていて先生に見つかるとめんどうになるよ」

「……………」

「堀口君、もう帰ろう」

と尾沢生が上着を肩へかけてやった。堀口生は無言のままそれを着て立ちあがった。

「帰ろう」

と勝った組は高谷君と正三君をとりまいて、歩きだした。

「きみ、目をひやしてゆきたまえ」

と細井君が水道のところですすめた。

「いいよ。なんともないよ」

と答えたものの、高谷君は左の方が血目《ちめ》になって、まわりに黒ずみがよっていた。痛いに相違ない。正三君は口ばたがはれあがって、烏天狗そのままの顔だった。唾ばかり吐いている。ただ勝ったのでない。どっちも犠牲があった。

運動場の中ほどまできたとき、

「おいおい、松村君」

と堀口生が追ってきた。弥次馬の中には覚えず逃げ出したものがあった。やはり堀口生は恐れられている。

「おい、松村君、ちょっと待ってくれたまえ」

「なんだい？」

「松村君と高谷君と内藤君と細井君。それから皆。ちょっと記念樹の下まできてくれたまえ」

「いやだよ」

と松村君はことわった。堀口生のきてくれには皆こりている。ことに腕力で負けた意趣ばらしにナイフでも振りまわすのかという疑念があった。

「きみは僕がまた喧嘩を売りにきたと思うのかい？」

「そうじゃないのかい？」

「僕は皆にきいてもらいたいことがあるんだ。ぜひきてくれたまえ」

と堀口生は松村君の手を取った。

「どうする？　高谷君」と松村君は相談した。

「さあ」と高谷君は正三君をかえりみた。

「僕を信用してきてくれたまえ。僕は皆にあやまるんだ」と堀口生は松村君をグイグイ引っぱる。

「そんなことをしなくてもいいよ」

「いや、僕は気がすまない」

「それじゃゆこう。僕だけゆく」

「皆きてくれ」

「どうだ？　皆」

「ゆこう」

と一同承知した。

運動場の一隅に古い卒業生の植えた記念樹が十数本今はかなりの大木になっている。その下がいちめんの芝生で、生徒はいつもそこへ寝ころがる。教員室から見通しだから、ここで喧嘩なぞはできない。そういう考えもあったので、皆はやや安心して堀口生についていった。

「松村君、ここへ坐ってくれたまえ。さあ、皆」

と堀口生はまず芝生に腰をおろしてうつむいた。そのまま口をきかない。

「いったいなんの用だね？」

と松村君がうながした。高谷君と細井君は万一を警戒して中腰になっていた。

「松村君、僕だって皆と仲よくしたいんだ。さっききみが皆からの返礼だっていって僕の頭をなぐったとき、僕は死んだお父さんのことを思い出したんだ」

「………」

「りっぱな人間になってくれといわれたのに、級中《クラスじゅう》から恨まれるような不良になってしまったと思ったら、僕は、僕は……」

「わかったよ」

「堪忍してくれたまえ」

と堀口生は芝生に食いついたようになって泣きだした。

「もう、いいよ、きみ」と松村君も声をうるませた。

「皆で存分にしてくれ」

「きみの心持ちは皆わかっている。ねえ、皆?」

「もういいよ、堀口君。僕もわるかった。これから仲よくしよう」

と高谷君は堀口生の手を取った。堀口生はまた泣きだした。皆しばらくもてあました後、

「堀口君、僕たちはもう帰るよ」

と松村君が代表していった。堀口生はつっぷしたままうなずくばかりだった。

学校の門から停留場へむかう途中、

「あああ」と高谷君がまず歎息した。

「なんだかいやな心持ちだ」

と正三君も勝ちごたえがしない。二人ともさっきは凱旋将軍のようだったが、堀口生に
あやまられてからすっかり気がよわくなってしまった。

「やっぱり喧嘩なんかするものじゃないよ」

とまもなく松村君が感想をもらした。

「なんとかいっている。コツンとやったくせに」

と細井君も関係者だからだまっていられなかった。

「あれは仕方がないよ。僕がやらなければ皆で袋だたきにしそうな風雲だったもの」

「風雲か? じっさい風雲急なりだったよ」

「泣いたなあ」

「泣いた」

「堀口も根からわるい奴じゃない」

「そうとも」

「しかしわるい奴だった方がこっちには都合がいいんだ。せっかく勝ってこんないやな心持ちのする喧嘩はないよ」

と高谷君が皆の心持ちをいいあらわした。要するに相手の後悔があまりいちじるしかったので皆拍子ぬけがしている。こらしめられて善人になったのに相違ないのだが、事実はどうも善人をこらしめたように考えられて仕方がない。

この気分は照彦様にもうつっていた。おやしきへ近づいたとき、

「堀口はやっぱりかわいそうだよ」といった。

「しかしあれで直れば喧嘩もむだになりません」

「きみはそればかりいっている」

「若様も堀口のかわいそうなことばかりおっしゃっているじゃありませんか？」

「じっさいかわいそうだもの」

「僕の方がよっぽどかわいそうですよ。若様、僕の顔は変になっていやしませんか？」

と正三君がきいた。

「なにかに似ているよ」

「ほんとうのところどんなですか？」

「口がとがってかっぱのとおりだ」

「困りましたなあ」

「おもしろいよ。僕はさっきから考えていたんだ。晩ごはんのとき、お父様が見つけてきっとなんかおっしゃる」

と照彦様は書きいれにしていた。

喧嘩口論すべからず

小使い部屋の裏の喧嘩は不良と善良の決闘だった。不良は負けた。堀口生は前非をくいてあやまった。しかし勝った方も負けた方もそれだけではすまなかった。

正三君はおやしきへ帰るとすぐに洗面所へいって鏡を見た。なるほど、照彦様のいったとおりかっぱだ。上あごがはれあがって鼻の高さに達している、歩くとなにかにつかえるような気がしたのはこれだった。唇をひろげてみたら、裏がさけていた。痛い。

「どうだい？」

と照彦様が心配してはいってきた。

「ここですよ」

と正三君は唇を裏がえしてみせた。

「これは大変だ。お医者さまに見てもらう方がいいよ」

「なあに、大丈夫です」

「いけない。僕お母様に申しあげる」

「もうなんともないんです。食塩でうがいをすれば直ります」

と正三君は元気がよかった。

「それじゃ僕もらってきてやる」

「どうぞ願います。こんな顔してお台所へゆくと女中たちが笑います」

「ここで待っていたまえ」

と照彦様は出ていった。

若様がたはお台所へはいると叱られる。しかしこのさいは仕方がない。

「菊！」

「はあ」

「食塩をくれ」

「はあ？」

「食塩だよ」

「若様。私、奥様へ申しあげますよ」

「なにをいっているんだい？」

「若様はいつかお台所から食塩をお持ち出しになって、青梅をお召しあがりになって、おあてられになって……」

「うるさい！」

「私、また奥様に叱られます」

「ばか！　今頃青梅があるか？」

「そんならなにをお召しあがりになりますの？」

「たべるんじゃない」

「なんにお使いなさいますか？」

とお菊はゆだんをしない。照彦様はお台所へ来るとかならず問題をひきおこす。

「なんに使ってもいいじゃないか？　家のものだ」

「若様は食塩なんかほしがるものじゃございませんよ」

「そんなことをいわないで少しくれ。なめくじにぶっかけてやるんだ」

と照彦様はうそをついた。ほんとうをいって正三君のかっぱ顔を見にこられては困ると思ったのである。花岡家の女中たちは皆物見高い。

「おいたをなさるんではなおさしあげられません」

「うがいをするんだ」

「ほんとうでございますか？」

「僕がするんだ」

「それならただ今洗面所へ持って参じます」

「食塩てそんなに高いものかい?」

「オホホホホ」

とお菊も笑えば、そばにいたお藤やお美津も笑った。女中たちもよろしくない。若様をばかにする風がある。

まもなく照彦様と正三君は奥様のところへご挨拶にあがった。

「ただいま」

と照彦様が一つおじぎをする。正三君はなにもいわないかわりに二つ念入りにやる。

「ご苦労でしたね」

と奥様がいたわってくださる。この日正三君は特に顔を見られまいとして、おじぎの姿勢のままひきさがりはじめたが、

「内藤さん、あなたどうなさいましたの?」

とさとられてしまった。鼻よりも唇の方が出ているから仕方がない。

「内藤君は学校で喧嘩をしたんです」

と照彦様が説明した。

「まあ」

「堀口というわるい奴が初めに僕の帽子を払いおとしたものですから、内藤君がおこって突きとばしたんです」

「内藤さん、まあお見せなさい」

と奥様が立ってきて口のあたりをあらためた時、正三君の目から大つぶの涙がポロリポロリとこぼれた。

「お痛《いと》うございましょう?」

「ウウウウウ」

と正三君は泣きだした。今まではりつめていた気が奥様のやさしいお言葉で急にゆるんだのだった。照彦様もシクシクやりだした。やはり恩義をわきまえている。これでこそ正三君も辛抱できるというものだ。

晩餐の折り、伯爵は幸い不在だった。照正様と照常様はそれをいいことにして、フォークの上げ下ろしに正三君を笑った。

「猪八戒《ちょはっかい》だよ」

と照正様が照常様にささやいた。

「八戒よりも烏天狗です」

「烏天狗よりもかっぱの申し子だ」

「河童六十四」

と照常様がいった。

「照常」

と奥様はきびしくおっしゃった。

「はあ」

「内藤さんは照彦の仇を討ってくだすったのですよ」

「はあ」

「笑うことがありますか？」

「失礼いたしました」

と照常様はその口の下からまたクスクス笑った。

「内藤君はナカナカ強い」

と照正様はほめた。しかしこれはだまっていると笑いたくなるからだった。照彦様は、

「実に強かったです。不意打ちをくったんですけれど、すぐにこういう具合に……」

と手まねをする拍子に、持っていたナイフを妙子様のお皿のところへカチャンと投げ飛ばした。

「まあ！　危ない照彦さん！」

お姉様は伸び上がる。

「お気をつけなさいよ」

と奥様がたしなめる。照正様と照常様はそれを幸いに、

「ハッハハハ」

とまた笑いだす。照彦様はとんちゃくなく、

「ひどいなぐりあいでした。僕ははたから応援です。『内藤、しっかり！　内藤、しっか

り！』って。ねえ内藤君、きこえたろう？」

「はあ」

「きみも一生懸命だったが、僕も一生懸命だった。その中に尾沢は鼻を打たれて、鼻血がドクドクドク……」

「よしてちょうだい」

と妙子様から故障が出た。

「ふいてもふいても、ダラダラダラダラダラ」

「照彦！」

と奥様は鶴の一声。照彦様はだまってしまった。

喧嘩の物語は学習室でくりかえされた。気の荒い照常様が興味を持って、

「照彦、内藤がどんな風にやったか初めから話せ」

と命じたのだった。

「えらい」

と照正様も所々で感心した。

「痛快痛快！　内藤、強いんだなあ、きみは」

と照常様は大喜びだった。

「もうやりません」

と内藤君は謙遜した。

「なあに、かまうものか、照彦にからかう奴があったら、皆やっつけてしまえ。僕が柔道の手を教えてやる」

と照常様は奨励した。

学監の安斉先生は奥様のご注意で、後刻、

「内藤君、ちょっと」

と呼びにきた。正三君は学監室へついていって、

「申しわけありません」

とうなだれた。

「いや、察しています。平民の学校はこれだからいけないのです」

「………」

「君《きみ》辱められて臣《しん》死す。やむにやまれなかったのでしょう?」

「はあ」

「今までもそんなことが度々あったのですか?」

「喧嘩でございますか?」

「いや、素町人《すちょうにん》の子がいやしくも若様のお帽子を足げにするなぞということが!」

と安斉先生はこわい顔をした。

「はあ、いいえ」

「どっちですか?」

「足げにはしませんが、若様でもほかの生徒でも同じことです。わるい奴が五、六人いて皆をいじめるんです」

「不都合千万。明日学校へいって校長に談じましょう」

「先生」

「なんですか?」

「僕たち、困ります。喧嘩をしたことがわかってしまいます」

と正三君は迷惑した。

「それでは一つ秋山を呼んで話してみるかな」

と安斉さんは考えこんだ。秋山先生はやはり花岡家の旧臣だから、照彦様のことを特に頼まれている。

「…………」

「明日の朝、私から手紙を持っていってください」

「はあ」

「内藤君、もっと顔を上げてごらん。ははあ、口がとがりましたな」

「はあ」

と内藤君はまたうつむいた。

「恥ずかしいことはありません。昔なら君公御馬前の功名です」

「…………」

「両虎闘えば大なるものは傷つき、小なるものは死す。君は大なるものでしたが、喧嘩はやはりいけませんよ」

「はあ」

「勇は逆徳なり。兵は凶器なり。軽々しく用いてはなりませんぞ」

と安斉先生はダンダンむずかしくなる。

翌朝学校へゆくと、皆が正三君の周囲に集まった。

「どうだい？　きみ」

「もうなんともない」

と正三君は口ばたをおさえた。そこへ高谷君がはいってきた。

「どうだい？　きみ」

とまた皆がとりまく。二人とも大変な人気だ。つぎに堀口生がノッソリとあらわれた。今度はだれもよりつかない。しかし堀口生は自分の方から進みよって、

「内藤君、高谷君、昨日は失敬した。それから皆、今までは僕がわるかった。堪忍してくれたまえ」

といった。後悔したものの、一時的だろうと思っていたから、これは案外だったので、

「僕こそ」

「もう仲よくしよう」

と高谷君と内藤君も覚えず進み出た。堀口生はおじぎをした。高谷君と内藤君もおじぎ

をした。見ていた連中は手をたたいた。ひやかしたのではない。感心したのだった。

まもなく鐘が鳴った。第一時間は数学だった。橋本先生は出席点呼をおわったが、授業を始めずに、教室を睨みまわした。一番こわい先生だ。生徒たちはもう察した。あの喧嘩があのきびしい級担任に知れないでいるはずはない。先生は教壇から下りてきて、うつむいている堀口生の肩へ手をかけた。

「きみ、出たまえ」

「はあ」

「立て」

「はあ」

「教壇の前へゆく」

「はあ」

と堀口生はそのとおり従った。

「きみも」

と先生は尾沢生をつかまえた。

「はあ」

と尾沢生も教壇の前へ出た。先生は生徒の顔を一々あらためながら教室をまわる。

「内藤君」

「はあ」

「出る」

「はあ」

と内藤君も立った。

「高谷君」

「はあ」

と高谷君はもうあるきだした。

「この四人は顔でわかる」

と先生がいった時、皆クスクス笑った。堀口生は頭がこぶだらけで額がはれあがっている。尾沢生は鼻がふくれている。正三君は口がとがっている。高谷君は左の目が充血してまわりが黒ずんでいる。

「見たまえ、諸君。これは皆仮装行列へ出る顔だ。教室へくる顔じゃない」

「…………」

「親不孝だよ。家へ帰って叱られたろう？」

「…………」

「しかしこのほかにも関係者があるはずです。覚えのあるものは申し出る」

「先生」と細井君と松村君が立ち上がった。

「もうないかね？」

「少しあります」

と照彦様が立ち上がった時、横田、篠崎、小川の三名も顔を見あわせて立ち上がった。

「よろしい。正直なのは結構だ。皆席についてよろしい。今の十人は放課後残る。わかったかね？　もしそれまでにまた喧嘩をするようなら退校を命じる。わかったかね？」

と、念をおして、先生は授業にとりかかった。折りから、

「なあんだ」

と歎声をもらしたものがあった。

「森本君だね？　なあんだとはなんだい？」

「はあ」

「はあじゃわからん」

「それで授業がおしまいになると思っていたものですから」

「そううまくゆくものか。なまけたがっちゃいけない。皆一生懸命でやる」

と先生ははげました。しかし級ぜんたいの頭に異物がはいっている。はなはだ不成績な第一時間だった。喧嘩はあらゆる意味においてよろしくない。

放課後の留めおきという奴は気にかかるものだ。それもまだ罪がきまっていないだけに不安が増す。

「停学かしら？」

と照彦様は正三君のために案じた。

「大丈夫だ。ただの喧嘩じゃない」

と細井君は正義で申しわけを立てるつもりだった。

「いや、三日ぐらい食わされるかもしれない。先学期四年の人がやられた」

と一番ひどくやっている高谷君はけっして楽観はしない。

五時間目の授業がおわるとすぐに橋本先生は教室へはいってきて、

「さあさあ、用のないものは早く帰る」

と例のせっかちな調子で皆を追いだした。

「松村君」

「はあ」

「級長のきみがこの仲間にはいっているのは不都合のようで好都合だ。いったいどうして喧嘩をした？　わけをいいたまえ。さあ、いいたまえ」

「申し上げます」

と松村君が立った時、窓からのぞいたものがあった。

「用のないものは帰る！」

と先生は駈けていって叱りつけた。

松村君は最初からのいきさつを説明した後、

「もし内藤君が負けたら高谷君が出るつもりでした。そのつぎは細井君、そのつぎは僕と順番がきめてありました。僕たちもわるかったんですけれど、今まで堀口君があんまりでしたから、つい……」

と手はずまで説明してしまった。

「堀口君」

「はあ」

「今、松村の話しどおりか？」

と先生がきいた。

「違います」

「どこが違う？」

「松村君は僕たちもわるかったけれど堀口君があんまりだったからといいました。あすこが違っています」

「それではきみはわるくないというのか？」

「いいえ。僕ばかりわるいんです」

と堀口生はいつにないことだった。

「高谷君」

「はあ」

「きみは喧嘩に勝ったんだが、どんな心持ちがする？」

と先生は順々にきいてゆく。

「昨日からいやでたまりません」

「内藤君、きみはどうだ？　きみも勝ったじゃないか？」

「…………」

「どうだね？」

「僕が一番わるいんです」

「いや、心持ちさ」

「尾沢君が鼻血を出した時……」

「どうした？」

「僕はまあなにをしているんだと思いました」

「尾沢君」

「はあ」

「きみはどうだ？」

「僕は家でお父さんにしばられました」

「どうして」

「…………」

「いいたまえ。かまわないよ」

　と堀口生が口を出した。

「堀口君と遊んじゃいけないっていわれているのに……」

「きみが一番ばかを見ているよ」

　と先生はなお一人一人について感想をもとめた後、

「きみたちは皆後悔している。喧嘩をしてわるかったということがそれぞれわかっているんだから、この上責めても仕方がない。しかし堀口君だけには約束があったね？」

と堀口生をかえりみた。

「はあ」

「持ってきたかい？」

「…………」

「先生」

と松村君が立ちあがった。堀口生は今度事件をおこしたら退校届を持ってくることになっている。

「なんですか？」

「堀口君は一番後悔しています。僕後からくわしく申しあげます」

「とにかく、堀口君」

「先生」

と高谷君が猛然として立ちあがった。

「なんですか？」

「僕、困ります。僕が喧嘩をしたんですから、僕、困ります」

「それでは堀口君をきみと松村君にあずけましょう。皆数学の支度をして！」

と先生は方向を転換した。一同顔を見あわせた。聞きまちがいかと思ったのである。し

かし続いて、

「教科書、百六ページ、練習題のところをあける」

ときたから、もううたがう余地がない。

「一番から十番までを内藤君と尾沢君がやる。これはふだんと違って教えあってさしつかえない。十一番から二十番までを高谷君と堀口君、二十一番から三十番までを横田君と花岡君……」

と喧嘩の時の組み合わせだった。なお、

「五時までかかってゆっくりやりなさい。私は教員室で待っている」

困った立場

昼からの課業がおわって先生が出ていったせつな、

「皆、ちょっと待ってくれたまえ」

とどなって教壇へ駈けあがったのは堀口生だった。喧嘩事件で留めおきをくってから三日目だ。堀口生は二日つづけて休んで今日また顔を出したのである。

「諸君、諸君」

一同は帰りじたくの手を休めて、迷惑そうに堀口生を見まもった。どうせろくなことでなかろうと思ったのも、こいつの日頃から察してむりはない。しかし堀口生は喧嘩以来後悔を持ちつづけていた。

「今まで僕がわるかった。かんべんしてくれたまえ。僕は二日休んで考えた。このとおり退校届を持ってきた。松村君、松村君」

「なんだい？」と松村君が答えた。

「僕は皆にわるいことをしている。きみからあやまってくれたまえ」

「もういいんだよ。すんでいるじゃないか？」

「皆、いや、諸君。きみたち！」

「…………」

「ほんとうにいいのかい？」

「いいんだよ。いいんだよ」

と五、六人がきのどくになって異口同音にいった。

「それじゃ僕はもうこれからわるいことをしないようにここで約束する。実は昨日お母さんがあやまりにきて、先生にだけはもう一ぺん堪忍してもらったんだ。松村君」

「なんだい？」

「これをきみにあずけておく。僕の退校届だ。このとおり伯父さんの判がおしてある」

と堀口生は半紙に書いたものをひろげて皆の方へむけた。

「そんなものはいらないよ」

「いや、これをあずかっておいて、今度僕がわるいことをしたらすぐに橋本先生に出してくれたまえ」

「さあ、きみ」

「………」

「僕は困る、そんなこと」

「松村君、そうしてくれなければ僕は除名になる。堪忍してもらえないのも同じことだ」

「それじゃ皆であずかろう」

「そうしてくれたまえ。しかしきみが級長だ。松村君！」

「よし」

と松村君は教壇へあがっていって、

「諸君、堀口君の退校届をあずかるよ」

と皆の同意をもとめた。

「諸君、僕がわるいことをしたらすぐに松村君にいってくれたまえ。そうすれば松村君がこれを橋本先生に出す。そうすれば僕はもう学校へ来られなくなる。仕方がないんだ」

と堀口生はどこまでも神妙だった。それから届書を封筒に入れてわたして、

「約束、約束。きみが代表だ」

と松村君の手をにぎった。一同拍手喝采した。ちょうどそこへ弁慶がはいってきた。こ

れは小使いの関さんが掃除をする時のあだなだ。頬かぶりをして、箒をなぎなたのように持っている。

「なんだ？　また喧嘩か？」とびっくりした。

「関さん、きみにもあやまる」

と堀口生はおじぎをした。同時に皆ワイワイいいながら教室を出た。

橋本先生はその後なんともいわなかったが、堀口生を級《クラス》一同にあずけたのだった。これが最後のお慈悲のことはわかっている。堀口生は今度問題をおこせばおっぽり出されるはずだったが、幸いにして喧嘩は負けになっていた。なぐられた上に退校ではいくら今までのことがあってもあまりかわいそうだ。橋本先生もそこを考えたのだろう。お母さんを呼び出して、もう一度堪忍することにした。

「とにかく、退校届を持たせておよこしください」

といわれた時、お母さんは、

「それではやっぱりいけないのでございましょうか？」

と泣きそうになった。

「いや、このつぎにことをおこした場合、手数をはぶくためです」

「先生、そうおっしゃらずにどうぞこのたびだけは……」

「わかっています。ご安心なすって退校届をお持たせください。もうこの上まちがいのないように私が計らってあげます」と先生は考えがあった。

級《クラス》のもてあましものも退校届をにぎられてしまってはもうらんぼうが働けない。もっとも自分でもすっかり後悔している。堀口生はなお尾沢生や横田生にもあやまった。

「おれはお前たちに一番わるいことをしている。しかし今日からは堀口改心だ。堀口英太郎じゃない。見てくれ。このとおりだ」

といって、制服のボタンをはずしてカラーを見せた。それに堀口改心と書いてあった。尾沢生も横田生も元来わるい奴でない。堀口生がおだてなければごくおとなしくしている。級《クラス》に平和な日がつづいた。

「堀口さん、お前はほんとうにえらくなったね」

と尾沢生が感心したくらい堀口生の改悛《かいしゅん》は、いちじるしかった。

「おれは昨日何年ぶりかでお母さんにほめられたよ」と堀口生も得意だった。橋本先生も、

「堀口君、君は生まれかわったね。しかし数学をやってこなければいけないよ」

と時々はげましてくれる。堀口生はその都度頭をかいて相好《そうごう》をくずす。先生からやさしい言葉をかけられるのがうれしいのだ。しかしある時、

「先生、僕はこのごろくたびれてだめです」

と答えた。これはほんとうだった。おとなしくしているのが大きな努力だから、いまだ勉強の方までは手がまわらない。よほど気をつけていないと癖が出て、

「やい、こんちきしょう！」

なぞとやる。もっともそのすぐ後から、

「しまった。失敬、ごめんごめん」

とことわる。一度運動場で足をふんだ子を突きとばしたが、急いで抱きおこしてやって、

「失敬失敬、ごめんよごめんよ」

とあやまった。あいにく松村君や正三君が見ていたものだから、大いにあわてて、

「松村君、内藤君。ついしちゃったんだよ。けれどもいいあんばいに他の級の生徒だった」

と弁解して逃げていった。

「退校届がこわいんだね」と正三君がいった。

「そうさ。しかしよくなったよ」

と松村君は監督者だ。

「堀口改心か」

と細井君が笑った。

「たしかに改心した」

と高谷君も十分みとめている。

「いや、そういう号だよ。教科書にも雑記帳にも堀口改心と書いてある」

「それぐらい真剣ならもう大丈夫だ」

「きみもなぐったかいがある」

と細井君は十日前の喧嘩を思い出した。

「いや、僕だってずいぶんやられている」

と高谷君はこの頃ようやく血目がなおった。

正三君は口のとんがりがひっこんでから土曜日にお暇をもらって家へ帰った。久しぶりだから話がたまっている。それにお父さんや兄さんに相談したいことがあった。

「いつもおやしきの自動車ね。えらいものね、正ちゃんは」

と君子姉さんが感心した。正三君はいただいてきたおみやげを並べて、

「奥様からお父様お母様へよろしくとございました。いろいろとお話し申しあげたいと存じますが、お殿様はご満足でございますから、ご安心くださるようにっておっしゃいました」

とよどみなく口上を述べた。

「少し大きくなったようね」

と君子姉さんと貴子姉さんがかわりがわりに頭をなでてくれた。

「もういやですよ」

と正三君はそんな子供扱いを喜ばない。

「おとなおとなしてきたよ。やっぱり苦労をするんだろうからね」

とお母さんはうれしいやらかなしいやらだった。三人寄ってたかって離れない。それからそれと話がつづく。正三君もそれがなによりのごちそうだ。

「正三かい？」

といって、大学へ通っている兄さんが帰ってきた。

「なんですね？　こうもり傘を座敷まで持ってきて」

とお母さんがたしなめた。

「あらあらあら。ぬれててよ」

と貴子姉さんが騒ぎたてた。雨があがったばかりだった。

「玄関に正三の下駄らしいのがあったものだから急いであがってきたんだよ」

と祐助兄さん、あわてている。

「ごぶさたいたしました」

と正三君は改まっておじぎをした。

「よく来たね。泊まってゆくんだろう？」

「はあ」

「どうだい？」

「相変わらずです」

「太ったね、少し」

「そうですか」

「いつ来たんだい？」

「二時頃です」

「それじゃもう大分話したね？」

「はあ」

「なんだかおとなじみてきたよ」

「そんなこともございますまい」

「そのとおりだもの」

「ハッハハハハハ」

「ハッハハハハハ」

と祐助君は大喜びだった。

お母さんや姉さんたちが晩の支度にかかった後、正三君は祐助兄さんの書斎へ行った。おやしきへあがる前はこの部屋に机をならべていたのである。

「兄さん、やっぱり僕の机がありますね」

と正三君は懐かしそうにながめた。

「お前がいると思ってもとのとおりにしておくんだよ。そこへ坐れ」

「はあ」

「おれは夜『おい、正三』って呼んでみることがあるよ」

「…………」

「今頃はなにをしているのだろうと時々思い出す」

「…………」

「ベソをかくなよ」

「はあ」

「どうだい？　おやしきは」

「おもしろいです」

「ほんとうのことをいえよ」

「辛いこともあります」

「がまんできるかい？」

「できます」

「ほんとうのことをいえよ」

「できます」

「照彦様は相変わらずむりをおっしゃるのかい？」

「時々おっしゃいます。けれどもこの頃は僕も負けていません。喧嘩になることがあります」

「ふうむ。ナカナカ強いんだね。お前も」

「そんな時には僕はもう家へ帰るというんです。すると照彦様は『内藤君、ねえ、内藤君』ってごきげんをとるんです」

「それでいいんだよ。学友だもの。おべっかを使う必要はちっともない」

と祐助君は正三君が卑屈になることを恐れて強くいう。

「殿様も奥様も若様がたも皆ご親切にしてくださいます。それから僕は安斉先生に信用があるんです」

「照常様はどうだい？　いつかお前の首をしめたっていったじゃないか？」

「この頃は僕をかわいがって柔道の手なんか教えてくれます。冬休みには鉄砲を打ちにつれて行ってくださる約束です」

「それは好い塩梅《あんばい》だ。学校の方は？」

「大勢友達が出来ました。優等生が三人お屋敷へ遊びに来ます」

「その悪い奴はどうしたい？　お前のことを家来だの何だのっていう奴は？」

「兄さん、到頭《とうとう》やったんですよ」

「喧嘩をかい？」

「はあ。口がこんなに腫れました」

「負けたのかい？」

「勝ったんです」と正三君は経緯を詳しく物語って、

「もう内藤正三位なんて言う奴は一人もありません。皆僕を怖がっているくらいです」

と肩をいからせて見せた。得意もあったが、兄さんを安心させるためもあった。

「それはよかった。ときには腕力も必要だ。紳士ばかりはいないからね」

「しかし堀口って奴はほんとうに後悔しましたよ。僕たちにヘイヘイしてかわいそうなくらいです」

「さんざんお前をいじめた罰さ」

「僕はとても勝てないと思いましたが、まったく高谷君や細井君のおかげです」

「おれからよろしくいってくれ」

「はあ」

「ようやく安心した」

「けれども兄さん、一つ困ることがあります」

「なんだい？」

「もうすぐ試験ですが、僕一生懸命でやっていいのかわるいのかわからないんです」

「なぜ？」

「照彦様のご都合があるんです」

「それは試験前にお前が照彦様をコーチしてあげるのさ」

「コーチってなんです？」

「勉強のお手つだいをしてあげるのさ。それが学友の眼目《がんもく》だよ」

「それはむろんやりますが、照彦様は僕が一番でも上になると承知しないっておっしゃるんです」

「照彦様はいったい何番だい？」

「ビリから五番です」

「それじゃ落第だろう？」

「はあ。照彦様のご成績を拝見しましたが、平均点が足りません」

「その下へいったんじゃ危ないね。お前も落第するよ」

「それで考えているんです」

「考えることもなんにもない。殿様と家来が枕をならべて討ち死にしたんじゃざまはないぜ。それこそ花岡伯爵家の名誉にかかわる」

と祐助君は笑いだした。

「僕は落第しっこありませんが、照彦様より上にならないで及第しろってご注文ですから、手かげんがむずかしいんです」

「それはむりだ。お前はお前、照彦様は照彦様。試験の成績は仕方がない」

「僕もそういって十番だけ値切ってみたんです。十番ぐらい上になっていないと危ないですからね。しかし照彦様は『十番ならおトンカチのとんがりで十だぞ』とおっしゃいました」

「なんのことだろう？」

「僕の頭をかなづちのとんがった方で十たたくんです。一番上がりについて一つだそうです」

「ばかばかしい」

「僕は穴があくと困るから、とんがっていない方にしてもらいたいっていってまた値切ったんです。すると『よろしい。そのかわり倍だぞ』って本気ですよ、照彦様は」

「ずいぶんだだをこねるんだね」

「一番になろうものなら三十五やられます。とんがっていない方にしてもらえば七十です。こぶだらけになってしまいます」

と正三君はまじめで考えこんだ。

「そんなむちゃな話があるものか。お前も及第、照彦様も及第ってことになればそれでいいのさ」

「いいえ。安斉先生も家来が上から一番、若様がビリから一番なんてことになっちゃ困るとおっしゃいました」

「それは若様がもっと上がらなければいけないという意味だろう」

「照彦様は上がる見こみがないんです」

「そこをお前が骨を折ってコーチするのさ。照彦様は試験勉強がきく方かい」

「いいえ。試験というとすぐにあわててしまって、知っていることまでまちがいます」

「始末がわるいんだね」

「そこへもってきて、きみは万事において若様に花を持たせなければいけないって安斉先生がおっしゃるんです。若様よりも下になれってことに相違ありません」

「なるほど。わからず屋がそろっている」

と祐助君は思案にあました。

晩ご飯にはお父さんも帰ってきてまた話に花が咲いた。

「正三はおやしきにご奉公しているだけあって言葉がよくなった上におとなびてきたよ」

とお父さんも気がついた。

「それがいいことかわるいことかわかりませんよ」

と祐助君がいった。お学友に出すのは反対だったから、ついそれが出たのである。しか

しお母さんはお父さん同様、

「不足をいうと罰があたりますよ。なにしろお殿様から毎日じきじきにお言葉をいただくんですからね」

とありがたがっている。

「それではお母さんはおトンカチってものをご存じですか?」

と祐助君がきいた。

「おトンカチ? そんなもの存じませんよ」

「かなづちのことです」

「へええ」

「そのおトンカチで正三は頭をぶたれるんです」

「ばかなことをいうなよ」

とお父さんが取りあげなかったので、祐助君は正三君の立場を説明した。

食後、正三君は、

「今兄さんがおっしゃった試験のことですが、お父さん、どういたしましょうか?」

と判断を求めた。

「どうせ忠義ついでだ。及第落第は運を天にまかせて、若様の下になるのが家来の分だろう。仕方がない」

とお父さんはかんたんだった。

「その手かげんがむずかしいんです」と正三君はよわっている。一番で及第するのよりもビリで落第しない方が曲芸としては一段の工夫を要する。

「そこはわしが計らってやる」

「どうなさいますか」

「校長さんにお目にかかって頼んでやる。お前の成績が一番でも二番でも席順だけは若様のつぎにしてもらう」

「そんなことができるでしょうか？」

「できるとも」

「できませんよ、お父さん」と祐助君が口を出した。

「なあに、伯爵家から頼みこむ。あすこの校長さんはおくさんが旧藩士の親戚になっている」

「そんな昔の関係が通用するものですか。学校には規則があります」

「まあまあ、お前はだまってきいていなさい」

とお父さんは祐助君を制して、

「正三」

「はあ」

「若様とお前と二人とも及第しても、お前が上で若様が下なら、お前が若様を引きあげる形になる。しかしお前が下で若様が上なら、お前が若様を押しあげる形になる。臣としては君を引き上げるよりも押しあげる方が礼にかなっている」

「それはそうです。後につくのがあたりまえです」

「校長ともあろうものがこれぐらいの道理のわからないはずはない」

「その道理がまちがっていますよ」

と祐助君はまた異議を申したてた。

「どうして？」

「学校の成績に身分はありません。できるものが上席になるのは当然です」

「それはわかっているよ。わかっていればこそ折り入って校長さんにたのむんだ」

「まあ、お待ちください。これが学期試験だからいいですけれど、学年の進級試験だったらどうします？　照彦様が落第なのにわざわざその次席へもっていってもらえば、正三は及第点を取っていても落第になりますよ」

「その時には落第にしてもらう。殉死だ」

「そんなばかなことはありません」

「ばかなこととはいいすぎだよ」

「不合理です」

「お前は思想が過激でいかん」

「困りますなあ、お父さんには」

「『君辱めらるれば臣死す』ということさえある。臣が君より上席に坐れば、とりもなおさず臣が君を辱めることになる」

「学問は違いますよ」

「ちがわない」

「ちがいます」

「ちがわないよ」

「お父さんも兄さんもまあ待ってください」

と正三君は困りきった。

正三君のかけひき

二学期の試験が近くなったので、花岡伯爵家の学習室は緊張している。しかし若様がたよりも家庭教師たち、家庭教師たちよりも安斉先生が一生懸命だ。若様がたが内証話をすると、

「エヘン、エヘンエヘン」

とくる。それでもだまらないと、

「散乱心を戒めてえ！　照常様」

と名をさされるから、皆ビクビクものだ。

内藤君の方はあさってからで、照彦様の一番おきらいな算術が初っぱなになる。二人は黒須先生について例題をやっている。内藤君は早い。ほんのおつきあいに控えているようなものだ。照彦様は考えるふうをして先生の助言を待っているから手間がとれる。

「内藤君、ちょっと学監室へ来てください」

と安斉先生が折りをみて呼んだ。先生のちょっとは若様がたも恐れている。たいていお説法だ。ほめてくださることはめったにない。内藤君は鉛筆をおいて学監室へお供した。

「さあ」

と先生は椅子をすすめた。

「これで結構です」

「いや、小言ではありません。安心しておかけなさい」

「はあ」

「今日はお父さんがお見えになりましたよ」

「はあ、先刻奥様からも承りました」

と正三君は腰をおろして膝に手をついた。お父さんが先生のところへ相談にくることはこの間帰った時のうちあわせだった。

「いろいろと承りました。内藤君、きみは心配事のある時には遠慮なく私に相談しなければいかん」

「はあ」

「おやしきでご忠義をつくしている間は、私をお父さんと思ってよろしい」

「はあ」

「こわいかな？　私が」

「いいえ」

「困ることがあったらなんでも私に話してください。少しも遠慮はいりませんよ」

と安斉先生はニコニコして見せた。たちのわるい顔で笑うとかえってこわくなる。

「はあ」

「しかし内藤君、きみはナカナカ感心なものだ。若様のためによく考えてくれました」

「なんでございますか？」

「試験の成績のことです。お父さんと相談しました。きみは一番になりなさい」

「はあ。一番なら思いきりさえよければなれますが、危ないです」

「二番でもよろしい」

「二番は少しむずかしいです」

「三番でもよろしい」

「ビリからですと何番でもかげんがナカナカむずかしいです」

「いや、頭からです」

「ははあ」

「頭から一番になってよろしい。お学友が模範を示す分には少しもさしつかえありません」

「はあ、そうですか」

と正三君は安斉先生が思いのほかわかっているのに驚いた。

「花岡伯爵家の名誉のために優秀の成績をとってください」

「はあ、できるだけやります。頭からなら三番ぐらいにはきっとなれますが、先生……」

「なんですか?」

「僕、ほんとうに困るんです」

「その斟酌はいりません。私から照彦様によく申しあげます」

「けれども照彦様は……」

「なんですか?」

「舶来のを持っていらっしゃいます」

「舶来のなんですか?」

「光っているおトンカチです」

「おトンカチというと?」

と安斉さんも正三君のお父さんからそれまでは聞いていなかった。正三君は照彦様の条件をくわしく説明した。

「ははあ、なるほど。きみはそれをご相談にお家へ帰ったんですか?」

と先生はニコニコにらんだ。

「はあ」

「ハッハハハ」

「ご本箱のひきだしにしまってあります」

「それは心配いりませんよ。私から照彦様へおさとし申しあげます。そういうことがあったら、いつでも私にお話しください」

「ありがとうございます」

「きみは頭から一番になってよろしい。しかし同時に若様がぜひご及第をなさるように骨を折ってください」

「はあ」

「きみだけ及第して、若様がお落第をあそばすようなことがあると、主従学級がわかれてしまいます」

「はあ。それではお学友が勤まらないことになると思いまして」

と正三君もそこを案じている。

「いったいどんな具合ですか？　この頃のご成績は」

「さあ」

「前学期よりもご勉強のようにお見うけ申しあげていますが、やはりいけませんかな？」

「もう二、三番はお上がりになれましょうかと存じます」

「二、三番と申すと七八番になりますね」

と安斉先生はビリから勘定してみて、

「上からだといいですがな」

と歎息した。

「先生」

「なんですか？」

「僕は若様が今度の試験にせめて五、六番上がってくださらないとご奉公のかいがありません」

「それはごもっともです」

「僕はもう覚悟をしています」

「しかし早まってはなりませんぞ」

「若様が一番でもお下がりになるようなら、僕はもうお暇をいただいて家へ帰ります」

と正三君は兄さんと相談してきたのだった。

「ごむりもありません。しかし内藤君」

「はあ」

「天道善《てんどうぜん》に福《さいわい》し悪《あく》に禍《わざわい》す。きみの忠誠は大丈夫天に通じています」

「僕は一つ若様に申しあげたいと思っています」

「なにをですか？」

「もっとご奮発なさるように」

「それは結構です。面従《めんじゅう》は忠《ちゅう》にあらず。もっとこっちへおよりなさい。謀《はかりごと》を帷幄《いあく》の中にめぐらして勝ちを千里の外に決しようではありませんか」

と安斉先生は真剣になるとむずかしいことをいいだす。

学習室は安斉先生の姿が見えなくなると同時に調子をおろした。英語をやっていたご長男の照正様は、

「先生、僕、友だちのところへ電話をかけるのを忘れていましたから、ちょっと失礼させていただきます」

と矢島先生にことわって立っていった。国語をやっていたご次男の照常様は、

「先生、もうここまでで大丈夫です」

と教科書をとじてしまった。

「それではお作文の宿題を拝見いたしましょう」

「あれは来週の月曜までですから、まだいいんです」

「そうでございますか」

と有本先生はおだやかだ。照彦様もあたりの形勢を見まわして、

「先生、この問題は内藤君がくるまで待ちましょう」

と申しいれた。

「お疲れでございましょう。これで七題、だいぶおやりになりましたな」

と黒須先生も決してむりおしをしない。

照常様は照彦様の方へ遊びにきて、二言三言話す中に、机の上へなにかおいた。

「照彦」

「はあ」

「インキがこぼれているぞ」

「はあ？　や大変だ！」

と照彦様が立ちあがった。

「よろしゅうございます」

と黒須先生がハンカチを犠牲にしようとした時、照常様は、

「かかったかかった」

と手をたたいて喜んだ。それはインキ壺が倒れてインキが流れているままをガラスで拵《こしら》えたいたずらおもちゃだった。

「なあんだ！」

と照彦様はくやしがったが、

「よくできているなあ、実に」

と取り上げてみた。

「こんなものがあるんですかねえ」

と黒須先生も感心した。

「どれどれ、拝見」

と有本矢島の両先生も寄ってきた。もうソロソロ中休みの時間だった。

「照彦」

　と照常様が声をひそめた。

「はあ」

「お前は勇気があるか？」

「あります」

「あるなら後から学監室へ行ってそれを安斉先生のお机の上へおいてこい」

「大変です」

「なあに、大丈夫だ。僕の方の松平君はお父さんのお机の上へおいてきたそうだ」

「そうしてどうしましたか？」

「ほめられたそうだ」

「なんて？」

「りこうな子だって」

「うそですよ」

　と照彦様は信じない。

「まだこんなのがいろいろとあるんだぞ」

「持っていらっしゃる？」

「いや、松平君が持っている。蛇だの蛙のつぶれたんだの犬の糞だの。蛇はおもしろいぞ。お母様のお部屋へおこうものなら目をおまわしになる」

と照常様はいたずらだから人をかつぐことが大好きだ。

ふたたび自習が始まった頃、正三君と照正様が戻ってきた。

「きみ、どうしたんだい？　叱られたのかい？」

と照彦様がきいた。

「いいえ」

と答えたとたん、正三君は、

「インキがこぼれています」

と気がついた。

「かかったかかった」

と照彦様はうち興じた。

「すいとり紙を持ってきます」

「まだかかっている。ハッハハハ。これはおもちゃだよ、きみ」

「ははあ」

と正三君はあきれて手に取って見た。

「散乱心を戒めてえ。へへへンのへン」

ととなりの机から照常様が安斉先生の声色を使った。

「エヘン」

とそこへ本物の安斉さんがはいってきた。学習室はふたたび緊張した。先生はしばらく

の間三つの机を見まわっていたが、たちまち、

「黒須君」

　とややせきこんだ。

「はあ」

「お袖にインキがつきます。それそれ！」

「あ、これでしたか」

　と黒須さんは気がついて、

「安斉先生、これはおもちゃでございます」

　と頭をかいた。

「おもちゃ？」

「はあ」

「どれ」

　と安斉先生もかかって見ると好奇心がおこる。手に取って検めながら、

「なるほど。念の入ったものですな」

「恐縮です」

　と黒須先生、若様がたの遊び相手を勧めていたようではなはだ具合がわるい。

「なあに、時には座興も寛ぎになってよろしいです」

「実は私もひっかかったのです」

「君子も道をもってすればこれを欺くを得べしとあります。ハッハハハハ」

「先生、僕もひっかかりました」

と照彦様が主張した。

「それではあなたも君子です。照彦様と存じましたが、これは照常様のおいたずらですか？」

「はあ。わるいことはたいてい僕です」

と照常様が告白した。

「それはそうと照彦様」

「はあ」

「ちょっと学監室へおいでください」

といきなり呼びだしをかけた。

照彦様が立って行った後、

「内藤君、なんだろう？」

と照常様がきいた。

「さあ、存じません」

「きみは叱られたんじゃないかい？」

「いいえ。いっこう」

「でもずいぶん長かったじゃないか？」

「もうすぐ試験ですから勉強するようにとおっしゃいました」

と正三君はとりつくろって答えた。

「お兄様、これは順番にまいりますぞ」

「お前がばかなことをするからいけない」

「勉強勉強！」

「今さらあわててもだめだ」

と照正様は笑っていた。

照彦様はまもなく戻ってきたが、自習がおわってから、

「内藤君、ちょっときてくれたまえ」

といって、正三君を自分の部屋へ引っぱりこんだ。

「なにかご用でございますか？」

と伺った正三君は照彦様の額に青すじの動くのをみとめた。

「これをきみにあげる」

と照彦様はイライラしながら舶来のおトンカチを本箱のひきだしから取りだした。

「僕、いりません」

「いや、あげる」

「いりません」

「それじゃ預けておこう。これは叔父様が西洋からおみやげに持って来てくだすったのだ。まだ鋸《のこぎり》だの鉋《かんな》だのがあったけれど、なくしてしまった。こんなものがそんなにこわい

ならきみにあずけるよ」

「………」

「箸ほどのことを棒ほどに言うってのはきみのことだ。これはおもちゃだよ。西洋の子供が幼稚園で使うおもちゃだ」

「そうですか」

「安斉先生はおもちゃなら叱らない。さっきだってそうだったろう?」

「はあ」

「僕がおどかしにいったことをいいつけなくてもいいじゃないか?」

「………」

「僕はきみが一番になってもいい。おこらない」

「そうですか」

「その証拠にこれをきみにあずける」

「それじゃおあずかりいたします」

と正三君はおトンカチを受けとった。

「僕はきみのおかげで先生に叱られたよ」

「すみません」

「それをあずけてしまえば文句はあるまい?」

「はあ」

「今までどおり仲よしになってくれるか？」

「はあ。なんでもご用を勤めます」

「よし。うそはつくまいね？」

「はあ。なんでも申しつけてください」

「それじゃ申しつける。いやだというと承知しないぞ」

「決して申しません。なんでございますか？」

「試験の時に手つだってくれ」

「それはむろんいたします。明日から本気になりましょう」

「試験勉強なら君に頼まない。矢島先生も黒須先生もついている」

「むろんご一緒に勉強させていただくのです」

「きみは自分さえよければいいんだね？」

「そんなことはありません」

「それじゃ試験の時に僕に教えてくれ」

「教室でですか？」

「そうさ」

「大変です。若様」

「見つからなければ大丈夫だ」

「見つからなくても不正です」

「しかしやっているものが大勢ある。宮下君や関屋君は僕よりできないけれど、二人で教えっこをするからいつでも僕よりも上になっている」

「ひとはどうでも、若様はいけません。花岡家の若様がおカンニングを遊ばしてはお家の恥になります。それよりも落第する方がよっぽどいいです」

「これできみの心がわかった」

「なんですか？」

「きみはどうせそうだろうと思っていた。僕に落第させて自分が一番になればいいんだ」

「そんなことはありません。けれども若様」

「もういい。学友は学問の友だちだ」

「学問の友だちでも……」

「ゆけ。もう用はない」

「若様」

「内藤正三位！　ばか！」

と照彦様はすっかりおこってしまった。

正三君も骨が折れる。このだだっ子をだましすかして及第のできるように計らわなければならない。子供の仕事としては荷が勝っている。祐助さんが案じるのもここだ。しかし都合のいいことに、照彦様は一晩寝ると後悔する。翌朝正三君が、

「お早うございます」

とあいさつした時、

「お早う」

ときげんよく答えたばかりか、食事をすませて学校へでかける支度をしながら、

「きみ、これをあげる」

といって、金のメダルを手のひらへ乗せて出した。これは照正様が運動競技で取ったのをいただいたのだった。

「僕、いりません」

「まあ取ってくれたまえ」

「いいえ、いりません」

と今度は正三君がすねる番だった。照彦様は昨夜《ゆうべ》むりをいったことを後悔している。しかしあやまるのは残念だから、相手の好きそうなものを提供してごきげんをとるのだった。正三君はそれがわかっている。ほしいけれどかけひきがある。

「きみはまだおこっているのかい？」

「………」

「なんとかいいたまえ」

「僕はばかです」

「きみ」

「なんですか」

「さあ」

と照彦様はメダルを正三君の手に押しつけた。

「僕はいやです。カンニングをしたがるような人から物をいただきません」

「きみ、あれは冗談だよ。さあ」

「僕は試験前に本気になって勉強しないような人から物をいただきません」

「今夜から一生懸命だ。約束しよう」

「ほんとうですか？」

「うそはいわない」

「僕はもう一つあります。だいじのことがあります」

「なんだい」

「今度の試験で若様が一番でもお下がりになるようなら、僕はお殿様にも奥様にも申しわけがありませんから家へ帰ります。昨夜考えて決心しました」

「内藤君、それはむりだよ。席順ってものは運だもの」

「運じゃありません。ご勉強次第です」

「勉強はするけれども、僕は試験がへただ。いすわりで堪忍してくれたまえ」

「いけません」

「それじゃ一番でも上がればいいのか？」

「はあ」

「よし。一番だけなら上がってみせる。僕は関屋君には負けないつもりだ」

「宮下君はどうです？」

「宮下君にだって本気になれば勝てる」

「それじゃ二番上がってください。ついでです」

「よし」

「大丈夫ですか？」

「うむ。約束する」

「それじゃいただきます。ありがとう」

と正三君は金のメダルをもらった上にさしあたりの目的を達した。

試験の成績

照彦様は約束どおり勉強した。正三君に家へ帰られてしまっては困る。それもあったが、至誠は人を動かす、正三君の真剣さに感じたのである。正三君がまたうまくかじをとる。

「内藤君、ここはどうだろう？　出るだろうか？」

「きっと出ます」

「それじゃもう一ぺんやる」

と照彦様はおさらいをしなおす、全くの試験勉強だ。

「内藤君、この例題はどうだろう?」

「よし。このへんはできるんだけれど、もう一ぺんやっておく」

と念を入れる。

「内藤君、僕はここがよくわからない。入院して休んだところだ」

「そこは大事ですよ」

「出るかしら?」

「きっと出ます」

「それじゃ黒須先生にやりなおしてもらおう」

「ご自分でおやりになって、わからないところだけおききになる方がよろしいです」

「しかし初めから皆やってもらう方が早い」

「その一番は出そうな問題です。出たと思って二人でやってみましょう」

「よし」

「これが二十五点です」

と正三君は点数のにおいをかがせる。照彦様は華族様でなに不自由のない身分だけれど、点数だけはびんぼうだ。各科総平均六十に足らない。

「できた。できたよ、きみ」

「拝見。二十五点」

「しめしめ」

「つぎも二十五点の問題です。きっと出ますよ、これも」

「いやだよ、きみ」

「なぜですか？」

「一番と二番がつづけさまに出てたまるものか」

「ハッハハハ」

「きみはなんでもきっと出るというんだもの」

「ハッハハハハ」

「うそをついて勉強させるからいやだ」

「いや、ほんとうです」

「うそをつくのだろう」

「いや、ほんとうがうそ、いや、ほんとうですよ」

「見たまえ」

「ハッハハハハ」

「ずるい奴だ」

「あまり笑ったものだからまちがえたんです」

「とにかく、この二番は出ないよ」

「出ないともかぎりませんよ、もし一番が出なければ」

「一番が出るってきみはいったじゃないか？」

「それは出るかもしれれません」

「しれません？」

「はあ。しかし出ないかもしれません」

「なんだい？　あやふやじゃないか？」

と照彦様は不平だ。

「先生ってものはよくばりです。できるだけたくさん教えてできるだけたくさん覚えさせようとします」

「それはわかっている。橋本さんなんか一番ずるい方だ」

「教えたところが五十題あれば、五十題みんな試験に出したいんです。けっして負けてくれません」

「しかしそれじゃ答案が書ききれない。五十題なんて出せば、一つの試験に一週間も二週間もかかる」

「そこです」

「どこだい？　だまかすとおトンカチだぞ」

「時間があれば皆出す気ですが、時間がないから、その中四、五題出すんです」

「そんなことはきみに聞かなくてもわかっている。その四題か五題をよくやっておいた奴が得をするんだ。ほかのをやっていった奴は損をするんだ」

「違います」

「違わない」

「それはりこうなようで猿知恵です」

「失敬な！」

「まあ、お聞きください」

「…………」

「五十題みんな覚えている証拠に、その中から出された四、五題を書くのが試験です」

「…………」

「そうじゃございませんか？」

「…………」

「安斉先生のところへ行って伺ってみましょうか？」

「いいよ。そんなことをしなくてもいいよ」

「数学はどれでも二十五点だと思って皆やりましょう」

「それじゃ山ってことがない」

「もし山をかけるとすれば、五十題ぜんたいにかけるのがほんとうです」

「そんな大きな山じゃくたびれてしまう」

「くたびれるほどやらなければ点は取れません」

「大変だなあ」

「運動だって汗の出るほどやらなければからだのためになりません」

「それはそうさ」

「勉強だって同じことです」

「きみは変にりくつがじょうずだな」

「二番が二十五点。三番も二十五点です。さあ、ドンドンやりましょう」

と正三君はもう遠慮をしない。ひきずるようにして準備をさせる。

数学の試験がすんだ時、照彦様は、

「内藤君、三題半できたよ」

と大喜びだった。先に運動場へ出て待っていた正三君は一々吟味して、

「お書きになっただけ皆できています。七十点取れたでしょう」

と判定した。

「ありがたい」

「五番は一番やさしいのですが、いけませんでしたか?」

「書かなかった」

「おやおや」

「あれはやればできたんだけれど、四番でてまをとっている中に時間がなくなってしまった」

「できるのから先にやる方がいいです」

「そうだったね」

と照彦様は今さらくやしがったが、はげみがついて、

「明日はできるのからやるぞ」

とりきみかえった。

「英語はお得意ですから、八十点以上取れましょう」

「ぜんたい山をかける」

「早く帰ってそういたしましょう」

と正三君は如才ない。

こんな調子で一週間続きの試験がおわって冬休みになった。成績は学校から郵便で通知してくる。照彦様はそれが待ち遠しかった。いつもは成績のことをいうとごきげんをわるくするのだが、今回は十分勉強したから期待がある。

「内藤君、きみはきっと一番だぞ」

と自分の方から問題にふれた。

「いや、僕はしくじりました」

「僕はきみと約束したぐらい上がれるつもりだが、もしいすわりだったらどうする？　きみは帰ってしまうか？」

「はあ」

「あんなに勉強させておいて、ひどいじゃないか?」

「男子の一言金鉄《いちごんきんてつ》のごとし」

「安斉先生のまねをするなよ」

「精神一到何事かならざらん」

「逃げ出す方の精神一到なんか困る」

「いや、若様が精神一到です。今度はきっと上がっていられます」

「僕もそう思うんだけれどもなあ」

「大丈夫です」

と正三君は保証した。

休暇になってから三日めの朝だった。二人がお庭に下りてボールをやっているところへ書生の杉山が、

「照彦様、安斉先生がお呼びでございます。内藤君、きみも」

と探しにきた。照彦様は感心しない。

「なんの用だい?」

ときいたら、

「存じませんが、お急ぎのようでございました」

とあった。

「照彦様」

「なんだい？」

「成績が着いたのじゃございませんでしょうか？」

と正三君がいった。

「そうだ。今日だ」

と照彦様はたちまち駈けだして、

「杉山、そのバットを持ってこい」

と叫んだ。しかし杉山は正三君をにらんだ。正三君はバットをかついで照彦様の後を追った。

安斉先生は学監室の入り口に迎えて、

「若様、ご成績がまいりました。ご勉強のかいがございました」

とニコニコした。

「何番ですか？」

「二十番でございます。十五番お上がりになりました」

「どれ」

と照彦様は成績表を受け取って見入った。

「先生」

と内藤君は安心するとともに自分のが気になった。

「あなたはむろんよろしい。一番です」

と安斉先生は成績表をわたした。

「内藤万歳！」

と照彦様は正三君の首にかじりついた。

「若様万歳！」

と正三君も照彦様を抱きしめた。

「結構でございました」

と安斉先生は目に涙をためて、

「照彦様」

「はあ」

「内藤君」

「はあ」

「ハッハハハ」

といかにも嬉しそうだった。

「僕はこんなに上がるとは思わなかった」

と照彦様はまた成績表を見つめた。

「ご勉強をなさいましたからな」

と正三君も満足だった。

「きみはひどいんだもの」

「ハッハハハ」

「照彦様」

　と安斉先生が呼んだ。

「もし若様がお上がりにならないようなら、内藤君はお家へ帰る覚悟でした」

「はあ」

「僕にもそういっておどかしたんです」

「万一若様がお上がりにならないようなら、私も覚悟がありました。お殿様や奥様へお合わせ申す顔がございません」

「ははあ」

　と照彦様は目をまるくして正三君を見かえった。

「内藤君」

　と安斉先生はつぎに正三君に話しかけた。

「はあ」

「ご苦労でございましたな」

「どういたしまして」

「来年も同じようにお二人でごゆだんなくご勉強くださいよ」

「はあ」

「お殿様も奥様も至極ご満足でございます」

「はあ」

「ごほうびに動物園へでもお供申しあげましょう?」

「いいえ、結構です」

と二人はあわててさえぎったが、

「ハッハハハ」

と安斉先生は冗談だった。

「………」

「よく勉め、よく遊ぶ。休暇中は十分おくつろぎください」

「はあ」

と照彦様は正三君に目くばせをした。

「なにかおもしろい思いつきはございませんかな? ごほうびにお殿様へお願い申しあげてとりはからいましょう」

「先生」

「なんでございますか?」

「僕たちは活動を見にゆきたいんです」

「教育映画ですか?」

「いいえ。はあ」

「結構ですな。教育映画のごくためになるところをおやしきへ呼んでやらせましょう」

と安斉先生は他のものをみとめていない。

「先生」

「なんでございますか？」

「内藤君はスキーをやってみたいといっています」

と照彦様は正三君をダシに使った。

「運動ですか？　結構ですな。お庭でおやりなさい」

「しかしあれは雪のないところではできません」

「そのうちに降りましょう」

「降っても山へいかないとできません」

「おやしきにはお庭にも裏にも山があります。スキーにボール、弓術にお相撲」

と安斉先生は万事承知の上で空とぼけている。若様がたをよそへ出すことには反対だ。

二人は学監室を辞し去ってまた庭へ下りた。

「二十番。上がりも上がったものだ。内藤君」

と照彦様は後ろから正三君に組みついた。

「危ないですよ」

「相撲だ」

「下駄がぬげました」

と内藤君は芝生の上に坐ってしまった。照彦様は寝ころんで、

「ここで話そう」

「はあ」

「僕は上がってよかったよ。安斉先生はうっかりできない」

「なぜですか?」

「あれは切腹するくせがある」

「まさか」

「いや、お父様がお若くてむやみにお酒を召しあがった時分、すんでのことに切腹しかけたそうだよ」

「ははあ」

と正三君は驚いた。

「洋行からお帰りになった頃の話だ。僕は富田さんから聞いた。お父様がお泊まりがけでお酒を飲むものだから、お母様始め皆で申しあげたが、叱られるばかりさ。一番おしまいに安斉先生がお母様から頼まれたそうだ」

「ははあ」

「お父様のお居間に坐りこんで、お酒をおやめになるとおっしゃるまでは動かないといいだした。安斉さんはお父様にも先生だ。たいていの家来はなぐってしまうが、先生には手が上げられない。安斉先生はそれを知っているものだから、さんざんにいったあげく、これほどまで申しあげてもご承知は願えませんかときいたそうだ。『知らん。さがれ!』とお父様はどなりつけた。すると安斉先生は涙をホロホロこぼして、『この上はつぎの間へさがって大殿様にお詫びを申しあげます』といったそうだ」

「大殿様ご在世の頃でしたか？」

「いや、もうなくなっていられた。つまり切腹の意味さ」

「ははあ」

「安斉先生はつぎの間へさがったが、お父様は心配になってのぞいてみた。すると大変！『ご短慮、ご短慮』といって、富田さんがおさえている」

「ほんとうにやるつもりだったんですか？」

「いや。もう突きたてていたんだ」

と照彦様はバットで切腹のまねをして見せながら、

「引きまわせばすぐに死んでしまう。お父様は安斉先生の手にすがりついてお泣きになったそうだ」

「ははあ」

「先生は命を惜しがらないからこわいぞ」

「はあ」

「以来お父様はお酒をあまり召しあがらない。きいたんだね」

「切腹されちゃたまりません」

「しかしお母様はナカナカおずるいぞ」

「なぜでございますか？」

「お父様におわるいことがあると、ご自分でおっしゃらずに、安斉先生を呼んでいいつける。僕はきいていたことがあるよ」

「ははあ」

「すると安斉先生がお居間へあがって申しあげる。お父様はなんでも『よろしい。気をつけましょう』とおっしゃるそうだ。切腹がこわいから、けっしてさからわない」

「真剣ですからな」

「僕もさっき胸がドキッとした。僕が上がらなければお父様やお母様に合わせる顔がないから覚悟があったとおっしゃったろう？　あれは切腹のことだ」

「まさか」

「いや、ほんとうだ。もう年をとって死にたいところだから危ない」

「それじゃますますご勉強なさらなければなりませんな」

「もう一生懸命だ」

「僕も万一若様がお上がりにならないようなら、今頃はこれです」

と正三君はバットを取って切腹のまねをした。

「ご短慮、ご短慮！」

「はなせはなせ」

「はなさない。十五番上がった」

と照彦様はまた正三君に抱きついた。二人は犬ころのように芝生の上を転がって歩く。どっちも成績がよかったから、嬉しくて仕方がない。

学監室の会議

休暇になっても、安斉先生は相変わらずご精励だ。朝から学監室に詰めている。先生の咳ばらいがきこえるきこえないでは若様がたの心得がちがう。学監室にこもって経書を読んでいるのならさしつかえないが、時々出てきて、若様がたのお部屋を見まわる。散らかしておくことが大嫌いの先生だ。

「照常様、おテーブルがだいぶ曲がっておりますぞ」

といって、すぐに手をかける。

「僕やります」

と照常様は仕方がない。さっき照彦様と正三君を一たばにして相撲をとった跡だ。

「めずらしいご本がございますな」

と安斉先生は目ざとい。

「はあ」

「参考書でございますか?」

「いや、小説です」

「お求めになりましたか?」

「いや、松平君から借りてまいりました」

と照常様はたいていの事を松平君にかずける。

「照正様」

と今度は照正様のお部屋へはいる。

「はあ。どうぞ」

と照正様は一番のご年長だけに礼儀を守って、すぐに椅子をすすめる。

「油絵のお稽古でございますか?」

「はあ」

「ご勉強だけに大層ご上達でございますな」

「いや、いっこう」

「ボールでございますか?」

「林檎ですよ」

「なるほど。お台所のお写生でございますな」

「静物です」

「ははあ、林檎とビールびんでございますね」

と安斉先生は今さらテーブルの上においてあった実物に気がついた。照正様のは実物と比較しないとわかりにくい。先生はボールにバットだと思ったのである。もっともひとりで立っているバットなんかあり得ない。先生も絵心がなさすぎる。

「このびんの色がナカナカ出ません」

「それで結構でございましょう。一枚お下げわたし願いたいものでございますな」

「これをさしあげましょうか?」

「いや、いただくとなれば、ご注文がございますぞ」

「その額になっているお徳利はいかがですか? 色がよく出ているとおっしゃって、先生がほめてくださいました」

「もっと勇壮なものがほしいです」

「ははあ」

「人物画はお描きになりませんか?」

「やはり習っています」

「南朝の忠臣楠正成はいかがでございましょう?」

「武者《むしゃ》絵は困りますな。油や水彩の方ではあまりやらないようです」

「なるほど。それでは予譲《よじょう》はいかがでございましょう?」

「はあ?」

「士《し》は己れを知るもののために死す。晋《しん》の予譲です。やはり忠臣の亀鑑《きかん》です」

「むずかしいです。人物画は写真がなければできません」

と照正様はもてあました。

「なるほど。少しむりでしょうな」

「先生のお書斎にはやはり静物が向きます」

「お台所のお写生でございますか？」

「台所ってこともありませんけれど」

「花鳥はいかがでございましょう？」

「草花ですか？」

「西洋草花よりも梅に鶯というような意味のあるものが結構でございます」

と安斉先生は日本画の頭でゆくから、むりな注文ばかりする。

「むずかしいです」

「いけませんかな」

「先生」

「なんでございますか？」

「先生を写生いたしましょうか？」

「なるほど」

「先生のお顔は静物や草花よりも描きよいです」

「なぜですか？」

「特徴があります」

「それでは一つお願い申しあげましょうか?」

「承知いたしました。明日あたりからとりかかりましょう」

と照正様はひきうけた。

安斉先生はつぎに正三君の部屋をのぞいて、

「ここはきれいにかたづいている。感心な子だ」

と口の中でいった。

「照彦様もきれいにしていられる。内藤が手つだったのだろう。感心な子だ」

とまた正三君をほめた。もっとも二人は空気銃を持って裏のお山へいっていた。

安斉先生は学監室へ戻るとまもなく、電鈴《ベル》を鳴らした。

「ご用でございますか?」

と書生の杉山があらわれた。

「先生がたをお呼び申しておくれ」

「皆さんでございますか?」

「うむ。会議を開きますから、十時にお集まりくださいって」

「はあ」

「一ぺんいってごらん」

「会議を開きますから、十時からお集まりください」

「十時にお集まりください」

「十時にお集まりください」

「よろしい」

「はあ」

と杉山は出ていった。間違いのないようにくりかえさせるのが癖である。

安斉先生は机にむかって筆を取った。まず、学監室会議事項としたためて、それから考え考え、
一、休暇中ご補習の件
二、武道ご奨励の件
三、ご遊楽の件
四、お胆試しの件
と書きおわった。そこへ杉山がもう帰ってきて、

「黒須先生はおるすでございましたが、有本先生と矢島先生はすぐお見えになります」

と報告した。花岡家の家庭教師三名はやはりおやしき内に住んでいる。

時をうつさず、有本さんと矢島さんがうち揃って出頭した。安斉老は、

「さあ、どうぞ」

と迎えて、まん中の大きなテーブルへ進みよった。

「失礼いたします」

と二人とも着席した。

「休暇中を朝からご足労かけました」

「どういたしまして」

「実は急に思いつきましてな」

「ははあ」

「当休暇中のご指導方針についてご意見を伺いたいと存じましてな」

と安斉先生は説明を始めた。この二、三日それとなく拝見しているが、若様がたはどうも無為に時間をおすごしになる。ご生活が不規則におちいりやすい。おそばに奉仕するものとしては、このへんを少し考えてみる必要がありはしまいかという要領だった。

「いかがなものでしょうかな?」

「さあ」

と両先生は首をかしげた。

「ご相談の項目を書きしたためてみました。順次にご意見を伺いましょう。第一はご補習の件です」

「はあ」

「休暇中一時間でも二時間でも学科をおすすめ申しあげることはいかがなものでしょうかな?」

「さあ」

「ごむりでしょうかな？」

「さあ」

「照彦様だけはとにかく、照正様も照常様もご成績がおよろしくありませんでした」

「しかしご平常でもご予習ご復習をお好みにならないのですから、休暇中は……」

と有本さんが口ごもった。

「かりにおすすめ申しあげましても、四、五日すればお正月ですから、また……」

と矢島さんも遠慮がちだった。

「なるほど」

「それよりも新年早々お始めの方がよろしいではなかろうかと存じられます」

「なるほど」

「矢島君のおっしゃるとおり、さしあたりはご自由におまかせ申しあげて、新年からおたがいに努力する方が策の得たものかと私も存じます」

と有本さんが賛成した。

「それではご両君のご意見に従いまして、ご補習はあきらめましょう。つぎは武道ご奨励の件です。これはいかがなものでしょうかな？」

と安斉先生はつぎの問題に移った。

「結構でございますな」

と今度は二人とも異議がなかった。相談の結果、一月五日から柔道の寒稽古を始めることにきまった。照彦様と正三君もそれを機会にお弟子入りをするのである。おやしきにはりっぱな道場があって、剣道柔道の両先生が毎週見えるのに、照正様はあまりおやりにならない。照常様が多少柔道にご熱心なだけで、主に家来の息子たちがかわってお稽古を受けている。


「修業ざかりのものが小説を読んでいるようでは仕方ありません」

と安斉先生は溜め息をついた。これは照常様のことだった。

「はあ」

「血気さかんなものが油絵を描いているようでは仕方ありません」

「それはそうですけれど、ご趣味の方はまた特別でございましょう」

と有本さんがちょっと弁解の態度をとった。

「同じご趣味にしても、もっとお大名式のものであってほしいです」

「ははあ」

「油絵は林檎、バナナ、徳利、ビールびん。皆お台所の写生です。実に平民的なものですな」

「はあ」

「伯爵家のご令嗣《れいし》が八百屋物や勝手道具をお描きになるのはご品位にかかわりましょう」

「はあ」

「さて、つぎは若様がたご遊楽の件です。これにはいろいろとご意見がございましょう。現に照彦様は活動写真をごらんになりたいとお申しいでになりました」

と安斉さんは第三項に移った。

「先生」

「承りましょう」

「これは一つご英断にお出になってはいかがでございましょうか?」

と矢島さんが有本さんと目を見あわせながら提議した。

「いつもそのつもりでおりますが、照正様も照常様も内証でチョクチョクおでかけになるようです」

「いや、実は……」

「なんですか?」

「むしろ時折りごらんにいれてはいかがなものでしょうか?」

「活動写真をですか?」

「はあ」

「それはまたどういう意味ですか?」

「活動写真は昨今ではもう世界の大勢です。だれでも見るものですから、全くごらんにならないと、ご朋輩とのお話におさしつかえはなさりませんでしょうか?」

「しかし会なぞでごらんになりますから、わざわざにもおよびますまい」

「会のは主として教育映画です」

「すると非教育映画をおすすめになりますか?」

「非教育というわけでもありませんが、普通のものにも教育上無害なのがあります」

「どんなものですか?」

「たとえばチャップリンの喜劇です」

「あれはごく無邪気なものですな」

と有本さんも助太刀に出た。

「あなたもごらんでしたか?」

「はあ」

「教育上有効というご保証がおできですか?」

「さあ。どうでしょうかな? 矢島君」

「単に無害でしょうな」

と矢島さんもゆきづまった。

「無害でも結構ですよ。単にご遊楽の目的ですから」

「語学の方には風物教授というものがありまして、その足しにはかなりなります」

「風物とは?」

「風俗習慣です。たとえば日本語を習うには日本の生活を多少研究する必要があります。その方が理解が早いです。単に『餅つき』という字を覚えても、餅つきの光景を見ないとどういうことをするのかわかりません」

「なるほど」

「西洋の活動写真には西洋の風物を如実に見る便益がたしかにあります」

「なるほど。一理ですな。それでは無害有益ということになります」

「さあ。とにかく有害無益ではございますまい」

「ご両君でそういうご保証がおできなら、若様がた年来のご勉強に免じて、一回だけごらんに入れ申しあげましょうか？」

「かならずお喜びでございましょう」

「それでは最近にご両君でお供を願います」

「先生ご自身もご検分ながらご出馬くだすってはいかがでございましょうか？」

「いや、私はこの年になるまで活動館へはいったことがありませんから、なんならやはりいらずのままで死にたいと存じます」

「しかし私たちだけではどうも。有本君、いかがでしょうか？」

「さあ。お殿様や奥様のおぼしめしもおありのことでございましょうから、私たちだけではどうも」

と両先生は今さら恐縮した。

「私が呑みこんでいます」

「しかし……」

「よろしい。その折り私もお供いたします。若様がたのご教育のために晩節をけがしましょう」

と安斉先生は活動写真を一回見るにもこのとおりむずかしい。

そこへ黒須さんが、

「どうも相すみません。ちょっと散髪にいっておりまして」

といいわけをしながらはいって来た。

「さあ、どうぞ」

と安斉先生は請じて、今までの決議を話した後、

「最後は若様がたお胆試しの件です」

といった。

「試胆会《したんかい》でございますか?」

と黒須さんがきいた。

「そうです。若様がたにかぎらず、この頃の青年はどうも臆病でいけません。胆力養成ということが必要です。これはいかがなものでしょうかな?」

「結構でございましょう」

と一同賛成した。必要だとおっしゃる以上、反対はできない。

「私たちの若い頃は墓地へいってやったものです。子供ながら一刀をさしはさんで、妖怪変化出できたらば斬り捨てんという意気ごみでした」

「あれは実際胆力がすわります」

と黒須さんは遅参《ちさん》の申しわけに調子をあわせた。

「あなたもおやりでしたか?」

「郷里で度々やりました」

「今晩は陰暦十二月十六日、夜の十時には月高くお裏山の公孫樹《こうそんじゅ》にかかって、老梟寒飢《ろうきょうかんき》に鳴く。一陣の疾風雑木林をわたって、颯々《さっさつ》の声あり。ちょうど手頃でございますぞ」

「ははあ、裏のお山で」

「お山の稲荷神社を目的として、若様がたが代わる代わるなにか印の品をおいてまいることに計らいましょう」

「本式ですな」

「ついては黒須君」

「はあ」

「私はあなたのおいでを待っていたのです」

「ははあ」

「一つ大入道にばけて若様がたを驚かしてくださいませんか? その五分刈りがまことに結構です」

「悪い役を仰せつかりますな」

「多少変装をなすって、祠《ほこら》のあたりを徘徊していただきます」

「あすこはちょっと具合がわるいです。昼さえだれも寄りつきません」

「それでは畑のあたりに出没してくだすってもよろしい」

「あすこも淋しいです」

「入道がこわがっちゃいけませんな」

「先生、この役は私ごめんこうむります」

「黒須君、これで美事あなたの試胆会がすみました」

「ごじょうだんでしたか？」

「ハッハハハ」

「しまった。ハッハハハハ」

「ハッハハハハ」

と一同大笑いになった。おやしきの裏は山と畑になっていて、夜は用のないところだからいたって淋しい。先生の黒須さんさえこのとおりだ。安斉先生はここで若様がたのお胆試しをしようというのだった。

若様がたは休暇にはいってから退屈で仕方がない。いろいろと計画を立てていたが、皆安斉先生の反対で実行できないことになるのらしい。この日、昼食のおりもその苦情が出た。

「お母様、鉄砲はどうしてもいけないんでございましょうか？」

と照正様はこの間からのねだりごとをくりかえした。

「来年の五月までお待ちなさい」

「五月になればもう打てません」

「仕方ありませんわ」

「丁年《ていねん》未満でも私の友だちは皆書生の名前で買っています」

「それもゆるさないことじゃございませんが、安斉先生がご承知くださいませんからね」

とお母様もお殿様同様ご子息のことは万事先生まかせにしている。

「お母様、鉄砲がイヨイヨだめなら、僕はスキーにゆきたいです」

と照常様が申し出た。

「お父様に申しあげて、安斉先生にご相談いたしましょう」

「先生はだめですよ」

と照彦様がいった。

「なぜ?」

と照常様がきいた。

「僕この間申しあげたんですが、お庭でおやりなさいとおっしゃいました」

「お庭でできるものか」

「それが先生はおわかりにならないんです。雪の降るまで待っていればいいと思うんでしょう」

「なっていないなあ」

「スキーがだめなら、僕は山登りをします」

と照正様はそれからそれと考えている。

「僕もやります。お母様」

と照常様もご執心だった。その外いろいろとご註文が出たが、お母様のご返事は、

「安斉先生にご相談申しあげましょう」

と一々きまっていた。

食後、お部屋へもどる途中、照正様は、

「照常、これじゃ仕方がないぞ」とおっしゃった。

「安斉先生がいばりすぎます。なんでも安斉先生だ」

「主人を束縛する。失敬千万だ」

「わからず屋です。時世おくれです。十九世紀です」

「十八世紀の怪物だろう。実際これじゃたまらない」

「叱るばかりです」

「一つ相談をしよう」

「照彦も呼びましょうか？」

「内藤も呼んでやりたまえ。あいつもかわいそうだよ。おだてられて勉強するばかりだ」

「しかし内通すると困ります」

「大丈夫だよ」

「それなら呼んでやりましょう。今朝《けさ》学監室に会議があったようですな？」

「宿題が出るぞ、きっと」

「そうかもしれませんな。こっちも宿題をやらない会議だ。あんまりむりなことをいうよ

うなら、僕いって本郷の叔父様に訴えてやります」

と照常様も憤慨していた。

まもなく若様がたと正三君は学習室のストーヴを囲んで話しはじめた。

「安斉先生は失敬だ」と照正様が議長になった。

「失敬だ」と照常様が賛成した。

「少し失敬だ」

と照彦様が学監室の方をみた。

「先生がお見えになります」と正三君が注意した。

「若様がた、おそろいでなにかおもしろいお話がおありですかな?」

と安斉先生はニコニコしながら学監室から出てきた。

お胆試しの会

「どうぞ」

と照正様はあわてて立ちあがって、椅子を押しすすめた。皆で宜しからぬお噂を申しあげていたところだったから工合がわるかった。

「恐れ入ります」

と安斉先生は会釈して、

「ご退屈でございましょう」

と一同を見まわした。

「はあ」

「それで相談をしているところです」

と照常様は正直にいった。

「期せずして肝胆相照らしましたな。若様がた」

「はあ?」

「今晩はおもしろいことがございますぞ」

「なんでございますか? 先生」

と皆乗り出した。

「試胆会をいたします」

「はあ?」

「若様がたのお胆試しの会でございます」

「胆試し。ははあ」

「胆力養成会と申しましょうか? 裏のお山で催したいと存じますが、いかがでございますかな?」

「結構でしょう」

と照正様は賛成して、

「しかしいったいどんなことをするんですか?」

ときいた。

「夜の十時にお裏山の稲荷神社へお一人ずつおでかけを願います。あそこへ硯箱と帳面を用意いたしておきますから、ご参詣の証拠にお名前をおしたためになってお帰りください」

「それだけでございますか?」

「はあ」

「お安いご用です」

「胆は大ならんことを欲し、心は小ならんことを欲す。後日の物笑いになりませんよう、ご入念におしたためを願います。昔、私の同輩の北村喜二郎と申すものが、郎の字を落として帰りました。喜二郎の郎がなければ、喜二、即ちキジ、鳥の雉に字音が通じます。そこで雉子雉子ケンケン郎《おとこ》を落としたという評判が立ちました。そんなことがあっては武士の名折れでございます」

「承知いたしました。これはちょっとおもしろいです」

「今晩は旧暦によりますと、霜月の十六日。夜の十時には月高くお裏山の公孫樹にかかって、老梟寒飢に鳴く。一陣の疾風雑木林を渡って、颯々の声あり」

と安斉先生はまた暗誦を始めた。

「先生もおはいりでございますか?」

「はあ。黒須有本矢島の面々も馳せ参じます」

「月がないといいですな」

「いや、今晩は特別物騒でございますよ」

「なぜですか?」

「若様は昔のお下屋敷時代に狐狸《きつねたぬき》の出たお話をご存じありませんか?」

「それは富田さんから承りました」

「狐狸の類は月明を喜びます。今夜あたりは大入道が出るかもしれません」

「先生、おどかしっこはなしにいたしましょう」

「おこわいですか?」

「そんなことはありませんけれども」

「それではご参詣くださいますね?」

「むろん」

「おえらいですな。照常様、あなたはいかがでございますか?」

「大入道の一人や二人、とりひしいでごらんにいれますよ」

と照常様は力んで見せた。

「おえらいおえらい。照彦様は?」

「内藤君、きみはどうする?」

と照彦様は正三君の手を引っぱった。

「さあ。僕は柔道を知りませんから」

と内藤君は首をかしげた。

「僕も知らん」

「それに僕はおいなりさまの側でオシッコをしたことがあります」

「僕もあるんだ」

「照彦様、いかがでございますか？」

と安斉先生がまたきいた。

「内藤君、どうする？」

「若様がおいでになるなら、僕もまいります」

「内藤君がゆくなら、僕もゆきます。こわいことはありません」

と照彦様はとうとう答えた。

「おえらいおえらい」

「僕も怖くありません」

と正三君もほめてもらいたかった。

「内藤正三、えらいえらい」

と安斉先生は大ごきげんで、

「試胆会は勇壮なご遊楽です。早速とりはからいましょう」

といって立ちかけた。

「先生」

と照正様が呼び止めた。

「なんでございますか?」

「私は照常と二人でもっと勇壮なことを計画しております。お母様に申しあげましたら、先生のお許しをお願いなさいということでございました」

「ははあ」

「雪中の日本アルプス征服。考えただけでも血がわきたちます」

「お山登りでございますか?」

「はあ」

「お兄様と二人でこの休暇中にぜひ実行したいと思っています」

と照常様も言葉をそえた。

「若様がた」

「はあ」

「それはとんでもないご料簡違いでございますぞ」

と安斉先生はむずかしい顔をした。

「なぜでございますか?」

と照正様は不服らしかった。

「ご身分をお考えあそばしませ、山登りは下司下郎《げすげろう》のいたすことでございますぞ」

「違います、西洋では名ある貴族が競ってアルプス登山を試みます」

「その西洋人のまねが私は気に入りません。一も西洋、二も西洋、私はどうも気に入りません」

「…………」

「古来山に宿るものは山賤《やまがつ》山伏《やまぶし》の類にかぎります。豊臣秀吉公や徳川家康公が富士登山をしたという史実がございますか？　大名は狩座《かりくら》のほかに山野を跋渉《ばっしょう》いたしません」

「それでは先生、鉄砲をお許しください」

「お殿様にも申しあげましたとおり、若様がたは丁年未満でございます」

「しかし私の友だちは皆書生の名前で鑑札をうけています」

「よそ様はとにかく、花岡伯爵家は花岡伯爵家でございます。お上の掟にそむくことはできません」

「…………」

「ご登山のことでございますが、第一、私は日本アルプスという言葉が気に入りません」

「ははあ」

「日本の山々には昔からりっぱな日本名がついています。なにを苦しんで西洋名を用いますか？　先年私は名古屋へまいって、日本ラインというところへ案内されました。これがまた気に入りません。木曾川は木曾川でよろしい。日本ラインとはあさましい。私は舟の中で嘔吐を催しました」

「それは先生がお船によわいからでしょう」

「ハッハハハ」

と安斉先生、思いあたるところがあった。

「ハッハハハハ」

と皆も笑った。品川沖の件である。

「とにかく、若様がた、よくよくお考えください。日本アルプスという西洋名がついてから、山で命を捨てる学生の数が年ごとに多くなりました」

「はあ」

「ていのいい親不孝でございますぞ」

「……………」

「お山登りは一切なりません。一命を賭してもお諫め申しあげます」

「それじゃ仕方ありません。油絵でも描いていましょう」

と照正様はあきらめる外なかった。

「若様」

「はあ」

「私は昔、大殿様のお供をして熱海の温泉へまいったことがございます。もう三十何年かになりますが、その折り感心仕《つかまつ》ったことがございますから、ご参考のためにお話し申しあげます」

「毎日シケが続きまして、お魚がとれませんでした。宿屋では困却のあまり、鰯のめざしを大殿様のご食膳にのぼせました」

「ははあ」

「大殿様はお召しあがりになって、『この小さい魚はなんと申す?』とお尋ねになりました。『鰯でございます』と私は恐る恐るお答え申しあげました。『実に結構なものじゃの。東京では見たことも聞いたこともない。早速購《あがな》い求めて屋敷へ送るがよいぞ』と大殿様が仰せになりました。『は、は、はあはあ』と、平伏した私は感極まって涙が止め度もなく流れました」

「いったいどうなすったんでございますか?」

「大殿様は鰯をご存じなかったのでございます。大大名はこうありたいものだと思いました。ところで若様」

「はあ」

「これはなんでございましょう?」

と安斉先生は学習室の壁にかけてあった照正様の油絵を指さした。

「静物でございます」

「いろいろと俎《まないた》の上にのっているようですが、お魚はなんでございましょうか?」

「これは爼じゃありません。テーブルです。お魚は鰊の干したのです」

「ははあ。私は鰯かと存じました」

「こんな幅の広い鰯はございません」

「しかし鰊も鰯も似たり寄ったりの下魚でございます。お大名の存じていてよろしい魚ではありません。若様がこういうものをご熱心にご写生あそばされては、地下の大殿様がお泣きになりましょう」

「先生」

と照正様はいきごんで、議論をするつもりだったが、また考え直して、

「わかりました」

と快く頷いた。

「鯛買《こ》うてみやげのうそや汐干狩り。せめて鯛をお描きください」

「はあ」

「下司下郎のまねをいたすのが教育ではございません」

「はあ」

「照常様も照彦様もよくよくご身分をお考えください。西洋人のまねをして山登りやスキーをなされずとも、日本には剣道柔道がございます。私たちはこれで体力を養い精神を練ってまいりました。今晩のお胆試しは日本アルプス以上の効験がございますぞ」

と戒めて、安斉先生は立っていった。

若様がたはしばらく黙っていたが、照正様がまず、

「つまらん」

と呟いた。

「叱られてしまいました」

と照常様もがっかりしていた。

「先生はこの頃のことがちっともおわかりにならないから困る」

「お兄様はもっとおっしゃるとよかったんです」

「いや、議論をすれば切腹する。とても仕方ない人だ」

と照正様は恨めしそうに油絵の鰊を見上げた。

「内藤君、お庭へゆこう」

と照彦様がさそった。

「はあ」

と正三君も退屈していたところだからすぐにお供をした。

「きみ、どうする？」

「なんですか？」

「お胆試しの会さ」

「僕はバットを持ってゆきます」

「僕はおトンカチを持ってゆく。二人一緒なら大丈夫だろう」

「一人ずつでしょう」

「いや、僕たちだけは二人さ」

「そんなことはないでしょう。それじゃ二人のお胆試しになります」

「二人ゆけば二人のお胆試しさ。それは安斉先生もわかっている。僕はきみがゆけばゆくといったんだもの」

と照彦様は実際そのつもりだったのかもしれない。

「僕も若様とご一緒なら助かります」

「きみも僕がゆけばゆくといったじゃないか？」

「そうです、ご一緒にまいりましょう」

と正三君もずるい。都合のいい方の意味にしてしまった。

「けれども大入道が出たらどうしよう？」

「そんなものはいませんよ」

「いや、僕は富田さんからきいた。狐はとにかく、狸はたしかにいる」

「ばけたんですか？」

「うむ。富田さんの兄さんが見たそうだ。電信柱ぐらいあるって」

「たまらないなあ」

「それから、月夜の晩にお山でポンポコポンポコって腹太鼓を叩いていたそうだ」

「いつのことですか？」

「僕たちの生まれない頃のことだけれども」

　と照彦様はおじけづいていた。正三君もこんな話を聞かされると、お胆試しの会がますます思いになる。

　学習室に残った照常様は、

「お兄様、僕はいいことを考えました」

　といった。

「なんだい？」

「今晩の会に一つ安斉先生をおどかしてやりましょう」

「だめだろう。先生は胆力がすわっていられるようだ」

「そこを試してみるんです。こっちばかり試されちゃ損をします」

「どうするんだい？　いったい」

「杉山を使います」

「ふうむ」

「あいつに応接間の虎の皮をかぶせます。藪の中にかくれていていきなり出ることにしたら、いくら安斉先生でもびっくりなさいますぜ」

「なるほど」

「あれは顔があって目が光っています」

「やってみようか」

と照正様はつりこまれて、杉山を呼んだ。用むきを申しわたして、

「どうだい？」

ときくと、杉山は、

「やります」

と大喜びだった。こいつ、安斉先生には始終叱られている。

「しかしまちがえて僕の時出ちゃ困るよ」

と照常様が念を押した。

「大丈夫です」

「僕の時もいけない。それから照彦や内藤の時も出ると大変だぞ。気絶するかもしれない」

「気をつけます」

「ご褒美に万年筆をやるぞ」

と照正様はなおおどかし方を詳しく教えた。

お胆試しの会は大じかけだった。お裏山の道をはき清めて、目的の稲荷神社には宵の口から高張提燈《たかはりぢょうちん》がつけてあった。

「それはおもしろかろう」

とお殿様が奥様ご同伴で学習室へお出ましになった。参詣の順番はくじできめた。

「僕が内藤君のも一緒に引きます」

と照彦様が手を出した時、

「二人一人お引きください」

と安斉先生が注文した。

「僕たちは二人です」

「はあ？」

「僕は内藤君がゆけばゆくといいました。ねえ、内藤君」

「はあ」

と正三君はすましていた。

「この二人は小さいから一緒でよろしゅうございましょう」

と奥様がおっしゃったので、安斉さんも仕方がなかった。しかし二人はずるいことをした罰で一番にあたった。

「内藤君、きみは懐《ふく》が脹らんでいるが、何を入れているんですか？」

と黒須先生がとがめた。

「バットです」

「そんなものを持っていっちゃいけません。照彦様あなたも何かおかくしになっていらっしゃいますな」

「おトンカチです」

「いけません」

「黒須さん、この二人は小さいからかわいそうです。持たせてやってください」

と奥様がまたおっしゃったので、黒須先生も仕方なかった。

照彦様と正三君は肩をいからしてでかけたが、畑へさしかかった時、手を引きあって歩くことにした。安斉さんの思惑がはずれて、曇っていたから、そう明るくない。物が朦朧と大きく見える。

「きみ、きみ」

と照彦様がたちどまった。

「はあ?」

と正三君も足がすくんだ。

「あれはなんだろう?」

「さあ」

「動いているぞ」

「杉の木ですよ」

「ああ、そうか。なんだ。きみ、歌を歌いながらゆこう」

と照彦様が発起した。しかし長くは続かなかった。

「なんだろう?」

「音がしましたね」

「あ、またした。風だ」

「そうです。大和魂をおこしましょう」

「魂はこんな晩に飛んで歩くそうだぜ」

「いやですよ、そんなことをおっしゃっちゃ」

坂道にかかってからは提燈が見えたので少し元気が出た。まもなくおいなりさまへたどりついた。二人はそこに用意してあった筆をとって姓名をしたためた。花岡照彦は画が多いから損だった。内藤正三は少しとくだった。しかしどっちも手がふるえていた。用がすんでしまうと急に怖くなった。坂道が一番さびしい。風のくるたびに藪がガサガサする。下りきった時、その藪の中で、

「ハクション」

と虎の杉山がくしゃみをした。二人はボールのようにはねあがった。それから畑の中をいちもくさんに走って帰ってきた。

「しまった」

と照彦様がいった。

「どうなさいました？」

「おトンカチをおとしてきた」

「黙っていて明日の朝拾ってくればいいです。僕も実はバットがありません。大入道がくしゃみをした時、はなしてしまったんです」

と正三君もあわてていた。

有本さん黒須さん矢島さんと妙に先生の番が続いて、そのつぎが照正様だった。杉山が

待っているから怖くない。坂道へかかった時、

「杉山」

と小声で呼んでみた。

「ワーウウ」

と杉山はすぐ側の藪の中から答えた。

「ああ、びっくりした。こんなところにいるのかい？」

「はあ。上の方は怖くていけません」

「今度は安斉先生だ。うまくやってくれ」

と照正様はうちあわせをした。型のごとく姓名をしたためて、帰り道にまた、

「杉山」

「はあ」

「もっと上の方へいっていろよ」

「はあ」

「寒いだろう？」

「かぜをひいたようです。しかしおもしろいです。くしゃみをしたら、黒須先生がひっくりかえりました」

といいながら、杉山はまたくしゃみをした。

つぎに安斉先生があらわれた。杉山は帰りに後ろからとびかかるつもりだった。あわて

てつまずいたところを、

「先生、杉山です」

と呵々大笑してやる。まさかおこりもしまいと考えていた。安斉先生は社頭に着いてから大分手間をとった。皆の署名を吟味していたのだった。やがて下駄の音が聞こえはじめた。杉山はやりすごしてから、

「ワーウウウ」

と唸りながら先生の肩へ虎の前足をかけた、そのとたん、先生がかがんだ。

「エイッ」

と一声、杉山はしょい投げをくって、がけ伝いに下の畑へ転げ落ちた。

安斉先生は悠然として学習室へもどって、

「出ましたよ」と、おっしゃった。

「ははあ」

と照彦様は先生の顔をじっと見つめた。神色自若《しんしょくじじゃく》としていた。

「虎ですよ。ハッハハハハ、がけ下へ投げましたが、あそこにはなにがあるんでしょうか？　ドブーン、という音がしました」

「それは大変です」

と照常様が駈けだした。照正様も後を追った。

「だれかいないか？　杉山、杉山！」

と黒須先生も狼狽して加勢を呼んだ。

「ハッハハハ」

「どうなさいました？」

「ハッハハハハッハッハハハ」

と安斉先生は椅子につかまって笑いくずれた。

昼弁慶

お胆試しの会は、書生の杉山が安斉先生にお裏山の畑の肥だめへ投げこまれて、おやしき中の評判になった。損をしたのは伯爵だった。しかしさすがにお殿様だ。

「あの虎の皮は英国のハッチンソン卿から贈られたものだが、不浄へ落ちては仕方がない。畑をほって埋めるがよい。ただし杉山をとがめるなよ、かわいそうじゃ。腕を打った上に、長く臭名を残すことであろう」

とおっしゃった。

「肩へ手がかかった時、おのれ妖怪ござんなれと、臍下丹田に満身の力をこめて」

と安斉先生はお得意だった。同じことを幾度でも話す。

「先生、先生は杉山ってことをご存じじゃございませんでしたか？」

と照正様は念のためきいてみた。覚られているようだと後が恐ろしい。

「いや、いっこう」

「ご老体でもおたしかなものですな」

「そこは昔きたえた関口流です。しかし杉山とわかれば、手荒いことはいたしません。とりおさえて説諭をいたすのでしたろうが、それ、虎と見て石に立つ矢のためしでございます」

「しかしやしき内に虎の出るわけはありません」

「後ろからいきなりかかってきたものですから、何者かわからなかったのです」

と安斉先生、このへんははなはだ曖昧だった。

「びっくりなすったでしょう」

と照正様はそれもたしかめたかった。

「いや、いっこう。おのれ妖怪ござんなれと、臍下丹田に満身の力をこめて……」

「妖怪の出るはずもありません」

「考えてみるとそうですが、ワーウウウっと唸りながら飛びかかりましたので、人間とは思いませんでした。電光石火、エイッと一声。そこは昔きたえた関口流です。若様、渾身これ鉄ですよ」

と安斉さんは自慢ばかりしている。

翌朝早々、書生部屋に杉山をおとずれたのは、照正様と照常様だった。杉山は腕をちがえた上に腰をしたたか打った。ゆうべ畑の井戸で行水を使わされたまま、かつぎこまれてまだ寝ている。むろん医者の手あてを受けた。しかし丈夫な男だから、他に異常はない。

「杉山、どうだい?」

と照正様がきいた。

「お陰さまでえらい目にあいました」

「痛むかい?　腕は」

「はあ。お陰さまで」

「変なことをいうなよ。万年筆を持ってきたぞ」

「いただきます」

と杉山は痛くない方の手を出した。

「僕は腕時計を持ってきたぞ」

と照常様は不用の品を筥《はこ》に入れてきた。

「いりません」

「なぜ?」

「時計はあります」

「それじゃなにをやろうか?」

「なにもいりません。いただきたくておひきうけしたんじゃありません」

「しかしきのどくだ」

「ご同情してくだされば、もうそれでありがたいです」

「杉山、僕と照常が頼んだことをだれにもいわないでくれよ」

と照正様はそれが心配でやってきたのだった。

「申しません」

「大丈夫だろうね？」

「僕も男です。しかし若様」

「なんだい？」

「虎の皮をあんなことにして申しわけございません」

「あれはかまわない。お父様のだから」

「いや、それですから困るんです。僕はおやしきを追い出されるかもしれません。ゆうべ富田さんに叱られました」

「富田さんがなんといっても大丈夫だ。僕たちがついている。僕たちがお父様にあやまってやる」

「けれども若様、若様がたのおわびがかなわないようなら、僕は申しあげますよ」

「むろんあやまる時は僕たちから申しあげる。けっしてきみに迷惑はかけない」

「そうですか」

「富田さんがもう一ぺんぐらい叱るかもしれないが、その時いっちゃいけない。ただあやまっていればいいんだ」

「はあ」

「お父様にはわかってもかまわないが、安斉先生に知れると困るんだ」

「わかりました。けっして申しません」

と杉山は安心したようだった。

「杉山、時計がいらないなら、シャープ鉛筆《ペンシル》をやろうか？」

と照常様もなにかやらないと気がすまない。

「いりません」

「困ったね」

「若様、そのかわりお願いがございます」

「なんだい？」

「女中にお小言をおっしゃってください。臭い臭いといって、少しも僕を見てくれません。僕はまだ朝飯前です」

「よしよし。しかしきみは臭いよ、実際」

「行水だけじゃだめです。お風呂を命じてください」

「早速いいつける」

「杉山、実際臭いぞ」

と照正様は三尺ばかりひきさがっていた。

「自分ではそうは思いません。もう慣れたんでしょう」

と杉山は臭いもの身知らずだった。

「落ちるにも所がありそうなものだった」

と照常様が笑った。

「いや、液体だったから、助かったんです。まっさかさまでしたから、地面だったら首の骨をくじいています」

「安斉先生はほんとうにそんなに強いのかい」

「お強いです。力がありますぜ」

「それにしても老人じゃないか？　きみがもろすぎたんだろう？」

「ちょうどしょい投げをくうようなかっこうにからだを持っていってしまって、なんとも仕方がなかったんです。エイッといわれた時、もうだめだと思いました」

「関口流だそうだ」

「ヤワラでしょう？　柔道なら負けないんですが」

「ヤワラも柔道も同じだよ」

「ハッハハハハ」

「先生はきみだってことを知っていたんじゃなかろうか」

「なんともわかりませんな。僕はゆうべはむやみにくしゃみが出ましたから」

「ふうむ」

「先生はなんとおっしゃっていましたか？」

「おのれ妖怪ござんなれ」

「それじゃ大丈夫でしょう」

「杉山、臭くて仕方がないから、もうゆくぞ。大事にしたまえ」

「ありがとうございました」

「二、三日寝ていればなおるだろう」

「はあ。もう歩けます」

「杉山、また見にくる。食事は命じておくから、自分でお台所へゆくなよ」

と照正様は注意をあたえる必要をみとめた。杉山はそれほど異臭をはなっていたのである。

若様がたは書生部屋を出るとまもなく、女中が食事を運んでくるのに会った。

「お藤」

と照常様が呼びとめた。

「はあ」

「杉山をお風呂に入れてやれ」

「若様」

「なんだ?」

「杉山さんは当分おやしきのお風呂に入れないことに皆で申し合わせました。とてもだめでございます」

とお藤は顔をしかめた。

「きたないからか？」

「はあ。富田さんにもご相談申しあげて、民間のお風呂へやります」

「どこの?」

「お銭湯でございます」

「なるほど。お前たちは知恵がある」

と照常様は感心した。

つぎに書生部屋を見まったのは照彦様と正三君だった。二人は杉山が虎にばけた事情を知らない。一存でやったと信じている。

「杉山、ひどい目にあったね」

と照彦様がなぐさめた。

「なあに」

「きみは口ばかりだ。よわい」

「なあに」

「安斉先生は年よりでも、関口流を知っていられるからお強い」

「なあに。本気になれば先生ぐらいに負けやしません」

「うそん気でけがをするわけはないよ」

「虎ですから、柔道の手が使えません。かみつこうと思っている中に不覚をとったんです」

と杉山はうそをついた。

「エイッと一声か？」

「はあ」

「ズデン、ドウとがけの下へか？」

「はあ。年よりに花を持たせました」

「なんだか臭いね、この部屋は」

「杉山さんですよ」

と正三君がいった。

「臭い。もうゆこう」

「杉山さん、どうぞ大事に」

「内藤君」

と杉山は呼びとめた。

「はあ」

「きみは臆病者だぞ」

「そんなことはありません」

「僕が藪の中でくしゃみをしたら、バットを捨てて逃げだしたじゃないか？」

「はあ」

と正三君は頭をかいた。

「あれは藪の中にかくしてある。若様」

「なんだい？」

「若様もけっしてお強くありませんぜ」

「困ったな」

「おトンカチをおとしていちもくさん」

「もういいよ」

「あれもかくしてあります。僕の悪口をおっしゃると、あのおトンカチとバットを出しますよ」

「ごめんだごめんだ。杉山君、お大事に」

「杉山さん、どうぞお大事に」

と二人は早速逃げてきた。

「内藤君」

「なんですか？」

「臭かったね。杉山はまだこやしがついているんだ」

「洗ったけれどしみこんでいるんでしょう」

「大きくなるかしら？」

「はあ」

「からだがさ。こやしがきいて」

「ハッハハハ」

「ハッハハハ」

と同情がない。杉山は照正様と照常様には忠義だけれど、照彦様をあなどる風がある。正三君にいたっては眼中にない。二人はそれを知っているのだった。

「若様」

と正三君は不安そうな顔をした。

「なんだい」

「お胆試しの会で安斉先生にほめられましたけれど、杉山君がバットやおトンカチのことを話すと困りますね」

「僕もそれを考えていたところだ。あいつはきっとしゃべる」

「仕方ありません。ほんとうは臆病なんですから」

「僕かい？」

「二人とも」

「失敬だね。僕はきみほどふるえなかった」

「若様が僕の手をにぎっておふるえになったものだから、僕もふるえたんです」

「いや、きみがブルブルふるえたものだから、僕もふるえたんだよ」

と照彦様は水かけ論をはじめた。

「それじゃ僕だけ臆病でもいいです」

「僕もすこし臆病さ。夜だもの。それならいいだろう？」

「はあ」

「ところで僕はいい法を知っている」

「なんですか?」

「杉山が寝ている中に探して持ってきてしまうんだ。証拠がなければ、なんといわれても大丈夫だろう」

「しかしうそはつけませんよ」

「なあに。僕たちがバットとおトンカチをなくしてきたことを皆知らなかったもの」

「とにかく、探してまいりましょう。もったいないです」

「すぐゆこう」

「はあ」

と正三君はお供した。

おトンカチとバットは藪の中にあった。杉山も怖くて奥へはいらなかったから、探すのにめんどうがなかった。

「これで安心だ。おのれ妖怪ござんなれ」

と照彦様はおトンカチをふりあげた。

「おのれ妖怪ござんなれ」

と正三君もバットをふりあげた。

「ハッハハハ」

「杉山の投げられたところはどこだろう?」

「もっと上でしょう」

「いってみよう」

「おのれ妖怪」

「おのれ妖怪」

「このへんでしょう?」

「そうだ。この真下にあれがあるんだ。ハッハハハ」

「危ないことでした」

「関口流の大先生をおどかすなんて、杉山はばかだよ」

「あんまりりこうじゃないようです」

「おのれ妖怪ござんなれ。エイッ!」

「おのれ妖怪ござんなれ。エイッ!」

と二人はまたふりあげてりきみかえる。昼間だからむやみに強い。

翌々日、正三君は暮れから正月の三ガ日へかけて、久しぶりで家へ帰ることになった。実は試験がすんで、冬休みになり次第と思っていたのだが、照彦様がはなさない。もう一日もう一日とひき止める。

「照彦や、わがままもいいかげんになさいよ。内藤さんのお父様お母様は私をどんなにか勝手な人だろうと思って、きっと怨んでいらっしゃいますわ」

とお母様がおっしゃった。照彦様はようやく納得して、

「それじゃ内藤君、お乳を飲んできたまえ」

といった。

「はあ」

「飲みすぎると赤ん坊になってしまうから、四日に帰ってきたまえ」

「はあ」

と正三君は争わない。なんといわれても帰られればいいと思っていた。

「きっとだよ」

「はあ。元日にはお年賀にまいります」

「うむ。待っている」

「四日の朝早く帰ってまいります」

「そうしてくれたまえ。お母様、僕、今日内藤君のところまで送ってゆきます」

「それもよろしいでしょう」

とお母様はお許しくだすった。内藤君はご機嫌のかわらない中にと思って、すぐに支度をしてしまった。

その昼すぎに、正三君と照彦様を乗せた伯爵家の自動車が内藤家の門前に止まった。

「お帰り！」と運転手が景気よく叫んだ。

「まあまあ、正三。まあ、若様、まあまあまあまあ」

　とお母さんは驚いた。運転手は玄関へおみやげを山のように積み上げた。姉さんたちが出てきてウロウロする。忠義一図の一家だから、おやしきという声がかかると大変だ。

「若様、どうぞおあがりください」

　と正三君は学友から接待役に早がわりをした。照彦様はすぐ帰るつもりだったが、やはり別れが辛い。

「それじゃ待っていておくれ」

　と運転手に命じて、客間へ通った。

「これはこれは。ようこそおこしくださいました」

　とお母さんは平身低頭して、

「あいにくと主人も長男も不在でございますから、かわって申しあげます。正三が長々お世話に相なりまして……」

　とご挨拶を申しあげる。

「僕がお世話になりました」

「どう仕《つかまつ》りまして、わがままものでございますから……」

「僕がわがままものです」

「今日はまたお頂戴物を仕りまして……」

「それは僕、知りません」

と照彦様はまっかになって一々答弁した。それからお母さんがひきさがった後、

「内藤君、僕はもうすぐに帰るんだから、少し遊ぼう」

と向きなおった。

「どうぞごゆっくり」

「いや、実はきみに内証話があるんだから、ここはいけない。きみの部屋があるだろう？」

「兄さんの部屋があります」

「そこへつれていってくれたまえ」

「はあ。ちょっとお待ちください」

と正三君は立っていって、お母さんに相談した。

「それじゃ祐助の部屋へご案内申しあげなさい」

「お母さんや姉さんは来ない方がいいです。若様はよそへおいでになったことがありませんから、恥ずかしいんです」

「でもお茶ぐらいさしあげなければ」

「いけません」

「なぜさ？」

「そんなものをさしあげれば、すぐにお帰りになります」

とうちあわせて、照彦様を祐助君の書斎へ通した。

「机が二つあるね」

　と照彦様は見くらべた。

「一つは僕のです」

「内藤君、僕はこんなことだろうと思ったから、ついてきたんだよ」

「なんでございますか？」

「きみは兄さんと手紙で相談して、もうやしきへ帰らないつもりできただろう？」

「そんなことはありません」

「でも、いもしないきみの机がチャンとおいてある。座ぶとんまであるじゃないか？」

「若様、これは兄さんがわざとこうしておくんです。僕がいなくて淋しいからです」

「でも、おとなじゃないか？」

「おとなでも僕をかわいがってくれるからです。僕がこの部屋にいるつもりで、夜なんか時々、『正三』って呼んでみるそうです」

「ふうむ」

「兄さんは始終僕のことを考えていてくれます」

　と正三君はうつむいた。

「いい兄さんだ」

「はあ。今に帰ってきたら喜びましょう！」

「…………」

「若様」

「………」

「どうなさいました?」

「ここが痛い」

と照彦様は拳で喉をたたいた。

「どうなすったんでしょう?」

「僕、わるかった」

「なんでございますか?」

「きみを打ったりしたのはわるかった」

「あんなことはもういいです」

「僕は今きみのお母さんの顔を見た時、きみを大事にしなくてわるかったと思った」

「若様……」

と今度は正三君の喉がつまってきた。

「内藤君、僕はもうわがままをいわない。そのかわりきっと帰ってきてくれたまえよ」

「はあ」

「大丈夫か?」

「はあ」

「それじゃゲンマンをして帰る」

「まだよろしいです」

「いや、もう帰る。元日にきたまえ」

「はあ」

「一日遊ぼう」

「はあ」

「四日の朝、僕が迎えにくる」

「それにはおよびません」

「いや、くる。さあ、ゲンマン」

「はあ」

一家団欒

正三君は三度めの帰宅だった。今までは一晩泊まりだったが、今度は暮れの二十八日から正月の四日までだから、ゆっくりおちつける。お父さんお母さんはむろんのこと、兄さんや姉さんたちまでお客さん扱いにしてくれる。ことに第一日の晩は、

「正三」

「正三や」

「正ちゃん、正ちゃん」

と皆にとりまかれて、家庭の中心になった。

「正三正ちゃんて、まるで正三を売りに来たようだね」

と笑った祐助兄さんも、

「おい、正三」

とすぐその後からいって、

「それごらんなさい。兄さんだって」

と妹たち、すなわち正三君の姉さんたちに笑われた。

「正三や、お前なにかほしいものはないかい?」

とお父さんがきいた。

「ありません」

「学校道具でも買ってやろうか?」

「いいです」

「なにか買ってやりたいんだが、考えてごらん」

「なにもありません」

「なにかあるだろう?」

「ほんとうになにもないんです」

と正三君は首をふるばかりだった。

「あなた、それはあなたがごむりですわ」

とお母さんが口を出した。

「正三、なにか考えてみろ」

とお父さんは買ってやりたい一心だった。

「わからない人ね、あなたも」

「なぜ？」

「おやしきで若様と同じにしてくださるんですもの、なんの不足があるものですか」

とお母さんはお父さんの心得違いをさとした。

「いいわね、正ちゃんは」

と君子姉さんが羨ましがる。

「正ちゃん、なんでも若様と同じ？」

と貴子姉さんは感きわまったような声だった。

「ええ」

「大したものね、お学友は」

「ただのご奉公じゃないのよ。客分ですわ」

と君子姉さんが主張する。

「正三や、お前なにかたべたいものはない？」

とお母さんがきいた。

「ありません」

「なにかあるでしょう？　なんでも拵《こしら》えてあげますよ」

「いいです」

「お貞や、それはお前がわからず屋だ」

とお父さんがいった。

「なぜでございますか？」

「正三は毎日おやしきで若様と同じご馳走をいただいているんだもの、なんの不足があるものか」

「あらまあ、仇討ち？　オホホホホ」

とお母さんはかえって大喜びだった。

「正ちゃん、おやしきにはご馳走があるんでしょうね？」

と貴子さんもニコニコした。

「あります」

「どんなご馳走？」

「朝と昼は日本食です。晩は洋食です」

「晩はお殿様もご一緒ですってね？」

「ええ」

「いく皿ぐらい出て?」

「いやしいことをきくな」

と祐助兄さんが叱りつけた。

「いいじゃございませんか?」

「お前たちはおやしきというと目の色を変えるから滑稽だよ」

「ご恩になっているおやしきですもの。正ちゃん、いく皿?」

と貴子さんは強情だ。

「三皿か四皿です。僕はいつでもたべきれません」

「大したものね」

「しかしご馳走ばかりたべているといけません」

「なぜ?」

「あまり贅沢になって考えがまちがってきます」

「ご馳走をありがたいと思いませんの?」

「それもありますが、照常様は試験の時に大まちがいをなさいました」

「どんな?」

「日本人の副食物という問題にお米のことを書いてきて、『今日の試験は大あたりだ』っていばっていられました」

「どういうわけ?　お米は主要食物じゃありませんか?」

「それがおわかりにならないんです。お料理ばかりめしあがって、ご飯をほんの少ししかいただきませんから、お米を副食物だと思っていられたのです」

「やっぱり大したものね、伯爵家の若様は」

「ばかだね、ちっと」

と祐助君が遠慮のないところをいった。

「これ、祐助」

とお父さんがとがめた。

「なんですか？」

「ばかだなんてご無礼だぞ」

「でも常識をかいています」

「いや、若様がたは鷹揚にわたらせられるんだ」

「程度問題ですよ」

「若様がたは始終皆にヘイヘイされていますから、どうしても鷹揚です。それで時おり常識をかいているように見えることもおありです」

と正三君は如才ない。お父さんの説と兄さんの説を両立させた。

「お育ちが違うから、どうしたって鷹揚におなりあそばす」

とお父さんはなお主張したが、祐助君はもう黙っていた。

「そのかわりお心持ちはりっぱなものです。僕がそばできいていて、見す見すおせじだと思うようなことまでほんとうにしてしまいます」

「ご自分のお心がおきれいだから、人を疑うことをご存知ないんだ」

「全くそうです。人がわるい考えを持っているなんてことはちっともお思いになりません」

「あまりお人がらがよすぎても困るね。皆おベッカを使うだろう」

「はあ、思うとおりおっしゃるのは安斉先生だけです」

「先生はえらい」

「この間の試験の時、照正様は『僕は数学が百点で英語が九十点の夢を見た』とおっしゃいました。すると矢島先生は『それは結構なお夢でございます』と申しあげました。これなんか見えすいたおせじです」

「なるほど」

「しかし安斉先生はニヤニヤお笑いになって、『若様、夢は逆夢《さかゆめ》と申しますから、アベコベにならないようにお気をつけなさいませ』とご注意を申しあげました」

「さすがは先生だ」

「ところが照正様はその意味がおわかりにならないんです。『アベコベなら、数学が九十点で英語が百点でしょう。いいじゃありませんか?』とおっしゃって平気でした。僕はおかしかったです」

「安斉先生はなんとおっしゃった?」

「君子の心境をお持ちでございますなと感心していらっしゃいました」

「そんなことを感心するようじゃ安斉先生も少し変だぜ」

と祐助君がまた始めた。

「いいえ、安斉先生は別にお考えがおありなんです」

「どういう？」

「ご令嗣《れいし》様というものは鷹揚でなければいけないと思っていらっしゃるんです。それですから、照正様が点数のことなんかお話しになると、苦い顔をなすって、『若様、ご自分のお書きになったご答案には必ず百点がつくものとお信じになれば、それでもうよろしい』とおっしゃいます」

「しかし零点がついたらどうする？」

「零点がついたら、零点でよろしいとおっしゃいます」

「零点なら、落第するよ」

「落第したら、落第でよろしいとおっしゃいます」

「なんでもよろしいんだね。どうせだめだと思っているんだろう？」

「そうでもないようですけれど」

と正三君もこのへんはハッキリしていない。

それからそれとおやしきの話がつづくうちに、

「正三や、元日にはお年賀にあがるんだろう？」

とお父さんがきいた。

「はあ」

「わしと一緒にあがろう」

「お父さん」

「なんだい？」

「僕、ほしいものがあります。一つ考えつきました」

「買ってやる。いってごらん」

「名刺をこしらえていただきたいんです」

「お安いご用だよ」

「照彦様にごらんに入れて、びっくりさせてやるんです」

「若様はおこしらえにならないのかい？」

「はあ、考えていらっしゃらないようですから、出しぬいてやるんです」

「よしよし。早速あつらえてやるよ」

「どうぞ願います。安斉先生やその他の先生のところへも伺います。富田さんにもずいぶんお世話になっています。なんならおやしきに住んでいる方々のところをすっかり廻りたいと思っています」

　と正三君はいい心がけだった。

　祐助君は正三君のしっかりした態度に安心した。おやしきずれがして、おべッカ使いになりはしまいかと案じていたが、いろいろと話してみると、ごく天真爛漫にやっていることがわかったのである。

「お父さん、正三もこのあんばいなら大丈夫でしょう」

と満足の意を表した。

「初めから大丈夫さ。おやしきへあがっていればまちがいない」

「お殿様がわかったお方ですから、このままおまかせしてもさしつかえありますまい」

「お殿様は代々明君さ」

「奥様もご聡明なお方らしいです」

「奥様は婦人の亀鑑《きかん》さ」

「それに安斉先生がよく正三の立場を理解してくださるからありがたいです」

「安斉先生は昔なら佐久間象山ぐらいの大人物さ」

とお父さんはもとより申し分なかった。忠義一途の昔かたぎだからおやしきにわるいことがあろうとは信じられない。

大晦日の前の晩に、祐助君は、

「正三、おやしきにいると、夜出歩くことはないだろう?」

「ありません」

「それじゃ久しぶりで銀座へつれていってやろうか」

と申しでた。

「お供いたします」

と正三君はすぐ立ちあがった。祐助兄さんは急所を知っている。昨日は近所の活動へつれていって労をなぐさめてくれた。

年の暮れの銀座はことににぎやかだ、兄弟は人浪《ひとなみ》に押されながら歩いた。

「これじゃたまらない」

「しかしおもしろいです」

「若様がたは銀ブラをなさらないのかい？」

銀座をブラブラ散歩するから銀ブラである。

「照正様と照常様は時々土曜の晩にお出でになるらしいです」

「照彦様とお前はだめだね？」

「はあ」

「銀ブラもこれじゃ骨が折れる」

「ずいぶんこみます」

「寒いだろう？」

「そうでもありません」

「なにか温かいものを飲もう」

と祐助君は正三君を資生堂へつれこんで、ホット・ケーキと紅茶をご馳走した。ここもこんでいた。客がドンドンはいってくる。婦人が少年をつれて、

「だめよ。坐るところがないわ」

といいながら、祐助君の卓子《テーブル》に近づいた。

「やあ、内藤君」

と少年が呼んだ。

「やあ、堀口君」

と正三君が伸びあがった。

「おかけください」

と祐助君が明いていた椅子を指さした。

「恐れいります」

と婦人は会釈して腰をおろした。

「お母さん、これは同級の内藤正三君という秀才です」

と堀口生が紹介した。

「それはそれは」

「僕と喧嘩をした内藤正三君です。お母さんからもあやまってください」

「きみ、きみ」

と正三君は困った。

「ここで会うとは思わなかったよ」

「僕も」

「花岡さんは一緒じゃないの？」

「僕は休みになってから家へ帰っている」

「そうかい？　これはしまった」

「なんだい？」

「僕はきみのところへ年賀状を出したんだよ、花岡伯爵様方として出しちゃった」

「それでいいんだよ、元日にお年賀にあがるから」

「きみも僕のところへ年賀状を出してくれないか？」

「出すよ」

「僕のところは麴町《こうじまち》三丁目三番地だ。明日出せば元日に着く」

と堀口生は熱心にいった。

「三の三だね。覚えている」

「きみからもらえれば嬉しいんだ」

「きっと出すよ」

「僕は五十枚刷って皆のところへ出した。改心の年賀状だ」

「もう仲よくしようね」

「僕はもうすっかり後悔した」

「そんな話はもういいよ」

「きみ今度一番だってね？」

「なあに」

「やっぱりえらいや。僕はビリ一番だぜ」

「きみ」

「なんだい？」

「きこえるよ」

「かまわないよ。改心しても勉強しなければだめだ。来年から大いにやる」

「ぜひやりたまえ」

「僕はお母さんと二人きりだ」

「そうだってね」

「僕が不良になればお母さんが死ぬ」

「きみ」

　と正三君はもてあました。

　まもなく祐助君は、

「それではお先に失礼いたします」

　といって立ちあがった。

「それじゃ堀口君。さよなら」

　と正三君もつづいた。外は例によって雑踏している。電車に乗ってから、祐助君は、

「あれだね？　不良は？」

　と話しかけた。

「ええ。しかしもう改心したんです」

「お母さんがかわいそうだ」

「はあ」

「お前とあの子と話をしている間に、お母さんはホロリと涙をこぼしたよ。おれはなんともいえないいきのどくな心持ちになった」

「お母さんがなんとか兄さんにおっしゃったようでしたね?」

「うむ。今までは友だちがわるかったんだそうだ。お前によく頼んでくれっていっていた」

「僕、これから堀口君と仲よくしてやります」

「力になってやれよ。人助けだ」

「はあ」

と正三君は堀口生のしおらしい態度が身にしみていた。

翌日は大晦日で家中忙しかった。

大学生の祐助君は朝から障子を張りはじめた。正三君も手つだって玄関のをはがしているところへ、

「ごめんください」

といって、婦人客がはいってきた。見おぼえがあるように思ったのも道理、

「内藤さん、昨夜は失礼申しあげました」

と会釈した。堀口生のお母さんだった。正三君は奥へかけていって、

「お母さん、ゆうべお話し申しあげた堀口って子のお母さんが見えましたよ」

ととりついだ。

「まあ！」

「どうしたんでしょう」

「さあ」

とお母さんは小首をかしげたが、すぐに挨拶に出て用むきを伺ったら、

「実ははなはだ申しかねますが、せがれのことについて折り入って坊ちゃんにお願い申しあげたいと存じまして……」

とあった。

「まあ、どうぞおあがりくださいませ。とり散らかしておりますけれど」

とお母さんは請《しょう》じる外なかった。

「おしつまってお邪魔でございましょうが、ほんのしばらく」

と堀口生のお母さんは恐縮しながら客間へ通った。

まもなくお母さんが、

「正三や、ちょっときておくれ」

と呼んだ。正三君は客間へはいっていって、おじぎをした。

「内藤さん、あなたにも花岡さんにも裕がひとかたならぬごめいわくをかけまして、なんとも申しわけございません」

「そんなこともういいんです」

「ゆうべあれから家へ帰って、今までのことをいろいろとうちあけまして、ついては私からおわびを申しあげた上に、よろしくお頼み申しあげてくれ、としきりに申しますので、ごむりなお願いにあがりました」

と堀口生のお母さんは詳しく話しはじめた。女だから愚痴がまじって長かったが、要するに堀口生は改心したけれど、この上成績がわるいとまたやけになるから、なんとか一つ力になってもらいたいというのだった。

「僕、なんとも仕方ありません」

と正三君は照彦様一人でも手にあましている。

「ただうちとけてご交際してくだされればよろしいのでございます」

「それはいたします」

「私、裕の成績について橋本先生のところへ伺いましたが、あなたのようなお方とご懇意に願ってさえいれば、自然いい方へむきましょうとおっしゃいました」

「そんなことはありません」

「いいえ、花岡さんは今度十五番もお上がりになったそうでございます。皆あなたのお力だと橋本先生がおっしゃいました」

「正三や、お前勉強の仕方を教えてあげたらどう？」

とお母さんは得意だった。

「僕、そんなことができるものですか。友だちですもの」

「ご交際をしていただく間に自然いい感化をうけますから、どうぞ一つ力になってやって……」

と堀口生のお母さんは子を思う一心で、しきりに頼みこむ。

「それはきっといたします。よくご勉強なさるようにも折りを見て申しあげます」

「どうぞね」

「はあ」と正三君がとうとうひきうけたので、堀口生のお母さんは喜んで帰っていった。

「祐助や、家の正三はえらいものね」

とお母さんは溜め息をつきながら一部始終を話した。

「結構ですな」

「成績の神様ね」

「ハッハハハ」

「でも、華族様からも平民からも頼みにくるじゃないの?」

「そんなにほめると、ダンダンばかになってしまいますよ」

と祐助君は笑いながら障子をはりつづけた。

明るい年頭

元日の朝、正三君はおやしきの内玄関へ上がるとすぐに、照彦様のお部屋へ急いだ。廊下で家令の富田さんに会ったので、年頭の礼を申しのべた。それから周囲を見まわしながら、

「照彦様」

といきなり襖をあけて覗いたとき、

「おめでとう!」

と叫んで、照彦様が内から突進したものだから、鉢合わせになった。

「痛い!」

「おめでとう!」

「新年おめでとうございます」

「僕が勝った」

「今年も相かわらずお願い申しあげます」

「ああ、相かわらず。きみ、僕が勝った」

「若様はおずるいです。かくれていらっしゃるんですもの」

と正三君は不服だった。西洋では新年の挨拶は早くいいだした方が礼節上の勝利者になる。その話を英語の先生の矢島さんから聞いて、二人ともひそかに心がけていたのだった。

「ハッハハハ。僕は鼻を打った」

「私は口です。それだからいいおくれたんです」

「僕は先にきみを見つけた。きみが廊下で富田さんと話していたとき、しめたと思ってかくれたんだ」

と照彦様は得意だった。

「僕は学習室の方ばかり用心していたんです」

「うれしいなあ。元日早々勝っちゃった」

「しかし若様は新年とおっしゃらなかったです。ただおめでとうじゃなんのことかわかりません」

「それは、きみ、ずるいよ。元日におめでとうといえば、新年のことはわかっている」

「それじゃこれは僕の負けとしておきましょう」

「あたりまえさ。僕の方は先に二度もいっているんだもの。きみ、相かわらず頼むよ」

「どうぞよろしく」

と正三君はニコニコしながら、ふところへ手を入れて、

「若様、手前はこういうものでございます。ヘッヘヘ」

と名刺を取り出した。

「どっこい」

と照彦様は飛びのいて、グルリとまわったと思うと、

「僕もこういうものだよ。ハッハハハ」

とやはり名刺をつきつけた。

「おやおや」

「きみもこしらえたのかい？」

「はあ。若様にごらんにいれて、羨ましがらせてさしあげるつもりでした」

「その手は食わない。僕こそきみがこしらえるといけないと思って、わざと黙っていたんだ」

「どうもおずるいですな、若様は」

「きみだってぬけめがないよ」

「ハッハハハ」

「ハッハハハ」

と二人は名刺を交換した。この年頃はなんでもおとなのまねがしてみたい。

「若様のは金縁ですな」

「うむ。それから裏を見たまえ。エヘン」

「ははあ。ローマ字ですね」

と正三君は感心して、

「これは僕が負けました」

といった。

「なあに、アイコだよ」

「でも僕のは較べものになりません」

「いや、きみのは肩書がついている。やっぱり学校のことを忘れないからえらい」

と照彦様は数日わかれていたなつかしさが手つだって、極上のごきげんだった。正三君の名刺には〇〇中学校生徒としてあった。

「お兄様がたは？」

「学校へゆかれた。式がある」

「それではちょっと奥へ伺ってまいります」

「一緒にいこう。ああ、忘れた」

「なんでございますか？」

「きみのところへ年賀状がきている」

「堀口からでしょう？」

「よく知っているね」

と照彦様は机のひきだしから取り出した。他に松村君と高谷君と細井君のがあった。堀口生のは特に紹介にあたいする。

改心の御慶《ぎょけい》芽出度《めでたく》申《もうし》納《おさめ》候《そうろう》。旧年中はご無礼ごめんください。僕は改心しましたが、成績の方はやはりビリ一です。変だと思って、橋本先生のところへ聞きにいったら、改心しても勉強しなければダメだそうです。先生は私のいけないワケと勉強の仕方を色々と話してくださいました。新年とともにホントに一生懸命になりますから、なにとぞご信用ください。
麴町区麴町三丁目三番地
堀口　裕

追って私は堀口改心勉強入道とあだ名をつけますから、なにとぞなにとぞよろしく。入道というのは後悔したシルシであります。


「勉強入道はおもしろいですね」

と正三君は笑ったが、思いあたるところがあった。

「ばかだよ、やっぱり」

「自分であだ名をつける人間もないものです」

「滑稽な奴さ」

「しかし改心はほんとうです。僕はおとといの晩銀座で会いました」

「堀口にかい？」

「はあ。それから昨日の朝、お母さんが僕の家へきました」

「ふうむ」

「堀口はほんとうに改心しているから頼むというんです」

「きみはなんといったい？」

「仲よくする約束をしました。泣くんですもの、お母さんが」

「かわいそうだな。不良は親がたまらないってね」

「しかしあれぐらい後悔していれば大丈夫でしょう。もうわるいことはしませんよ」

「あれから実際よくなった」

「僕は高谷君や細井君にも話して、堀口がもっと勉強できるようにしてやりたいと思っています」

「僕も賛成だ。きみは返事を出すか？」

「もう出しました。年賀状を出したから、僕からもくれといったんです」

「それじゃ僕も出そう」

「若様、ちょっと奥へ伺ってまいります」

「僕もいくよ」

　と照彦様がつれだった。

　ちょうど奥様とお姫様がご一緒だったので、正三君はお二方にご年賀を申しあげた。奥様はお忙しい中にも、

「内藤さん、照彦はあれから毎日指折りかぞえて、あなたをお待ち申しあげていましたのよ。相かわらず面倒をみてあげてくださいませ」

　とありがたいお言葉を賜わった。

「内藤さん、ちょっと」

　とお姫様がおっしゃった。

「あなたがおいでにならないと、照彦はいたずらばかりして困りますのよ」

「はあ」

「うそですよ」

と照彦様は否定した。

「それじゃ申しあげましょうか？」

「まあまあ、堪忍しておあげなさい。お正月早々」

と奥様がお制しになった。なにか問題があったとみえる。

「内藤君、もういいんだ」

と照彦様がひっぱった。

「それでは」

と正三君は行儀を正して退出した。

学習室の方へ廊下をたどりながら、

「内藤君、今日はいつまでいてくれる？」

と照彦様がきいた。

「昼すぎまでおじゃま申しあげます」

「そうしてくれたまえ。僕はきみに見せるものがある」

「なんですか？」

「書いたものだ。きみはきっと喜んでくれる」

「ぜひ拝見いたします」

「部屋へきたまえ」

「はあ。しかし僕はまだ先生がたのところへご年賀にあがらなければなりません」

「僕もいこう」

「お供いたしましょう」

と正三君はもとより望むところだった。

二人はお庭へ下りた。安斉さん始め先生がたは皆おやしき内に住んでいるから都合がいい。

「きみ」

「なんですか?」

「四日にはきっと帰ってきてくれたまえよ」

「はあ」

「朝からね」

「はあ」

「四日の晩はおもしろいんだぜ」

「楽しみにしています」

「去年はお父様に籤があたって大笑いだった」

「ははあ」

「きみは福引きを考えたかい?」

「ああ、忘れていました」

「僕は考えたよ」

「どんなのですか？」

「安斉先生ってのさ」

「どういう意味です？」

「やかん頭さ。景品にやかんを出す」

「それはおわるいですよ」

「お兄様がたもよろしくないから考えなおせとおっしゃった。しかしいいのがなくて困る」

と照彦様は首をかしげた。

　花岡伯爵家では二日が正式のご年礼で、お殿様が旧藩士をご引見なさる。四日の晩は新年会と称して、おやしき内のものが集まる。女中や書生のはてまでだから、ナカナカの大人数になる。お出入りの講釈師がきて、ご先祖の軍談を一席弁じる。教育映画もある。しかし一番の呼びものは福引きだ。家令の富田さんがその係りを承る。お殿様はじめ我と思わんものから種を集めて品物を買いそろえる。註文が千差万別だから、新年早々一仕事のようだ。富田さんの判定によると、お殿様が毎年一番いい種をお出しになる。これはおひまで、ごゆっくりごくふうなさるからだろう。もっともお殿様のご着想をまずいなぞとは申しあげられない。

「なんでもいいんですね？」

「うむ」

「後で考えましょう」

といった時、お裏山へゆく道を横切ったので、正三君はお胆試しの会の出来事を思い出した。

「若様」

「なにかあるかい?」

「いや、この道ですよ。こわかったですな」

「きみが震えはじめたところだよ」

「若様、杉山はどうですか?」

「もう臭くないよ」

「けがはなおったんですか?」

「ピンピンしている。丈夫な奴だよ」

「それはよかったですな」

「しかしあいつはいかん」

「なぜですか」

「僕たちのことを女中たちにしゃべった」

「おトンカチとバットの一件ですか?」

「うむ。皆知っている」

「しかしほんとうだから仕方ないです」

「それでも失敬だ。僕は杉山を福引きにしてやろうかな」

と照彦様はまた考えこんだ。

まもなく安斉先生の玄関に着いて、

「ごめん」

と正三君が声をかけた。

「きみ、だめだよ」

「なぜですか？」

「年賀ってものはコッソリ名刺をおいて逃げるものだ」

と照彦様がいったとき、

「いや、そういうものじゃございませんぞ」

と障子があいて、安斉さんがあらわれた。

「新年……」

「おめでとう……」

「……ございます」

と二人は大いにあわてた。

「お早々と恐縮です。さあ、どうぞこちらへ」

「………」

「さあ。さあさあ」

と安斉先生はしきりに請じる。二人は仕方なしに上がりこんだ。先生から改まって鄭重《ていちょう》なご挨拶があった。続いておくさんが出てきて、

「これはこれは、若様と内藤様、旧年中は……」

とすこぶる長かった。二人は中途で幾度も頭を上げてみて、また下げた。

「さあ、若様」

と安斉先生は照彦様だけに座ぶとんをすすめた。ご自分も畳の上にいるかわり、正三君には沙汰がない。君臣の分のかたい人だ。

「おくつろぎください」

「はあ」

「お正月ですから、お小言は申しあげませんぞ」

「はあ」

「なにかおもしろいお話をいたしましょうか?」

「はあ」

「一日の計は朝にあり。一年の計は元日にあり」

と諺が出た時照彦様は、

「先生」と呼んだ。

「なんでございますか?」

「先生は新年会のお福引きをお考えになりましたか？」

「考えましたよ。苦心惨澹です」

　と安斉先生はなにか軽い話題のほしい折りから、ちょうどいいことにして、

「若様はいかがでございましたか？」と膝をすすめた。

「僕も考えたんですが、お兄様に申しあげたら、落第でした」

「どういうご趣向でございました？」

「さあ。まずいんです。申しあげるほどのものではございません」

　と照彦様はごまかした。まさか先生の頭だとはいえない。

「それでは一つご伝授申しあげましょうか？」

「どうぞ」

「私のは少しむずかしいかもしれませんよ。曰く、王者にして、その声天地にあまねく、その姿《すがた》得《え》て捕捉すべからず」

「先生、大変むずかしいです」

「やさしく申しあげます。その声天地にあまねく、その姿捕捉すべからざる王者」

　と安斉さんはいいなおしてもほぼ同じだ。元来人間がむずかしくできている。

「そんなに長いものですと、富田さんが及第にしてくださいません」

「それではもっと通俗啓蒙的に表現いたしましょう」

「先生、むずかしくなるばかりでございましょう」

と正三君が笑いをしのんだ。安斉先生はしばらく考えた後、

「それではこういたしましょう。国のはてまで声のとどく王様」

「ははあ」と照彦様も今度は文句だけわかった。

「国のはてまで声のとどく王様。いかがでございますか？」

「それぐらいの長さならちょうどいいんですが、どういう意味でございますか？」

「まあ、お考えになってごらんなさい。内藤君も一つ」

「はあ」

「国のはてまで声のとどく王様ですぞ。王様、王様」

と安斉先生は王という字を指でしきりに空中へ書いた。

「日本ですか？　西洋ですか？」

と照彦様は手がかりを求めた。

「日本は皇国でございますぞ。王様といえば、支那か西洋に相場がきまっています」

「昔の王様でございますか？」

「いや、昨今の王様で、西洋生まれです。まだお年がごくお若い」

「先生、私たちは一年生ですから、西洋歴史を習っておりません」

と正三君はもてあました。

「歴史に関係ありません。あなたがたはよくご存じの筈ですよ。日本にもきています」

「日本に？」

「はあ」

「わかりませんなあ」

「先生、僕も降参です」

と二人は兜をぬいだ。

「それでは申しあげましょう」

「どうぞ」

「ラジ王ですよ」

「はあ?」

「ラジオ、即ちラジ王です」

「なるほど」

「その声天地にあまねく……」と安斉先生は得意だった。

「先生、これは実にうまいです」

「ハッハハハハ」

「僕、頂戴いたします」

「さしあげましょう」

「ありがとうございました。お兄様がたをびっくりさせてあげます」

と照彦様は大喜びをした。

二人はまもなく安斉先生の面前を辞して、矢島さん有本さん黒須さんと順次に廻礼をす

ました。これは皆名刺の配達だった。お部屋へもどったとき、照彦様は、

「内藤君、僕はもう去年の僕と違うつもりだよ」といった。

「どういう意味ですか？」

「勉強する。ここできみと約束する」

「それはなによりありがたいです」と正三君はお辞儀をした。

「きみが帰ってから、僕は毎晩君の夢を見た」

「ははあ」

「たいてい僕が落第してきみが泣く夢だ」

「いやなお夢でございますな」

「きみ、これを見てくれたまえ」

と照彦様は新しい日記帳をひろげてつきつけた。

「拝見してもよろしいんでございますか？」

「うむ。僕の心が書いてある」

「それでは」と正三君は受け取った。

一月一日。晴。ゆうべまた夢を見た。やっぱり落第の夢だ。内藤君が泣いた。僕はおこって、

「おい、泣くな」

とおトンカチでなぐった。内藤君はすぐに死んでしまった。僕は泣きだして、内藤君にかじりついた。目がさめたら、それは枕だった。しかしなんともいえないいやな心持ちがした。僕が落第すれば、内藤君が泣く。泣くばかりじゃない。死ぬかもしれない。大変だ。これは夢じゃない。

僕はこの年からほんとうに本気になって勉強する。

もうけっしてわがままをいわない。

これは内藤君がきたら約束しようと思う。内藤君はほんとうに心配してくれる。家へ帰っていても夢にやってくる。僕は内藤正三を兄さんと思えばいいんだ。

がんばれがんばれ

学校がはじまって、照彦様と正三君はまた忙しくなった。もっとも他の若様がたも同様である。安斉先生が相かわらずきびしいから、予習と自習で夜分はほとんど暇がない。それに当分の間柔道の寒稽古がある。これは早朝未明からだから苦しい。

「いやになってしまうなあ」

と照彦様は不平を鳴らしはじめた。

「なんでございますか？」

と正三君がきいた。もうソロソロぐずをおっしゃる時分と覚悟していたのである。

「僕のところは正月でもおもしろいことがちっともない」

「新年会がおもしろかったではございませんか？」

「あれっきりさ」

「活動へもつれていっていただきました」

「あれはあたりまえだよ、学校の友だちは月に二度ぐらいいっている。僕たちは年に一度じゃないか？」

「カルタ会もありました」

「正月はどこにだってある。あんなものは女に負かされるからつまらない」

「柔道を毎朝習っています」

「あれは勉強だよ。遊びのたしにならない」

「まだなにかありました」

「あるものか。僕のところはだめだよ、正月でもふだんと同じことだ」

「もうお正月はすみました」

「まだ正月だよ。一月中は正月だ」

「理屈をおっしゃれば、それにちがいありませんが、七草までがお祭りのお正月で、それから後はただのお正月です」

「きみこそ理屈をいっているよ」

「そうじゃありませんけれど、これがどこでもあたりまえです」

「なにが？　勉強ばかりするのがか？」

「はあ」

「もういいよ」

「おわかりになりましたか？」

「わからん」

「困りましたな」

「皆でよってたかって僕に勉強ばかりさせる、ほんとうに忠義な奴は一人もいない」

「若様」

「知らん」

「元日のご決心をお忘れになりましたか？」

「知らん」

「本気になってご勉強なさるお約束でした」

「あれはあのときちょっとそんな気になったんだ。もう夢なんか見ないからかまわない」

「若様」

「知らん」

「それなら僕も知りませんよ。若様が中から上でご進級なさらなければ、僕は家へ帰ってしまうお約束でした」

「きみのはいつもおどかしだ、ほんとうに帰らないから大丈夫だよ」

と照彦様はとうてい三日坊主をまぬがれない。もうソロソロ勉強が苦しくなった。

正三君は相かわらず若様のご指導に一生懸命だ。秋からの努力が多少効果を奏したので、はげみがついている。なお新年早々お殿様のお目にかかったとき、特別にありがたいお言葉を頂戴した。

「内藤は今日からかな?」

「はあ」

「早々とご苦労だな」

「はあ」

「今年もたのむ」

「はあ」

「来年もたのむ」

「はあ」

「再来年もたのむ」

「はあ」

「ハッハハハ。はてしがないな。照彦は卒業次第英国へやるつもりだが、その時もたのむ」

「はあ」

「おくも私《わし》も若が一人ふえたと思っている」

とおっしゃって、お殿様は頭をなでてくだすったのである。若とは若様のことだ。正三君たるもの感激せざるを得ない。

照彦様は楽なことがおすきで、苦しいことがおきらいだ。これはだれでもそうだけれど、程度による。照彦様のはきょくたんだ、正三君は半年近くお学友をつとめて、ここに照彦様の弱点があるとさとった。たとえば二人ピンポンをやっていても、照彦様は落ちた玉を拾わない。

「落ちたよ」

とおっしゃる。正三君が拾って、また始める。

「また落ちた」

「はあ」

「そらそら」

「はあ」

と正三君は二人前働かなければならない。勝負がご自分の思い通りにゆく間、照彦様はいくらでもつづけるが、負けがこんでくると、ごきげんがわるい。苦しいことはおきらいだ。

「もうよそう」

「はあ」

「つまらない」

とラケットを台の上へほうりだす。正三君は後かたづけをしなければならない。大弓場《だいきゅうば》へいって弓を引いている間もそうだ。照彦様は楽なことだけをする。すなわち射るばかりで、矢を拾いにはけっしてゆかない。

「若様、今日はすこしあたりがおわるいですな」

「なあに、きみには負けない」

「僕はもう二本あてました」

「僕は三本あてているよ」

「僕は矢数が少ないんですもの」

と正三君は拾いにばかりゆくので、半分しか射る間がない。

「そんなことをいうなら、考えがあるぞ」

「なんですか？」

「矢を取りにいっているとき、射ってやる」

「冗談おっしゃっちゃ困ります」

「きみの頭を射ぬけば、まさかあたりがわるいとはいうまい」

「僕はもう取りにゆきません」

「大丈夫だよ」

「いや、まぐれあたりってことがあります」

「失敬だ」

「ハッハハハ」

「それじゃ二人で十本ずつときめて腕くらべをしよう」

と照彦様が発起する。正三君はもとより望むところだ。尋常の勝負となれば、お相手も張り合いがある。こうもちかけないと、拾いにばかりいかされて、楽なことができない。正三君だってあたりまえの子供だ、苦しいことが天性特別すきな筈もない。

さて、学期初めの問答に戻る。

「照彦様」

「なんだい？　うるさいじゃないか？」

「僕、若様のおっしゃるとおりです」

「なにが？」

「帰りません、帰るというのはおどかしです」

「みたまえ」

「そのかわり今年からはがんばります」

「がんばる？」

「はあ」

「今までだってずいぶんがんばっているよ、きみは」

「もっとがんばります。僕はもう逃げないで、いつまでもお側にいてご忠義をつくします」

「どんな忠義だかいってみたまえ。まちがった忠義じゃ迷惑する」

「安斉先生と同じ忠義です」

「安斉先生は昔の人だから、いろんな忠義をつくしている。どの忠義だ?」

「若様が元日のご決心どおりご勉強なさるようなご忠義です」

「ふうん」

「いけませんか?」

「きみはその忠義をつくしにきたんだから仕方がない。しかしもし僕が勉強しなければ、どうする?」

「さあ」

「帰るんだろう?　やっぱり」

と照彦様は実はこれが一番こわいのだ。

「いや、帰りません」

「それじゃ約束したまえ」

「帰らないお約束でございますか?」

「うむ。僕がどんなわがままをいっても帰らないって」

「帰りません。お約束します」

「僕はおこったとき『帰れ』っていうかもしれない。それでも帰るなよ」

「はあ」

「男子の一言だぞ」

「はあ」

「こう約束してしまえばしめたものだ」

「なぜですか？」

「僕はなまけるかもしれない」

「それじゃお約束が違います」

「きみは帰らない約束をしたけれど、僕は勉強する約束なんかしやしない」

「いや、なさいました。正月の元日になさいました。僕に日記をお見せになって、今年から本気になって勉強するとおっしゃいました」

「あれは決心だよ。約束じゃない」

「いや、内藤がきたら約束しようってたしかに書いてありました」

「書いてない」

「僕は覚えています」

「覚え違いだろう」

「それじゃもう一ぺん拝見させていただきます」

「日記は人に見せるものじゃないよ」

「若様はおずるいです」

　と正三君はくやしがった。

「僕には僕の考えがある。少しは勉強するけれど、きみのいうとおりにはできない」

「…………」

「内藤正三位」

「知りません」

「僕は正三位よりも知恵があるから、計略がうまいんだ。もう帰らない約束をさせてしまった。どうだい」

「…………」

「かわいそうだから、少しは勉強してやるぞ」

と照彦様は自分の修業を人事のように思っている。

「しかしなまいきをいえば、自習もしてやらない。学校も休んでやる。正三位、きみはどうする?」

「切腹します」

「ご短慮、ご短慮」

「実はこうするんです」

と正三君はいきなり照彦様に組みついた。

「なにをする」

「腕力です」

「負けるものか」

と照彦様は争ったが、不意をくらっているからかなわない。すぐに押し倒されてしまった。

「さあ、どうですか？」

「よせよせ」

「よしません」

「痛いよ」

「お首をしめます」

と正三君は習い覚えた柔道の手を応用した。

「苦しい苦しい」

「ご忠義です」

「そんな忠義はない」

「ご勉強なさいますか？」

「しない」

「さあ」

「苦しい」

「どうです？」

「ううんううん」

「さあ、ごへんじを伺います」

「………」

「これでもですか？」

「まいった」

と照彦様は畳をたたいた。

「ただまいったじゃわかりません」

「はなせ」

「はなしません」

「畜生！　内藤正三位！」

「なんですか？」

「ううんううん」

「ごへんじを伺います」

「まいったまいった」

「ご勉強なさいますか？」

「するする」

「ほんとうですか？」

「ほんとうだ」

「それじゃはなします」

と正三君が手をゆるめたとき、照彦様はワーッと泣きだした。

「若様、ごめんください」

と今度はご介抱だ。照彦様は大の字なりに寝たまま、いくらおこしてもおきない。わざ

と声をたてて泣く。この騒ぎに、照常様がお部屋から出てきて、

「どうした？　照彦」

とむろん正三君に嫌疑をかけた。

「申しわけありません」

「喧嘩か？」

「いいえ」

と正三君は首をうなだれた。

「照彦、おきろ」

「はあ」

と照彦様はおきるやいなや、

「こん畜生！」

と正三君をなぐりつけた。

「こら！」

と照常様がとりおさえる。力が強いから、照彦様はいくらあばれても仕方がない。

「エヘン」

と咳ばらいの音がきこえて、安斉先生が学監室からあらわれた。

「どうなさいましたかな？」

「二人で喧嘩です。ばかな奴らです」

と照常様はおとなぶった。

「いいえ、僕がなんにもしないのに、内藤君がいきなりかかってきて首をしめたんです」

と照彦様が泣きながら訴えた。

「内藤君」

「はあ」

「それではきみは若様にお手むかいを申しあげたのですか?」

「はあ」

「不都合千万」

「申しわけございません」

「ちょっと学監室へおいでなさい」

と安斉先生はこわい顔をして先に立った。

正三君は学監室へついていって、先生と向きあったとき、涙をホロホロこぼして、

「先生、申しわけありません」

と面《おもて》をおおった。

「よろしいよ。坐りなさい」

と安斉さんは小声でおっしゃった。

「………」

「わしはここから覗いていた。すっかりきいていた。ご忠義のためよんどころない」

「はあ」

「叱りはしない。坐りなさい」

「はあ」

「お薬になりますよ」

「はあ」

と正三君は涙の中にもうれしかった。

「不都合千万！」

と安斉先生はたちまち大声をたてた。

「はあ？」

「よろしいよ」

「はあ」

「それぐらいのことで若様にお手むかいをするようではお相手が勤まらん」

とまた声をはりあげる。学習室にいる照彦様と照常様にきかせるためだ。

「………」

「君、君たらずといえども……内藤君、心配はいらんよ」

「はあ」

と内藤君はようやく意味がわかった。

「不都合千万！」

「………」

「そういう料簡ではお相手が勤まらん。明日とはいわぬ。今日唯今、帰りなさい。さあ。帰りなさい。自分の家へ帰りなさい」

と安斉先生はわれ鐘のような声をたてた。

「先生」

と照彦様が学監室へ飛びこんだ。

「なんでございますか？」

「僕がわるいんです」

「いや、若様にはお科《とが》はありません。内藤君」

「はあ」

「お殿様や奥様へはわしから申しあげます。荷物は後からとどけます。お父さんへ手紙を書いてあげるから、学習室でしばらく待っていなさい」

と安斉先生はお芝居がおじょうずだ。

「はあ」

と正三君もボンヤリしていられない。幸いありがたい涙が両眼にあふれている。悄然《しょうぜん》として立ちあがった。

「内藤君、待ってくれたまえ。先生、先生」

「なんでございますか？」

「僕が初め冗談半分にうそをついたのです。それで内藤君が本気になったんです」

と照彦様は正直なところをあらまし申したてた。

「それにしても、若様に組みつくという法がありますか?」

「僕が内藤正三位といって、ばかにしたんです」

「内藤君、なぜきみは早く若様におわびを申しあげない?」

と安斉先生が促した。

「若様、申しわけございません。僕は初めは冗談のつもりでした」

「僕がわるかったんだ」

「いや、僕こそご無礼申しあげました」

「いいんだよ、もう、きみ。帰らなくてもいいんだ。僕の部屋へきたまえ。先生、もう仲をよくします。失礼申しあげました」

と照彦様は正三君の手をとって学監室から出た。安斉先生はくずれかけた相好を正して、沈黙を守っていた。

正三君はゆきがかりもあったが、強薬の必要を感じていた。ごきげんばかりとってお相手をしていては若様の成績がおぼつかない。お殿様に直接頼まれて以来、特別に発奮して、機会を待っていたのである。予定の行動だったから、もう下から出ない。照彦様の部屋へいったとき、

「がんばれがんばれ」

と思って度胸をすえた。

「内藤君、きみ、きみ」

と照彦様はあわてていた。

「なんでございますか？」

「きみは帰らない約束だったね」

「帰りません」

「それじゃもう仲直りをしよう」

「ただじゃいやです」と正三君は首をふった。

「なにをあげようか？」

「なんにもいりません」

「それじゃ困る」

「お約束をしてください」

「よし。勉強する」

「それだけじゃいやです」

「さっきはそれだけでよかったんじゃないか？」

「僕はもうご遠慮しません。ご忠義をつくす決心ですから、どこまでもがんばりますよ」

「それじゃどうすればいいんだ？」

「いったい、若様はお考えがまちがっています」

「なに？」と照彦様はまた顔色を変えたが、思いなおして、

「まちがっているところを教えてくれたまえ」

とすぐにおだやかな態度をとった。

「若様は苦しいことがおきらいです」

「それはそうさ」

「楽なことばかりおすきです。それだからいけないんです」

「…………」

「これからは苦しいことを平気でやるようにお約束してください」

「それはむりだよ」

「むりじゃありません。がまんをすれば、苦しいことが楽になります」

「…………」

「僕はもうおせじを使いません。若様は今までどおりじゃとてもだめです」

「苦しいことというと、勉強ばかりじゃないね？」

「たくさんあります」

「僕は損をした」

「なぜですか？」

「さっきは勉強だけだったもの」

「苦しいことを平気でなさるお約束をしてくださらなければ、僕はもういやです」

「帰るかい？」

「帰りません。しかし僕はもうご遠慮しない決心ですから、またさっきのようなことになって、安斉先生に追い出されてしまいます」

「それじゃ困る」

「照彦様」

「なんだい？」

「僕は帰って家から学校へ通う方が楽です。おやしきへあがったばかりの頃は毎晩寝てから泣いていました。黙っていましたけれど、苦しかったです」

「…………」

「それでもがんばっていたものですから、今ではなんともありません」

「…………」

「若様もがんばらなければいけません」

「わかったよ」

「お約束してくださいますか？」

「うむ、僕もがんばってみる」

「がんばれば苦しいことが楽になります」

「うむ」

「それじゃさっきのことはごめんください」

「僕もきみをなぐったのはわるかった」

「おたがいです。しかし僕はこれからがんばりますよ」

「僕もがんばる」

と主従は和解が成立した。

石炭泥棒

授業がすんで先生の姿が戸口に消えるか消えないに、生徒たちはストーヴの側へかけよって、早いもの勝ちにあたたかいところへ陣取る。休憩時間は運動場へ出なければいけないのだが、戸外《そと》は寒い。毎日空っ風がふいて、砂塵をまきあげる。

「先生、僕は喉をいためています」

「よろしい」

「先生、僕はかぜをひいています」

「よろしい」

「先生、僕は流感がなおったばかりですから」

と病人の出ることおびただしい。先生も天候次第で大目に見てくれる。

このストーヴをとりかこんで話すのをストーヴ会議と称する。クラス会みたいなものだ。先生がついていないだけに、遠慮がなくていい。十分の休憩時間が惜しいくらいに早くたってしまう。ありがたいのは雨の日の昼休みだ。天下晴れて語りあう。

しかし学校では昼から石炭を倹約する。十一時の休憩時間に小使いの関さんが武蔵坊弁慶のような恰好をしてはいってくる。兵隊あがりの名物男だ。石炭を持っている時はことに評判がいい。

「関さん」

「関上等兵」

「関閣下」

なぞと皆ごきげんをとって、

「たくさん入れてくれたまえ」

と頼む。

「よしよし」

と関さんはおだてにのって、思いさま入れてゆく。そのかわりにもう廻ってこないから、昼休みにはいつもトロ火になっている。ストーヴの火力がよわると、皆の気焔《きえん》もおとろえる。

「不景気だなあ」

と悲観した。はてが、

「だれかいってこいよ」

と相談を始める。小使い部屋の物置きに石炭が貯蔵してある。大きなのを一塊持ってくるとさしあたりしのげる。

「きみ、いけ」

「いやだよ、関さんにつかまるよ」

「いくじのない奴だな。大西君、きみ、いってこい」

「ごめんだ。僕は関さんに追っかけられた」

「堀口君はどうだ？」

「おれは改心だ」

「皆話せないな。だれか度胸のいい奴はいないか？」

「きみ、自分でいけ」

「僕は一ぺんとっ捉《つか》まったんだ」

「いつ？」

「この間。関さんは力があるからね。もう少しで教員室へひっぱられるところさ」

「危ない危ない」

と皆関さんを恐れている。もう一人の小使いはヨボヨボの爺さんだけれど、関さんは兵隊あがりで腕っぷしが強い。大の力じまんだ。時に軍隊精神を説いて生徒に意見をする。四年生でも五年生でも容赦ない。喧嘩なぞしていると、すぐにとっ捉まえて教員室へひっぱってゆく。

ある日の午後、晴天にもかかわらず、級《クラス》の半数ばかりが教室に居残って、ストーヴ会議をやっていた。先生が廻ってきて、

「皆運動場へ出る」

と注意した時、一同蜘蛛の子を散らすように逃げ出したが、まもなく尾沢生と横田生と篠崎生がコッソリひき返してきた。堀口生が改心して以来、この三人が級《クラス》の不良組を代表している。

「おい、横田」

と尾沢生が目をクリクリさせながらいった。活動で見たアメリカの悪漢のまねだ。

「なんだい？」

「いいことを考えたぞ」

「珍しいね。せっかくお天気が続いているのに、明日雨が降るぜ」

「ばかにするなよ」

「いったいなんだい？」

「例の復讐だ。きみだって去年の恨みをわすれはしまい」

「しかしとてもだめだよ。堀口があちらへついてしまったもの」

と横田生はあきらめているようだった。

「きみはいくじがないね」

「しかしあちらは大勢だ」

「何人いたってかまわないよ」

「よせよせ、喧嘩口論すべからず」

と篠崎生も懲りていた。

「それならいいよ」

と尾沢生はまた目をクリクリさせた。

「…………」

「これじゃ友だちだかなんだかわからねえ」

「…………」

「おれが一人でやらあ」

「なにをやるんだい？」

と横田生がきいた。そうそう黙っていられない。

「なんでもいいよ」

「おこったね」

と篠崎生も少しきのどくになった。

「あまりいくじがないからさ」

「しかし多勢に無勢だぜ」

「何人いたってかまわないよ。一人やっつければいいんだ」

「正三位かい？」

　横田生もおいおい引きこまれる。

「そうさ」

「しかし強いよ。高谷と細井がついている」

「いや、喧嘩をしないでとっちめるんだ」

「なにか法があるのかい？」

「それを考えついたんだ」

「どうするんだい？」

「花岡に恥をかかせてやる。君辱しめられれば臣死す。正三位、切腹するぜ」

「まさか」

「ほんとうに腹を切らなくても、正三位は花岡の成績がわるいと、学友が免職になるんだそうだよ」

「しかしよかったんだぜ、今度は」

「あれはひいきがあるんだ」

「僕もそう思っている」

「あたりまえさ。英語の秋山先生は花岡の家来だもの」

　と篠崎生が主張した。

「いくら先生がひいきしても、わるいことをすれば、操行点が下がる」

「それはそうだけれども」

「いいことがあるんだよ」

「なんだい？」

「これから花岡を石炭取りにやって関さんにとっつかまえさせる」

「なるほど」

「こいつはおもしろい」

と二人とも乗り出した。

「関さんは華族だってなんだって堪忍しない。この級《クラス》のものが一番横着でいけないいっておこっているから、花岡がいってとっつかまれば早速教員室だよ」

「しかし花岡がいくだろうか？」

と横田生が疑問をおこした。

「そこは計略さ」

「どうする？」

「あいつはお坊ちゃんだから、おだてがきく。花岡君はえらいってむやみにほめるんだ」

「おれもやる」

「おれもやるぞ」

「あんな奴の一人や二人、朝飯前だよ」

と尾沢生が得意になって手はずを説明したところへ、今しがた追い出された数名が、

「寒い寒い」

といってはいってきた。花岡の照彦様も寒がりだから、その一人だった。尾沢生は横田生と篠崎生に目くばせをして、

「不景気だなあ」

とストーヴの口を覗いた。

「これじゃ仕方がない。だれか有志はないか？」

と横田生が調子をあわせた。そこへまた二、三人はいってきて、

「寒いなあ」

とストーヴによりそった。

「だれか親切な人はないか？」

と尾沢生が一同を見まわした。

「吉田君、どうだ？」

と横田生は直接勧誘を試みた。

「なにが」

「小使い部屋へいって石炭を取ってこないか？」

「いやだよ」

「度胸がないね」

「なくてもいいよ」

「阿部君、きみはどうだ？」

と篠崎生もあたってみた。しかし敵は本能寺にある。

「いやだよ」

「なぜ？」

「僕はあたるのはすきだけれど、取りにいくのは嫌いだ」

と阿部君が平気で答えた。

「僕もさ」

と共鳴するものがあった。

「感心しちゃった」

と篠崎生が空うそぶいた。

「…………」

「ひどいよ。いつでも僕たちが持ってくるんだぜ。きみたちはいつもただであたっているんだぜ」

と尾沢生が苦情らしくいった。

「…………」

「ずるいよ」

「…………」

「正直なものは損をする。なあ、横田」

「うむ。おれたちはばかさ。皆たちまわりがうまいのさ」

と横田生が受けた。

ちょっとの間沈黙がつづいた後、一人の生徒が急に思いたったように出ていった。

「ありがたいぞ。有志有志！」

と尾沢生が手をたたいた。

「なあに、逃げていったんだよ」

と篠崎生は知っていた。

「おやおや」

「ハッハハハハ」

と皆笑いだした。

「実際不景気だなあ。仕方がない、僕、いってくらあ」

と尾沢生はふたたび横田生に目くばせした。

「僕、いくよ」

「僕がいく」

と篠崎生も主張した。これが予定の筋書きで、

「それじゃジャンケンにしようか？」

「よし」

「ジャンケン……」

と横田篠崎の両名が始めたとき、

「待ちたまえ。皆であたるんだから皆で籤《くじ》にしよう」

と尾沢生はごく自然に計略を導きだした。

「それがいい」

と二人はすぐにジャンケンの拳をひっこめた。この時また一人がストーヴから離れて、戸口へむかった。

「佐藤君、待ちたまえ」

と尾沢生が呼びとめた。

「なんだい？」

「きみは逃げるのか？」

「いいや」

「それじゃどこへゆく？」

「便所だよ」

と佐藤君は出ていってしまった。

「たちまわりがうまいや。花岡君、きみも便所かい？」

と尾沢生があらかじめ念をおした。他のものはどうでもいいのだが、照彦様にゆかれてしまっては、せっかくの苦心が水の泡になる。

「僕は逃げない」

と照彦様が答えた。

「感心感心。やっぱりえらいや」

「そのかわり籤も引かない」

「なぜ？」

「僕は泥棒はきらいだ」

「泥棒じゃないよ。ただ取って来るだけだよ」

「ただ取ってくれば泥棒じゃないか？」

「いや、僕たちは薪炭料《しんたんりょう》を納めているから、物置きの中の石炭は皆僕たちのものだ、自分のものを持ってくるのが泥棒かい？」

「それじゃなぜ関さんがおこる？」

「きみは華族様だから鷹揚だね」

「…………」

「小使いなんて下々のものは石炭を倹約して儲けようとするんだ」

「そんなことはないよ」

「いや、ある。それだから昼からたかないんだ」

「ほんとうかい？」

「うそをつくものか。皆にきいてみたまえ」

「五年級の人もそういっていた。関さんはずるいって」

と横田生が相槌をうった。全く根も葉もないことだから、関さんこそいい迷惑だ。

「四年五年では石炭がないと、腰掛けをこわしてたく。薪炭料を出させておいて寒い思いをさせるんだから、それぐらいのことをやってもいいんだ」

と尾沢生は理屈をならべた。

「………」

「教員室へいってみたまえ。昼からでもたいている。あれは先生だけをよくして、生徒をわるくするんだ」

「………」

「生徒だけ昼から寒くないって法はない」

「………」

「どうだい？」

「そんなことわかっているよ」

と照彦様はソロソロ煙にまかれはじめた。

「文句ばかりいっていないで、早く籤をこしらえたまえ」

と横田生が促した。

「籤はよせよ。考えてみると、僕たちは損をする」

と篠崎生が故障を申したてた。

「なぜ？」

「始終取ってきているんだもの。今日はふだんいかない有志にいってきてもらおうじゃないか？」

「賛成」

と尾沢生が叫んだ。

「僕もむろん賛成だけれど、見わたしたところ、そんな度胸のある人間はいないようだぜ」

と横田生も予定の行動だった。

「戸川君、きみ、どうだ」

「菊池君」

「もう時間がないだろう？」

「あるよ」

「…………」

「内山君」

と尾沢生は順々にきく。

「僕は……ゴホン」

と内山君は咳をした。

「なんだい？」

「ゴホン」

「きみはランニングが速いから」

「かぜをひいているよ」

「そんなことはかまわない」

「今日はだめだ」

「なぜ？」

「ゴホンゴホンゴホン」

「あれ、いってしまいやがった。たちまわりがうまいや。ねえ、花岡君」

と尾沢生は照彦様の顔を見つめた。

「………」

「花岡君、きみはこの頃柔道を習っているってね？」

「うむ」

「強くなったろう？」

「だめだよ。内藤にかなわない」

「内藤君は強いよ。なにをやってもきみとはダンチだっていっている」

「それほどでもないよ」

「相撲もダンチ、柔道もダンチ、ランニングもダンチだそうだ」

「冗談いっちゃいけないよ」

「いや、僕はすっかりききいたよ」

「だれに？」

「内藤君に」

「うそばかり」

「ほんとうだよ。暮れにきみのところで試胆会ってのをやったろう?」

「うむ」

「あれもきいた。きみはあわてて溝《どぶ》へ落ちたってじゃないか?」

「あれは書生だよ」

「とにかく、きみは歩けなくなって、内藤におぶさってきたってね?」

「そんなことがあるものか」

と照彦様は憤慨した。

「かくしてもだめだよ、内藤君が皆しゃべっている」

「きみに話したのかい?」

「うむ。照坊は臆病で、夜になると、便所へも一人でゆけないって」

「失敬な」

「きみ、どこへゆく」

と尾沢生は照彦様の腕をつかまえた。

「内藤にきいてみる」

「家来をいじめたって、ちっとも強いことはない」

「…………」

「きみは内藤君にばかり威張っている。ほんとうの度胸がない」

「あるとも」

「あるなら見せてくれ」

「見せてやるよ」

「喧嘩はよしたまえ」

と横田生がもっともらしく注意した。

「喧嘩じゃあない。花岡君に度胸を見せてもらうんだ」

と尾沢生がいった。

「見せてやるとも」

と照彦様は額に青筋を立てていた。

「それじゃ今すぐいってきたまえ」

「どこへ？」

「小使い部屋の物置きへ」

「…………」

「やあい。関さんが怖いんだろう」

「僕は泥棒はきらいだよ」

「これできみの度胸がわかった。怖ければ怖いと正直にいう方が男らしいぞ」

「怖いものか」

「それじゃいけ」

「いくとも」

と照彦様は歩きだした。

「よし。ついていって見てやる」

「勝手にしたまえ」

「逃げるんだろう？」

「大丈夫だ」

「さあ、いこう」

と尾沢生が先に立った。照彦様はもうのっぴきならない。

「花岡、しっかり！　えらいぞえらいぞ！」

と横田篠崎の両名がおだてあげた。

小使い部屋に近づいた時、尾沢生はたち止まって、

「きみ、安心していってきたまえ。僕、ここで番をしていてやる」

と味方の態度をとった。

「いくつ持ってこようか？」

「取れるだけさ。たくさん取るほど度胸がいいんだ」

「よし」

と照彦様は小使い部屋の物置きへ忍びこんだ。そのせつな、尾沢生は、

「関のばかやろうやあい！」

と叫んで、いちもくさんに逃げだした。関さんは小使い部屋から姿をあらわすと、すぐに物置きへまわった。照彦様が足音をききつけて出ようとしたとき、

「どっこい」

と外から戸をしめて鍵をかってしまった。

改心入道の働き

尾沢生は教室へ帰ってきて、

「ハッハハハハ」

と笑いながら、教壇の机につかまった。

「どうした？」

「うまくやったか？」

と待っていた篠崎横田の両名がストーヴからはなれた。

「ハッハハハ。ハッハハハ。花岡の奴」

「おいおい」

「笑ってばかりいやがる」

「ハッハハハ。まあ、待ってくれ。あんまりおかしくて横っ腹が痛いや」

　と尾沢生はからだをよじのばして、

「物置の中へ締めこまれやがった。関さんは鍵をかってしまった」

　とそのとおりの手まねをした。

「それはうまい」

「大成功だ」

　と横田生と篠崎生が喜んだ。他の数名は顔をみあわせた。舌を出したものもあった。

　不良組の三人がなお話しつづけているところへ、正三君が戸口にあらわれて、教室の中を見まわした。照彦様を探しにきたのだが、いないので、そのまま踵《きびす》をめぐらした。

「おい、正三位！」

「………」

「おいおい。内藤正三位、花岡の家来」

　と尾沢生は戸口まで追っていった。

「………」

「内藤君」

「なんだ？」

　と正三君は初めて答えた。

「きみはだれを探している？」

「だれでもいい」

「それなら勝手にしたまえ。花岡君のいるところなら、僕だけ知っているんだけれど」

と尾沢生はわざとおだやかにいって引き返した。

「おもしろいおもしろい」

と横田篠崎の両名が調子づいて手をたたいた。他の連中も、

「探したってわからない」

と多少おもしろずくになった。

正三君は休憩時間中もたえず照彦様から離れないように心がけている。かりそめにも若様にまちがいがあってはならないと思って、遊びながらもゆだんがない。しかしこの午後はちょっと高谷君と話している間に姿を見失ったので、あわてて探しはじめた。折りわるく照彦様のいない方へばかりいって、最後に教室へきたのだった。尾沢生とは去年の秋の喧嘩以来、どうもうち解けない。知っているといったが、口をきくのがいまいましかったので、そのまままた運動場へ出た。堀口生がポケットへ手を入れて、ノソノソ歩いていたから、

「堀口君、きみは花岡さんを見なかったかい？」

ときいてみた。

「さあ。今ここを通ったよ」

「どっちへいったい？」

「小使い部屋の方へ尾沢君と一緒にいった。いってみようか？」

「しかし尾沢君は教室にいるよ」

「変だね」

　と堀口生は教室をのぞいて、

「おい。尾沢」と呼んだ。

「なんでえ？」

「花岡さんを知らないか？」

「知らねえよ、そんな人は」

「しかしきみは今花岡さんと一緒に歩いていたじゃないか？」

「…………」

「おい。尾沢」

「気に入らねえな」

　と尾沢生はそっぽを向いてしまった。

「なにが？」

「…………」

「おい。なにが気に入らないんだ？　尾沢」

「お前は改心したのはえらいものだが、華族さんにおベッカを使うのはどういう料簡だ？」

「おベッカなんか使やしないよ」

「使っているよ。花岡さんてのはどういうわけだ？　お前も正三位になったのかい？」

「そうか。それはわるかった。それじゃききなおすから、堪忍してくれ。おい。尾沢、きみは花岡君を知っているか？」

堀口生は改心以来人にさからわない。大いに努めている。

「まだ気に入らねえよ」

「なぜ？」

「尾沢とはなんだ？」

「なるほど。これもわるかった。それじゃ尾沢君、きみは花岡君を知っているか？」

「…………」

「おい」

「おいが気に入らねえ」

「モシモシ、尾沢君」

「ばかにするな」

と尾沢生は相手がどこまでも下から出るのを承知でますますつけあがる。

「ばかになんかしやしないよ」

「おれも一ぺんぐらいは尾沢さんと呼んでもらいてえんだ」

「よし。もしもし、尾沢さん、あなたは花岡さんを知っていますか？」

「知っている。花岡君は華族さんで、正三位の殿様だよ」

「なるほど、これはおれのきき方がわるかった。それじゃその花岡君はどこにいる？」

「おやしきは麴町だそうだよ」

「今どこにいる？」

「それならそうと早くきけ。かわいそうに、小使い部屋の物置きの中で泣いていらあ」

「え？」

「華族さんだって石炭泥棒にいってとっ捉まれば牢へ打ちこまれる。関さんはおベッカなんか使わない」

「おい。ほんとうかい？」

「いってみねえ」

「内藤君」

と堀口生がふりかえった時、正三君はもう小使い部屋めがけて駈けだしていた。堀口生も後を追った。

「いってみよう。おもしろいぞ」

と尾沢生始めストーヴにあたっていた連中が教室から飛び出した。

「なんだい？　なんだい？」

とそれを見た運動場の同級生たちもついていった。

「もうしませんから、堪忍してください」

と照彦様の泣く声が物置きからきこえた。正三君は戸の握りをつかんで力一ぱいに引っぱったが、鍵がかってあるから仕方がない。

「照彦様、僕です」

と泣きそうになった。

「もうしません」

「僕です。内藤です。今開けます」

「堪忍してください。もうしません。時間になりますから、堪忍して……」

と照彦様は無我夢中だからきこえない。小使い部屋から関さんが出てきて、

「なんだ？　きみたちは」

と一同を睨みまわした。

「関さん、花岡さんですから、堪忍してください」

と正三君が進みよっておじぎをした。

「花岡さんでもだれでもいけない」

「………」

「石炭を盗むものは先生のところへつれてゆく」

と関さんは承知しない。

「関さん、しっかり！」

と尾沢生がはやしたてた。

「今の声はだれだ？」

と関さんが向きなおった時、尾沢生は首をちぢめた。

「この級のものは皆性がわるい。毎日のように取りにくる」

「関さん、これから皆で気をつけますから、今日だけは堪忍してください」

と級長の松村君が進み出た。

「いけない、仏の顔も三度だ。あんまり人をばかにしている」

「関さん」

と次に堀口生が進み出た。

「おれはテッキリきみだと思っていた」

「やっぱり信用がないや」

「きみが花岡さんをよこしたんだろう」

「僕じゃないです」

「だれだ？　それじゃ」

「知りませんが、花岡さんだってそんなわるいことをする子じゃありません」

「でもこの通り現行犯をとっ捉まえている」

と関さんが物置きの戸をたたいた時、

「もうしませんから、堪忍してください。時間になるう！」

と照彦様が内から泣いた。

「関さん」

と正三君は関さんの手につかまった。

「関さん、このとおりだ」

と堀口生は大地に両手をついた。おじぎをするのかと思ったら、そうでない。そのまま逆立ちをして歩きだした。

「やったやった！」

と関さんは驚いて後じさりをした。関さんは逆立ちの名人だ。連隊長殿が感心して見ていたといって、常に自慢している。

「どうだ関さん。これでも堪忍してやらないか？」

と堀口生は逆立ち歩きをつづけながら真っ赤になって頼んだ。妙なあやまり方があったものだ。

「業あり！」

と関さんは手をたたいて、ポケットから鍵を出すが早く物置きの戸を開いた。照彦様は石炭の上につっ伏していた。正三君がたすけ出した。皆は照彦様の顔の黒いのにあきれて、

「どうしたんだろう？」

というように目と目を見あわせた。これは石炭の中に埋まって泣いていたからだった。

「内藤正三位」と尾沢生がつっかかった。

「なにをする？」

「君辱しめられて臣死す」

「…………」

「切腹しろ」

「…………」

「貴様は忠臣蔵を知らないか？」

「よせ！」

と堀口生がいきなり押した。尾沢生がよろけてきた時、関さんはその腕を捉まえて、

「さあ、教員室へ来い」

といった。

「なんです？」と尾沢生は青くなった。

「なんですもないものだ」

「なんです？　僕は教員室へつれてゆかれるわけがない」

「わしは知っているんだ。文句をいわないでできなさい」

と大力無双の関さんは尾沢生を抱えていってしまった。

尾沢生はつぎの時間中教員室でお目玉を頂戴した。ちょうどよくかまたはちょうどわるく、級担任の橋本先生が手すきだったから、今度のことよりもふだんのことで油を取られた。先生は堀口生の改悛をひきあいに出して、大いに学ぶところあるように、コンコンさとした後、

「これからは気をつけなければいけない。今度こういうことがあると罰ですよ」

「…………」

「わかったら、もうよろしい」

と頷いた。尾沢生は不服そうに小首をかしげて、

「先生」と呼んだ。

「なんですか?」

「この学校は不公平です」

「なぜ?」

「僕は石炭なんか取りません。取ったのは花岡君です」

「花岡は取りはしない」

「取りにきたんです。それですから、物置きへはいっていたんです」

「しかし平常がある、平常が。きみはいつも取りにくるってじゃないか?」

「うそです」

「関が一々帳面につけている」

「しかし捉まったことは一ぺんもありません」

「みたまえ。白状している」

「…………」

「もうよろしい」

「はあ」

と尾沢生は肩を怒らせて、わざと足音をたてながら出てきた。

「困った子だな」

と橋本先生は考えこんだ。

照彦様は叱られなかったが、尾沢生は充分目的を達した。

「花岡はよわい。ボイボイ泣いた」

という評判が現場を見ていなかったものにまで伝わった。横田篠崎の両名は、

「花岡君、ちょっとちょっと」

「なんだい？」

「きみの度胸を拝見しちゃったよ」

「…………」

「もうしませんから、堪忍してください。ああああ」

とからかう。尾沢生にいたっては、照彦様のそばを通る時、

「華族華族カンカラカン。もうしませんのカンカラカン。堪忍してくれカンカラカン」

と歌う。

照彦様はくやしくて仕方がない。ある日の午後、尾沢生は増長して、

「こいつの度胸はカンカラカン」

といいながら、照彦様の耳を引っぱった。

「なにをする」

と照彦様はもう辛抱できなかった。いきなり一つ頰げたをくらわせた。雨降りで、皆ストーヴをとりまいていた。こういう日には得て事件がおこる。尾沢生があっけにとられている中に、

「喧嘩口論すべからず」

と堀口生が割りこんだ。

「よせよせ」

と皆も止めた。ストーヴのそばで始められては危なくて困る。

「覚えていろ」

と尾沢生がいきまいたが、その場は照彦様の撲りどくで物別れになった。

しかしそれで納まる筈がない。睨みあいが数日続いた。尾沢生は相変わらずカンカラカンをやる。気のよわい照彦様は、

「内藤君、僕はもう学校へくるのがいやになった」

といいだした。

「若様、ここで一番がんばるんです」

「どうしても喧嘩になる」

「おやりなさい」

「むこうは大勢だ」

「なあに、尾沢一人やっつければ、あとのものは黙ってしまいます」

「勝てるかしら？」

「がんばれば勝てます」

「きみも手つだうか？」

「むろんやります。ここでがんばらなければ、いつまでもだめです」

と正三君は決心していた。この相談中へ、

「内藤君、それはいけない。きみの考えはまちがっている」と堀口生が口を出した。

「なぜ？」

「喧嘩口論すべからず」

「しかしはてしがない。僕たちはやるんだ」

と正三君は腕を扼した。

「いや、いけない。僕がきれいに仲直りをしてやる。信用して、まかせてくれたまえ」

「カンカラカンなんていわせないようにできるか？」

「骨を折ってみる。僕はこの頃一日に一つよいことをしないと気がすまない。昨日《きのう》もおといも不漁《しけ》だった」

と堀口生は改心以来、一日一善を実行している。なにもない時には往来の犬の頭をなぜてやって、一善として帳面へつける。

やはり昼休みだった。正三君が納得したので、堀口生は尾沢生を運動場の一隅へ呼んできた。

「なんの用だ?」

と尾沢生は虚勢を張って強くきいた。

「物は相談だが、おい、尾沢」

「尾沢とはなんだ?」

「手前は尾沢じゃねえか?」

「お前から呼びずてにされる因縁はない」

「おい、おれとやる気か?」

「………」

「どうもお前はよくないよ」

「よけいなお世話だい」

「やるならやろうよ。改心したって、本気になれば、お前たちの一人や二人は朝飯前だ」

と堀口生は高飛車に出た。元の親分だから、いざとなると押しがきく。

「お前と喧嘩をするとはいわない」

「じゃだれとするんだ」

「わかってらあな」と尾沢生は照彦様を睨んだ。

「お前はそんなことでおもしろいか?」

「なにが?」

「学校へきておもしろいかよ?」

「ちっともおもしろかねえ。癪にさわらあ」

「そうだろうとも。おれも覚えがあらあ」

と堀口生はうなずいて、

「おい、花岡君、こっちへ出てもらおう」

と招いた。

「なんですか?」

「きみはおもしろいか?」

「…………」

「花岡君」

「つまりません。僕は学校がいやになった」

と照彦様は尾沢生を睨んだ。

「そうだろうとも。おれだって察しているよ。なんと物は相談だが、尾沢君に花岡君、もっとおもしろくなる法はなかろうか?」

「…………」

「そんなに睨みっこをするとヒラメになってしまうぜ。ばかばかしいじゃないか?」

「…………」

「おれたちはこれから五年毎日顔をあわせるんだ。おれだけは事によると落第するかもしれないけれどきみたちは大丈夫だ。ここばかりじゃない。都合によっちゃ高等学校も大学も一緒なんだ。おい、どうだい？　いいかげんにして、仲直りをしろよ」

「………」

「きみたちはお坊ちゃんだからいけない。世間てものがわからないから困る。苦労がたりないんだよ。早い話が、きみたちは人を助けたことがあるまい？　おれは自慢じゃないが、尋常科の時に海へ落っこった女の子を助けて、お上からごほうびをもらったことがある」

「川へ落っこった子だっていったぜ」

と尾沢生が揚げ足をとった。

「大川だ。海に続いていらあ」

「海に続いていない川があるかい？」

「まぜっかえすなよ。落っこってアブアブやっているところへ通りかかったんだ。おれは着物のままで飛びこんだぜ、後から考えてみて、自分ながら驚いた。まだ泳ぎを覚えたばかりの時だからね。無鉄砲な話さ。しかし人間てものは感心だよ。かわいそうだと思うと、自分の命なんか忘れてしまう。知らない子でもこのとおりだ。あれを思うと、知った同志が喧嘩をするなんてことは考えられない。尾沢君、きみは花岡君と睨みっこをしていても、花岡君が海へ落ちたら助けるだろう？」

「あたりまえよ」

「花岡君はどうだい？　尾沢君がブクブクしたら助けるかい？」

「助けます」と照彦様はほほえんだ。

「それじゃもういいじゃないか？　仲直りをしたまえ」

「します」

「尾沢君、きみは？」

「してもいい」

と尾沢生は苦笑いをした。堀口生は年長だけにしゃべりだすとナカナカ巧者で、結局二人を和解させた。

尾沢君と花岡君

中直り

一日一善　堀口改心入道

と堀口生が黒板に書いておいた。教室へはいってきた面々は、

「やああ！」

と喝采した。正三君はチョークを取って、堀口改心入道に○をつけた。

堀口改心入道

「賛成賛成！」

と皆叫んだ。

「この字が違っている」

といって、松村君が中を仲に直した。

仲直り

「賛成！」とまた手をたたく。

「なるほど人間同志だから人《にん》ベンか。ハッハハハ」

と堀口生は笑っていた。以前はおこったものだが、大分りこうになった。

先生がはいってきた。習字の土井さんでナカナカのやかまし屋だ。むずかしい顔をして、黒板をふき清めて、

「諸君、落書きをしちゃいけませんぞ」

冬の夜の学習室

花岡伯爵家の学習室は安斉先生ががんばっているといないで空気がちがう。他の先生がたばかりだとはなはだ楽だ。ご長男の照正様が時計を見上げて、

「先生、今晩はこれだけに願います」

と申し出れば、一も二もない。先生がたは、

「それではこれまでといたしましょう。よくご精が出ました」

といって、おじぎをする。しかし安斉先生が控えていると、皆一生懸命だ。若様がたもゆだんがならない。ちょっとわき見をしても、

「エヘン」と来る。

「エヘンエヘン。散乱心を戒めてえ」

安斉先生のおっしゃるとおりにすると、少しも息をつく間がない。学期初めには、

「若様がた、学期は初めが一番大切でございますぞ。第一週のご勉強が第二週の基礎になります。第二週のご奮発が第三週の土台になります。第三週をご辛抱なさると、それから後は習い性となって、行路坦々、ご自習が苦になりません」

とおっしゃる。しかし学期半ばになると、

「若様がた、学期は中頃が一番大切でございますぞ。山なら頂上に達した時です。登るおりは気がはっていますから、案外にけがあやまちがありません。ようやく登りつめて、やれ安心と思った時がかえって危険でございます。高いだけに落ちるとひどい。唯今はちょうど学期半ば、ごゆだんがあってはなりませんぞ」

とおっしゃる。それから学期末にかかると、

「若様がた、学期はおわりが一番大切でございますぞ。これは試験があるのでもおわかりでしょう。おわりを全うしなければ、今までのご勉強がお役に立ちません。学期末になまけてわるい成績をとるものは、それ、『百日薪《たきぎ》を積み、一日にしてこれを焼く。百日これを労し一日にしてこれを失う』と申して、世上の物笑いになりますぞ」

とおっしゃる。要するにいつでも一番大切なのだ。学期中は初めも中頃もおわりも一様に勉強しなければならないから苦しい。

最近、安斉先生がかぜをひいて三日休んだ時、学習室はややくつろいだ。

「先生はよほどおわるいとみえる。明日おいでにならないようだと困るな」

と照正様が心配そうな顔をした。

「ご老体ですから肺炎をおこすかもしれませんよ。すると今学期中お目にかかれますまい。困りますな」

と照常様は指を折って日数を数えた。

「おなくなりになると、来学年もだめでしょう。ほんとうに困る」

と照彦様は時計を見上げた。

「大丈夫でございますよ」

と正三君がつい口を出した。

「どうしてわかる？」

と照正様はあまり感心しないようだった。

「僕、夕刻ちょっとお見まいにあがったんです」

「およろしいのか？」

「はあ。しかしまだお咳がとれませんから、ご遠慮申しあげて、もう一日お休みになるようでございます」

「あさってからおいでになるんだね？」

「はあ。しかしあさっては日曜です」

「うむ。そうそう。これはありがたい」

「ごむりをなさらない方がいいね」

と照常様がいった。

「早い。かぜの方で逃げる」

と照彦様が警句をはいたので、一同笑いだした。

まもなく照正様が、

「矢島先生、どうでしょうか？　今晩はこれぐらいのところにしておいては」

と時計を見上げた。

「もうソロソロ九時ですから、けっこうでございましょう。ナカナカご精が出ました」

と矢島先生はおじぎをして、英語の教科書をとじた。

「この時計はすこし進んでいやしませんか？」

と数学の黒須先生が自分の腕時計と見くらべて首をかしげた。

「ハッハハハ」

と照彦様が両手で頭をおさえて笑った。

「こらこら！」と照常様が叱った。

「だいたいこれぐらいの時刻でしょう。お寒い晩ですから」

と国語漢文の有本先生は寒ければ時計が早く進むようにいって、

「それでは照彦様、よくご精が出ました」

とおじぎをした。黒須さんが多少がんばるだけで、ほかの二人はごきげんとり専門だ。

若様がたは安斉先生がいるとすぐにめいめいお部屋へひきさがるが、ほかの先生がたばかりだと自習後うちとけて話しはじめる。

「矢島先生」

と照常様がニコニコしながら呼びかけた。

「なんでございますか？」

「僕、昨日おもしろい魔法を覚えてきました。先生を試験してあげます」

「それはそれは」

と矢島先生はごく人柄がいい。

「英語ですよ。ブラック・アートというんです。なんとお訳しになりますか？」

「照常」と照正様がさえぎった。

「なんですか？」

「先生にむかって試験なんて失礼だぞ」

「冗談ですよ」

「冗談でもいけない」

「それじゃ照彦、お前にきこう」

と照常様は上でいけなければ下にむかうより外なかった。

「知りません」

「知りませんて、なにをきいたのかわかっているのか?」

「わかりません」

　と照彦様はどうせむずかしいことだろうと思って、相手にならない。

「ブラック・アートだよ」

「…………」

「ブラック・アート。お前は英語を習っているじゃないか? どういう意味か一字一字考えてごらん」

「考えてもだめです」

「仕方がない奴だ」

　と照常様はあきらめて、

「内藤君、きみはわかるだろう?」

　と正三君にきいた。

「ブラックは黒です。アートは術です」

「それで?」

「黒術《くろじゅつ》」

「ハッハハハ。黒術ってなんだい?」

「わかりません」

　と正三君は残念だったが、兜をぬいだ。

「教えてやる。魔法のことさ。先生、ブラック・アートは魔法ですね?」

と照常様は矢島先生にたしかめた。

「そうです。魔法か手品です」

と先生が答えた。

「みたまえ。魔法だ。覚えておくんだね。試験に及第するよ」

「はあ」と正三君はうなずいた。

「実におもしろいんだよ。なんでもあたる。皆きっと感心する」

「ここで一つ余興にやってみたらどうだい? 今夜はゆっくりでいい」

と照正様が仰せ出された。先生がたは迷惑でも仕方がない。もっともあるいたずらものが時計を二十分進めておいた。

「それじゃさっそくながら実演をごらんにいれます。内藤君、ちょっと」

と照常様は正三君を呼んで、しばらく耳打ちをした。正三君は続けざまにがてん首をした後、

「わかりました」とほほえんだ。

「始めます。さあ、内藤君、目をつぶっていたまえ。照彦」

「はあ」

「お前はなんでもいいから、指でさす。それを内藤君が後からあてるんだ」

「なにをさしましょう?」

「なるだけわからないものがいい」

「さあ」

「早くさせ」

「これ」

と照彦様は自分の鼻をさした。

「よし、インプインプ」

「………」

「内藤君、インプインプといったらきみは目をさますんだよ」

「はあ」

と正三君は顔をおさえていた手をはずして目をあいた。

「インプというのは魔物のことだよ」

と照常様は説明して、

「さあ。インプインプ、照彦がなにをさした？」

ときいた。

「………」

「このテーブルか？」

「違います」

「その電燈か？」

「違います」

「黒須先生のおめがねか?」

「違います」

「おひげか?」

「違います」

「照彦の鼻か?」

「そうです」

と正三君はあてた。

「もう一ぺん」

と照彦様は所望して、今度はストーヴをさした。

「インプインプ、照彦がなにをさした? そこにある石炭か?」

「違います」

「ストーヴか?」

「そうです」

と正三君はまたあてた。

「もう一ぺん、内藤君、つぶりたまえ」

というが早く、照彦様は正三君をさした。正三君はこれもあてた。

「さて、わからない」

と矢島先生が首をかしげた。

「摩訶不可思議です」

と有本先生が調子をあわせた。

「なあに、これは順番かなにかで手はずがきめてあるんですよ」

と黒須先生はさもありそうなところにけんとうをつけた。

「そんなことはありません」

と照常様が否定した。

「目くばせですか?」

「違います」

「それではここにないものをさしてもあたりますか?」

「なんでもあててごらんにいれます」

「一度もおききにならないで?」

「それはむずかしいです」

「ごらんなさいませ。ハッハハハ」

「そこがブラック・アートですよ」

と矢島先生はわからないくせに応援する。

「最初おききになる時、さしたものをチラリとごらんになるんでしょう」

「そんなことはありませんよ。なんなら僕も目をつぶっていてきいてもいいです」

「それではここに全くないものをさしますが、いかがでございます?」

「あてます。内藤君、なくてもあてるね?」

「はあ。なんでもござれです」

と正三君は大いばりだった。

「きこえるといけませんから、書きます。内藤君、目をつぶってください」

と頼んで、黒須先生は数学に使った紙のはしに「動物園の河馬」と鉛筆で書いた。

「嫌疑がかかるから、僕も目をつぶってやります。内藤君、きみもそのまま答えたまえ」

とことわって、照常様は、

「インプインプ、黒須先生がなにをおさしになった?」

「…………」

「動物園にいるものだ」

「お教えになっちゃいけません」

と黒須先生は目を見はっていた。

「虎か?」

「違います」

「ライオンか?」

「違います」

「象か?」

「違います」

「熊か？」

「違います」

「河馬か？」

「そうです」

　と正三君は目をつぶったまままあてた。

「恐れいりました」と黒須先生は降参した。

「内藤君、教えてくれたまえ」

　とさっきから羨ましそうにしていた照彦様が引っぱった。

「照常様、申しあげてもよろしゅうございますか？」

「僕が説明する。先生、これは内藤君のいわゆる黒術《くろじゅつ》です」

「黒術と申しますと？」

「黒いものの後が本物です」

「ははあ」

「河馬は熊の後でしたろう？」

「なるほど」

「ブラック・アートすなわち黒後《ブラックあと》です」

　と照常様は得意だった。

「英語でしゃれをいったね。あっぱれあっぱれ」

と照正様がほめた。皆大笑いをして、有本先生が、

「これは近頃めずらしい学問をいたしました。いくえにもお礼申しあげます。早速家へ帰って、家内中を驚かしてやりましょう」

とまず立ちじたくをした。それをきっかけに、他の先生がたも、

「若様がた、それではこれでごめんこうむります」

といって、帰っていった。

安斉先生は思ったよりも重くて、月曜にもおいでがなかった。

「内藤君、どんなご様子かお見まいにいってきたまえ」

と照正様が命じた。正三君はそれでなくても案じているから、早速伺ってきて、

「もうほとんどおよろしいんですけれど、お咳がとれないそうでございます」

と報告した。

「ご老体だから、ごむりをなさるといけない」

「そう申しあげました」

「お目にかかったのか?」

「いいえ、奥さまにそう申しあげてまいりました」

「よろしい。ご苦労」

と照正様は安心した。

「ここ二、三日は大丈夫です」

と照常様が喜んだ。

「なにが？」

「楽ができます」

「ばかだな」

「時計をもう十分進めましょうか？」

と照彦様が調子づいた。安斉先生がおいでにならないと、学習室は時間まで狂ってくる。

そのつぎに正三君が見まった時は、

「おかげさまで今朝からおきました。なんならちょっとお上がりくださいませんか？」

と老夫人がイソイソしていった。

「いや、照彦様が待っていらっしゃいますから、これで失礼いたします」

「お目にかかりたいと申しておりましたから、ちょっといかがでございますか？」

「いや、ご老体でございますから、どうぞお大切に」

「内藤君かい？」という声が奥からきこえた。

「はあ」

「お上がり」

「どうぞ」

とおくさんもすすめるので、正三君はもう仕方なかった。上がっていった。

「先生、いかがでございますか?」

と初めて直接にお見まいを申しあげた。

「この間から度々ありがとう。おかげさまでもうこのとおりよくなった」

「結構でございました。しかしご老体でいらっしゃいますから……」

「ばかをいっちゃいけない」

「はあ?」

「老体だから、命をおしまん。今晩から出仕いたしますぞ」

「………」

「どんな具合だね? 学習室は」

「皆様ご勉強でございます」

「安心した。今朝も有本先生がおいでになって、ナカナカご精が出るようにおっしゃった」

「………」

「学校の方はどんなお具合だね?」

「おかわりございません」

「そのなんとかいう悪い子とのお喧嘩はどうなりましたか?」

「もうすみました」

「おやりになったか?」

と安斉先生はひざを進めた。

「いいえ、堀口改心入道というものが間にはいって、もうすっかり仲よしになりました」

「それはよろしい」

「もう級《クラス》の中で照彦様のことをかれこれいうものは一人もありません」

「ご苦労でした」

「いいえ」

「なに入道？　その仲裁をしてくれた子は」

「改心入道でございます」

「ははあ」

「不良だったのが改心したんです」

　と正三君は昨今堀口生に感心しているところだから、最初からのいきさつを説明した。堀口生が改心したのは正三君のおかげである。そうしてそれが今回照彦様の好都合になった。ただし正三君は自分の手がらをぬきにして、照彦様本位にくわしく物語った。

「長々ご苦労でした」

「いいえ、いっこう」

「ところで、若様のお成績ですが、ご進級はむろんお叶いでしょうな？」

「大丈夫でございます」

「ご進級の上、中どころの席次をおしめになるようなら、申し分ありません」

「もうほんの一息でございます」

「とうとうこぎつけましたかな？」

「はあ」

「長々ご苦労でした」

と安斉先生は目をとじた。正三君はこの長々という意味が解しかねて、

「先生」

と呼んだ。

「なんですか？」

「私はこの上ともご奉公を申しあげる決心でございます」

「そこですよ」

「はあ？」

「内藤君、実はわしはこの間きみの兄さんに泣かされました」

「兄が伺いましたか？」

「おいでになりました。きみを返してもらいたいとおっしゃいます。理路整然、えらいものです。敬服いたしました」

「…………」

「正三には正三の天分がある。照彦様には照彦様の天分がおありです。どっちをどっちの犠牲にしても天下国家のためにならん」

「…………」

「わしは目が覚めたような心持ちがしました。ご道理です」

「…………」

「内藤君、これが昔なら、私たちはなにをおいても若様を守り立てなければなりません。しかし時世は一変しました。内藤正三は一番内藤正三らしい人間になるのが天下国家のためです。花岡照彦は一番花岡照彦らしい人間になるのが天下国家のためです。わしは考えが違っていました。しかしあやまちを改むるにやぶさかでない。内藤君、お学友の役目は今学期かぎりでといてさしあげますぞ」

「先生」

「なんですか?」

「僕は照彦様と仲よしですから、帰りたくないです」

「ご交際とご指導は相かわらずお願い申しあげたい。しかしこの上責任をおわせることはしのびません。今までのところは後日おりをみて、わしからご両親へ謝罪申しあげます」

「とんでもないことでございます」

「いや」

「とにかく、僕は若様にご相談申しあげます」

「立場をかえてご自由におすすめくださる分にはさしつかえありますまい。まだしばらく間のあることですから、一度ゆっくりお宅へ伺って、しかるべくとりはからいましょう」

「どうぞよろしく願います」

「若様がたへ老体今晩から出仕、ごゆだんなりませんぞと申しあげてください。ハッハハハ」

「はあ。それでは」

と正三君は一礼して立ち上がったが、涙がホロホロこぼれた。

佐々木邦の秘密

解説
松井和男

一

八十歳の邦は、最後の著書になったエッセイ集『人生エンマ帳』の出版を機に受けた朝日新聞のインタビューに答えて、自身の人生についてこう語っている。

「べつにユーモア作家になろうと思ったわけじゃない。英語の教師をやってたんだが、金がなくてね。翻訳のアルバイトに精を出して、いつの間にか自分でも書きたくなって……。しかし、きっかけといえば、やはりマーク・トウェーンを読んだことですね」(「著者と一時間」)

たった三行の人生！　しかし、邦の孫である筆者は、邦の父親（明治十九年、田舎の大工ながらドイツに留学した）にまで遡る評伝（『朗らかに笑え〜ユーモア小説のパイオニア・佐々木邦とその時代』講談社）を書いたにもかかわらず、その三行に大きくはつけ加えるべきことを知らない。

ただ何かあるとすれば、青山学院と明治学院という二つのミッション・スクール、それも都塵《とじん》を離れた寄宿舎で青春を過ごしたことだろう。そのため、邦は明治十六年生まれの生粋の明治の子でありながら、立身出世に象徴される時代のイデオロギーと距離を置くことができたのである。ついでに補足しておけば、英語教師はミッション・スクール出がありつける貴重な職業で、邦は朝鮮の商業学校を振り出しに旧制の第六高等学校と慶応義塾大学予科で教壇に立ち、教師生活は二十年以上に及んだ。『人生エンマ帳』に本人が書いているように、その人生は「前身が英語の教師、あとが文筆業ということに尽きる」のである。

「しかし」というべきか、「にもかかわらず」なのか、よくわからないが、いたってシンプルな人生と四十代からの遅い作家スタートに比し、邦が生涯に書いたユーモア小説（少年少女小説も含む）の数は、雑誌に数ヵ月以上連載した中・長編だけで八十本以上、短編も入れると三百本超と膨大な数にのぼる。

ちなみに、あまりの人気に講談社が急きょ全十巻の個人全集を出したのは、昭和五年から六年にかけてで、邦は本格的に小説を書きはじめてまだ五、六年目だった。月報の「愛読者の声」には、こんな投書が並んでいる。

「なんて素晴らしい人気なんでせう！　いの一番に買つた私はすつかり嬉しくなつて了ひました」「書店の『佐々木邦全集』の広告旗を見ると急に私達の街までが明るくなつた気がしてよ」

さて、そうなると浮かんでくるのが、なぜ、邦は、読者の圧倒的な支持を集める小説をかくも量産できたのかという疑問である。しかも、邦は、小説の舞台を、家庭や学校、会社など、同時代の日常に限定しているのだ。ユーモア文学の師と仰ぐマーク・トウェインが、主人公を自在に過去へタイム・スリップさせ、果ては天国まで小説の舞台にしたというのにである。ますます謎は深まるばかりだ。

この解説は、謎の解明を目指すわけではないが、邦の創作の秘密にいくらかなりと切り込んでみたいと思っている。

二

「苦心の学友」は、昭和二年の十月から四年の十二月にかけて「少年雑誌の王様」として圧倒的な人気を誇った講談社の『少年倶楽部』に連載され、翌年の三月には単行本化された邦の代表作の一つである。連載中にしろ、単行本になってからにしろ、多感な少年時代に読んだことから長く記憶に残り、佐々木邦といえば「苦心の学友」を思い出すという人は多い。

邦にとっても、『少年倶楽部』での初めての連載であり、連載開始から間もなく慶応の教授を辞し、四十五歳にして筆一本で立つ決意をしているから人生の転機になった作品といえる。

『少年倶楽部』への連載を邦に依頼した編集長の加藤謙一はこんな回想を残している。当時の『少年倶楽部』は、吉川英治の「神州天馬侠」、大佛次郎の「角兵衛獅子」、佐藤紅緑の「あゝ玉杯に花うけて」という三本の連載が雑誌の人気を支えていたが、「もう一本大柱が要ることに気がついた。滑稽物語である。男の子は勇ましい話を好み、女の子は悲しい物語を好むと大別されるが、滑稽物語だけは男女共に好む。それほど滑稽ものの功徳は大きい。そこで、佐々木邦さんをたずねて、滑稽小説を書いてほしいと頼んだところ、『私は諧謔小説は書くが、滑稽小説というものは書きません』と、きつい調子で断わられた。（中略）諧謔というのはユーモアであり、滑稽というのは〝おどけ〟〝ふざけ〟に通ずる。『味噌となんとかをいっしょにされては困ります』と、おだやかに解明される」。改めて「その諧謔小説で結構ですからどうぞ」と頼み直した結果、生まれたのが「苦心の学友」だったというのである。（『少年倶楽部時代』）

主人公は中流家庭に育った内藤正三君という中学一年生。内藤家にとっては旧藩主である伯爵家の三男・照彦様の学友に選ばれ、お邸で一緒に生活しながら、同じ中学に通うことになる。正三君は優等生だが、照彦様は我儘な劣等生。照彦様によい感化を与えることを期待された正三君の健気な奮闘が、華族制度への批判を隠し味に描かれていく。

詩人の清水哲男は、普通の少年が華族の生活に飛び込む設定を指して、この「いささかの脱日常的な味付け」は、「吉川英治や大佛次郎の傑作を横目に見ながらの連載執筆」に邦が見せた意地であり、「主人公の目を通して、読者にはうかがい知れぬ華族の暮らしぶりをレポートすることで、少年たちの興味と関心を持たせようとした」と指摘している。(『少年小説大系』月報29「佐々木邦ランドの楽しさ」)

では、当の少年たちは「苦心の学友」をどのように読んだのだろう。大正十二年生まれの作家・池波正太郎の回想である。

　私ども年代の男たちが、佐々木邦氏の小説になじんだのは、なんといっても少年倶楽部に連載された「苦心の学友」や「村の少年団」など、少年向きのユーモア小説からであった。

　その人気というものは、漫画や劇画に夢中になっている現代の少年たちからは、

「想像もつかぬ……」

ほどのものだったといってよい。

中でも「苦心の学友」は、私どもを熱狂させた。

当時は、日本の階級制度があって、主人公の少年は、父の主家にあたる伯爵家の「若様」の学友となるわけだが、私どものような東京の下町に育った少年たちにとって、佐々木氏の小説が知らず知らず、笑いのうちに、

「大人の世界」

へ、みちびいてくれることが、たまらなく好奇心をそそったのである。

（『佐々木邦全集』月報4「名刺」）

毎月の発売日に雑誌を手にした興奮が伝わってくるが、「苦心の学友」に熱狂したのは「大人の世界」にたまらなく好奇心を誘われたからだという。好奇心の対象は直接的には、下町っ子には縁の薄い山の手のお邸での華族の生活だろうが、それを「大人の世界」と呼んだのは、階級制度のうえになりたつ社会のカラクリを小説が伝えてくれたからだと思われる。

作家ですぐれた文芸批評家でもあった丸谷才一も、子供のころから邦の小説に親しんだ一人だが、「苦心の学友」を「社会小説」として高く評価している。

「『少年倶楽部』で僕も読んだんだけど、『苦心の学友』という作品がある。これが、旧藩主の息子の学友になった普通の家の子がいろんな苦労をするという話で、ユーモアも交えて当時の社会の構造をうまく書いてある。社会小説をああいう形で書いた人はほかにいませんね」（『文学全集を立ちあげる』）

丸谷がいう「当時の社会の構造」とは、封建的な主従関係や身分制の残る社会のことで、「古風な城下町に育った平民の子」だった丸谷は身をもってそれを体験したという。

ちなみに、その城下町とは山形県の鶴岡市のことで、邦自身は静岡県の平民の子だが、妻の小雪は鶴岡を本拠地とする庄内藩士の娘だった。庄内藩は藩主・家臣・領民の結束が固いことで知られているし、邦の家には小雪の兄弟や親戚がよく訪ねて来たというから、彼らに触発されたとしても不思議ではない。見逃されがちだが、邦のユーモア小説は、身近な社会に目を向け、それをまじめに研究することからも生まれていたのである。

三

小説は、かつて内藤家が仕えたお殿様である花岡伯爵から古風な文面のお召しが速達で届くところからはじまる。お邸に参上し、三男の正三君を伯爵の三男のお学友にというご依頼を受けた内藤さんは、すっかり舞い上がり、家に帰ると、有難い話を伝えるのだから「袴をはいてこい」と正三君に命じる始末である。しかし、次男の帝大生祐助君は、肝心なのは正三君のためになるかどうかで、お殿様の身勝手な要求に従う必要はないといたって冷静だ。

「お殿様は昔のことです。今日では知人にすぎません。まったく対等ですよ。特別の契約を結ばないかぎり、権利義務の関係はありません」

と祐助君は法科大学生だ。

「権利義務の関係がないからといっても、おじいさんの代まではいわゆる三代相恩の主君だったじゃないか？　我々が今日あるのもみな伯爵家のおかげだよ」
「いや、おことばを返してはすみませんが、これぐらいの今日は平民にもあります」
「どうもおまえは思想がよくないよ」

殿様と家来もいまでは対等。頭でわかってはいても、大人たちは「恩」や「おかげ」の世界から抜け出せない。そこに祐助君がつきつける「これぐらいの今日は平民にもあります」の一言。身も蓋もないが、真実だ。「どうもおまえは思想がよくないよ」と、お父さんもぼやくほかはない。かくして「デモクラシー」と「忠君」の相克という隠れたテーマを提示して、小説は始まる。

小説が書かれたのは昭和二年、まだ大正の自由な風が吹いていたはずである。伯爵夫妻もその風に触れて、「ごく平民的にご教育なさるおぼしめし」で、三男の照彦様を普通の私立中学に入れた。しかし、私立中学の生徒は、照彦様の兄二人が通う学習院と異なり、玉石混淆だ。照彦様がクラス・メイトを邸に招くにも、慎重に人選しなければならない。伯爵家の教育指導主事である安斉先生は正三君にいう。

「学習院と市井の私立中学校とは同日に論じられません。照正様や照常様のところへおいでになるのは島津様でなければ毛利様、松平様に久松様、鍋島様に堀田様、どうまちがってもみんな天下の諸侯です」

「はあ」

「私立学校は民間ですからなにがくるかわかりません。（後略）」

しかし、中学生の正三君は家柄などあまり意識したことがない。照彦様のためになんとかクラス・メイトを招きたい正三君は、知恵を絞って安斉先生の詮索に答えていく。

「何様のご家来ですか？」

「細井君のところは三井様のご家来らしいです」

と正三君はほほえんだ。

「三井様という大名はない」

「三井銀行へ出ているんです」

「それなら銀行員です。浮浪人よりもよろしい。もう一人は何様のご家来ですか？」

「白木様のご家来です」

とまたまた窮策《きゅうさく》だった。

「白木様？　これも聞いたことのない大名ですな」

「白木屋の店員です」

「内藤君はナカナカやるな」

と安斉先生は笑いだした。

白木屋とは日本橋にあったデパート。ここで笑われているのは、直接的には正三君の窮余の策、いじましいこじつけだが、間接的には身分や家柄へのこだわりの虚しさ、バカバカしさである。後者の観点に立てば、安斉先生は正三君に一本取られたわけで、先生の笑いは自嘲ということにもなる。その笑いは小説の主題と密接なつながりをもち、「おどけ」や「ふざけ」の笑いとは一線を画している。

邦は「私は諧謔小説は書くが、滑稽小説というものは書きません」と、『少年倶楽部』の編集長をたしなめたが、両者の違いもその辺にあるのだろう。

丸谷才一によると、「イギリス文学の慣習によれば、社会小説とは喜劇的な小説のことなのだ」(「男の小説」)し、邦も「ヂッケンズ(Dickens)が英国のユーモア文学の最高峰たることに異説は存するまい」(昭和六年版『全集』月報)と書いている。マーク・トウェインによって文学に目覚め、漱石の「猫」と「坊っちゃん」を最後に日本の小説は読まず、「英語の教師が日本語を読むのは時間の無駄」と英語の小説ばかりを読んできた邦は英米の「喜劇的な小説」を範に小説を書き、「ユーモア」という言葉がまだ一般的でなかったため、それを「諧謔小説」と呼んだのである。

四

「デモクラシー」と「忠君」の相克というテーマが前面にでるシーンがある。発端はクラスのいじめっ子たちが正三君のことを「花岡の家来」とからかったことで、担任の橋本先生はそれをいさめて、自分も「毛利様の家来」だが、「家来たることは恥」とは思わないと説いているうちに、エスカレートして、「家来でないものは平民だけです。平民は家来以下です。昔は物の数にもはいらなかった。しかるにこの頃はどうも平民がのさばっていけない。王政維新はだれがやったと思いますか？」「平民はいっこうあずかっていませんと士族意識がむき出しになる。そこを、落第生のいじめっ子堀口生に「先生、士族の方が平民よりえらいんですか？」とつっこまれる。「いや、そんなことはない」、慌てて否定した先生は、こう話しはじめる。

「この級には華族も士族も平民もいる。しかし一切平等だ。だれがえらいということはない。地理の先生から見れば地理のできるものが一番えらい、英語の先生から見れば英語のできるものが一番えらい。しかしおたがいにもっと眼界を広くして、もっと大きいところから見なければいけない。日本ぜんたいから見ると国家の役に立つ人間が一番えらい。世界ぜんたいから見ると人類同胞に貢献するものが一番えらい」

邦が作品にこめたメッセージだが、「役に立つ」対象が「国家」にとどまらず、「人類同胞」にまで広がっていくところに邦のヒューマニズムを強く感じる。

もう一つ注目したいのは、「平等」を語る橋本先生が階級意識から抜け出せないでいること。矛盾があるのが人間。矛盾を抱えつつ理想を説くから、かえって説得力が増すともいえるわけで、ここでも微妙なバランス感覚が働いている。

邦の小説に現れる哲学について大掛かりな分析をした哲学者の鶴見俊輔は「佐々木の生涯を支える哲学が、天皇制に反対する共和主義」で、「若いころの日記は、佐々木夫人が危険をおそれて焼いてしまったといわれる」と『新潮日本文学辞典』に書いている。日記に関する記述の根拠はわからないが、該当すると思われる日記はちゃんと筆者の手元に残っていて、十九歳を目前にした明治三十五年四月二十七日の日記にはこう書かれている。

大和魂等と云ふ勝手な都合よき魂はある可からず、若し其れ人を殺すのが上手にて天子を拝むが上手、而して勇気あるふりをするを以て大和魂と云はば然らんのみ。君主天子等は如何なる点より思ふも人道と衝突す。

人殺しと天皇を拝むのが上手、それで勇気あるふりをするのが「大和魂」であり、君主も天子も人道に反する。過激な文章には幸徳秋水や内村鑑三の「非戦論」の影響があったと思われるが、邦の哲学は戦前、戦後を通して一貫していた。これは、華族制度について書いた戦後のエッセイである。

華族という特権階級の中には、昔の殿様やお公卿様がいる。一種の飾り物と見做して害のないもの、ように考える人もあるだろうが、それは大きな間違だ。すべての不合理には常に絶大の危険が潜んでいる。（「特待を好む心」）

邦によれば、その「不合理」には、「建国の神話を歴史として扱う狂気」や、「八紘一宇の妄想」も含まれる。「苦心の学友」の華族制度批判には、邦のラディカルな哲学も内包されていたのである。

五

「苦心の学友」の単行本の表紙には、禿頭に顎髭を長く伸ばした安斉先生の顔が中央に描かれ、それを上下にはさんで照彦様と正三君の顔が配されている。安斉先生こそ陰の主役といっていいかもしれない。

先生は「メンタル・テスト」を「メントル・テスト」と覚えているが、「ドクトルということはあるがドクタルということはありますまい」というのが先生の理屈だ。横文字や流行にはめっぽう弱く、時代錯誤ぶりがしばしば笑いを誘うが、漢学の深い教養をもち、自分の頭でものを考える珍しい大人で、正三君の努力も辛さも理解している「情の人」でもある。そして、学年も終わりを迎えるころ、先生は正三君の兄の訴えを聞き、こう決断する。

「しかし時世は一変しました。内藤正三は一番内藤正三らしい人間になるのが天下国家のためです。花岡照彦は一番花岡照彦らしい人間になるのが天下国家のためです。わしは考えが違っていました。しかしあやまちを改むるにやぶさかでない。内藤君、お学友の役目は今学期かぎりでといてさしあげますぞ」

理屈でいえば、「デモクラシー」が「忠君」に勝ったわけだが、一番偏屈そうに見えた人物が一番柔軟な思考の持ち主だったという落ちにもなっていて、年齢や立場を超えた人間の共感にホロリとさせられる。

ホロリといえばいじめっ子の堀口生の存在も大きい。鶴見俊輔は「邦の小説には本当の悪人は出てこない。なにかの機会に、作中人物から悪なる上皮をはぎ取って見せるのが、邦の技巧の一つである」と指摘しているが、本気で改心し、級友を感激させた堀口生はその技巧が生んだ典型的なキャラクターだろう。

邦について、作家の有馬頼義は「意外に陽の当らない場所でしかも意外に青少年に対して影響力の強い作家だったと思う」(雑誌『風景』の後記)と書いている。往時の少年を代表して池波正太郎に、もう一度登場願って、締めくくりとしたい。

佐々木邦氏の小説によって、子供の私たちは第一級のユーモア感覚を養なわれたといってよい。

このことが、旧制小学校を卒業して、すぐに世の中へ出た私に、どれだけ役立ったことか、はかり知れぬものがある。

いまは「黒」でなければ「白」だと断じこみ、その中間の取りなしが絶えてしまった時代だ。

その取りなしこそ、ユーモア感覚でなくてなんであろう。

おそらく、そのファジーさが、安斉先生の活躍と相俟って、「苦心の学友」を大人の鑑賞にもたえる作品にしているのだと思う。

本書は、『苦心の学友』（少年倶楽部文庫、講談社、一九七五年十月刊）を底本としました。本文中明らかな誤りは訂正し、多少ふりがなを調整しました。なお底本にある表現で、今日からみれば不適切なものがありますが、作品が書かれた時代背景と作品的価値を考慮し、そのままとしました。よろしくご理解のほどお願いいたします。

苦心《くしん》の学友《がくゆう》　少年倶楽部名作選《しょうねんくらぶめいさくせん》
佐《さ》々《さ》木《き》邦《くに》

二〇一六年九月九日第一刷発行

発行者——鈴木　哲
発行所——株式会社　講談社
東京都文京区音羽2・12・21　〒112-8001
電話　編集（03）5395・3513
販売（03）5395・5817
業務（03）5395・3615

講談社文芸文庫

デザイン——菊地信義
印刷——豊国印刷株式会社
製本——株式会社国宝社
本文データ制作——講談社デジタル製作
2016, Printed in Japan
定価はカバーに表示してあります。

ISBN978-4-06-290321-9

講談社文芸文庫

永井龍男
東京の横丁
没後発見された手入れ稿に綴られた、生まれ育った神田、終の住処鎌倉、設立まもなく参加した文藝春秋社の日々。死を見据えた短篇「冬の梢」を併録した、最後の名品集。
解説＝川本三郎　年譜＝編集部
978-4-06-290322-6　なD8

佐々木邦
苦心の学友　少年倶楽部名作選
『少年倶楽部』全盛期に連載、大好評を博したベストセラー。〝普通の人〟の視点から社会の深層を見つめ、明るい笑いを文学へと昇華した、ユーモア小説の最高傑作。
解説＝松井和男
978-4-06-290321-9　さR2

幸田露伴
蒲生氏郷／武田信玄／今川義元
「歴史家くさい顔つきはしたくない。伝記家と囚われて終うのもうるさい」。脱線あり、蘊蓄あり。史料を前に興の向くまま、独自の歴史観で「放談」する、傑作評伝。
解説＝西川貴子　年譜＝藤本寿彦
978-4-06-290323-3　こH4

講談社文芸文庫ワイド

不朽の名作を一回り大きい活字と判型で

小林信彦
袋小路の休日
変貌する都市に失われゆくものを深い愛惜とともに凝視した短篇集。
解説＝坪内祐三　年譜＝著者
978-4-06-295507-2　(ワ)こA1